我的自述

季羡林　著
蔡德贵　编

山东城市出版传媒集团·济南出版社

图书在版编目（CIP）数据

我的自述／季羡林著. —济南：济南出版社，
2023.1（2024.2 重印）
（季羡林如是说）
ISBN 978 – 7 –5488 –5305 –3

Ⅰ. ①我… Ⅱ. ①季… Ⅲ. ①散文集—中国—当代
Ⅳ. ①I267

中国版本图书馆 CIP 数据核字（2022）第 216640 号

出 版 人	谢金岭
出版统筹	胡长粤
责任编辑	刘秋娜
封面设计	胡大伟
出版发行	山东城市出版传媒集团·济南出版社
	（山东省济南市二环南路 1 号 250002）
经　　销	各地新华书店
印　　刷	山东临沂新华印刷物流集团有限责任公司
编辑电话	0531 –82774073
发行电话	0531 –67817923　86131701
	86131728　86131704
版　　次	2023 年 2 月第 1 版
印　　次	2024 年 2 月第 2 次印刷
成品尺寸	145 mm ×210 mm　1/32
印　　张	10.25
字　　数	217 千
定　　价	49.00 元

（济南版图书,如有印装质量问题,请与印刷厂联系调换）

一九八二年九月，季羡林与许衍梁在山东省济南第一中学

二〇〇〇年，德国驻华公使代表哥廷根大学授予季羡林『金质奖章』

季羡林与故乡
的亲人在一起

留德期间，季羡林的叔父、婶母、妻子（右一）、儿子（右三）、女儿（左三）等合影

老当益壮

心不非平常

甲申秋 季羡林

季羡林墨宝

境遇休怨我不如人 不如我者尚衆

學問休言我勝於人 勝於我者還多

清人李惺箴言

一九九四年五月某日

季羨林 [印]

福

壽

季羨林年九十又一

季羨林墨宝

祝賀母校百年校慶

書山有路勤為徑

學海無涯苦作舟

季羨林 時年九十有三

〇三、九、二九

季羨林墨宝

目 录

我
的
自
述

我
的
自
述

我的自述 *

　　季羡林，生于1911年8月，原籍是山东省清平县（现改归临清市），家庭是农民。父亲和叔父幼丧父母，家里贫无立锥之地，被迫逃到济南谋生。经过艰苦奋斗，叔父终于在济南立住了脚。我于七岁离开父母往济南依靠叔父，在那里上小学、初中和高中。1930年高中毕业，考入北京国立清华大学西洋文学系（后改外国语文系）。1934年毕业，获文学学士学位，回济南任母校山东省立济南高中国文教员一年。1935年被录取为清华大学与德国的交换研究生。是年秋赴德，入哥廷根（Göttingen）大学，学习梵文、巴利文、吐火罗文等。1941年获哲学博士学位。1946年回国，任北京大学教授兼东方语言文学系主任。新中国成立后任原职。1956年当选为中国科学院哲学社会科学部学部委员，同年加入中国共产党。1978年兼任北京大学副校长、中国社会科学院与北京大学合办的南亚研究所所长。1984年，研究所分设，改任北京大学南亚东南亚研究所所长。

　　从中学时代起，我就开始学习着写一些东西，也曾翻译

---

　　* 本文是作者为《季羡林文集》写的自传。

过一些欧美文学作品。上大学后，念的是西方文学，以英文为主，辅之以德文和法文。当时清华大学虽然规定了一些必修课，但是学生还可以自由选几门外系的课。我选了几门外系的课，其中之一是陈寅恪先生的"佛经翻译文学"。这门课以《六祖坛经》为课本。我从来不信任何宗教，但是对于佛教却有浓厚的兴趣。因为我知道，中国同印度有千丝万缕的文化关系。要想把中国思想史、中国文学史搞清楚，不研究印度的东西是困难的。陈先生的课开阔了我的眼界，增强了我研究印度的兴趣，我学习梵文的愿望也更加迫切了。

　　1935年我到了德国。德国对梵文的研究是颇有一点名气的，历史长，名人多，著作丰富，因此具有很大的吸引力。外国许多梵文学者是德国培养出来的，连印度也不例外。我到了德国，入哥廷根大学，从瓦尔德施米特（Waldschmidt）教授学习梵文和巴利文。他给我出的博士论文题目是关于印度古代俗语语法变化的，从此就打下了我研究佛教混合梵文的基础。苦干了五年，论文通过，口试及格。以后，瓦尔德施米特教授应召参军，他的前任西克（Emil Sieg）教授年届八旬，早已退休，这时又出来担任教学工作。这位老人待人亲切和蔼，对于我这个异域的青年更是寄托着极大的希望。他再三敦促我跟他学习吐火罗文和吠陀。我今天在这方面的知识，都是他教导的结果。我毕生难忘我的德国老师们。

　　在德国十年，我主要致力于语言的研究，对于印度古典文学很少涉猎。

　　但是回国以后，情况有了很大的变化。我喜欢的那一套印度古代语言，由于缺少起码的书刊资料，不管我多么不愿意，也只能束之高阁；研究工作无法进行。在科学研究方面，我是一个闲不住的人。现在干些什么呢？我徘徊，我迟疑，结果我就成了一个"杂家"。有什么饭，就吃什么饭；有多大碗，就吃多少饭。这就是我当时的指导思想。于是，我研究印度史，研究中印文化关系史，研究印度佛教史。翻译和研究梵文文学作品也成了我的主要工作。

对于中印文化关系史的研究，我很早就有兴趣。在德国求学时期，遇到有关资料，我随手札记。回国以后，既然研究印度古代语言和吐火罗文有了困难，我就更加注意搜集中印文化关系史的资料，写过一些文章。50年代中期以后，集成了一个集子，名之曰《中印文化关系史论丛》，1957年由人民出版社出版。80年代初，我把这个集子进行了改编，把有关印度古代语言的，用德文、英文和汉文写成的论文，编成了一册，名之曰《印度古代语言论集》，1982年由中国社会科学出版社出版；把原有的有关中印文化关系的文章和50年代以后新写的与此有关的文章编在一起，名之曰《中印文化关系史论文集》，1982年由三联书店出版。

至于翻译，50年代初，我翻译了一些近代德国作家的作品，其中有托马斯·曼的短篇小说等等。翻译最多的是安娜·西格斯的短篇小说，已经集成了一个集子《安娜·西格斯短篇小说集》，由作家出版社出版。从1957年起，我陆续翻译、出版了古典梵文名著《沙恭达罗》、《优哩婆湿》、《五卷书》、《十王小传》（选译）等等。从1973年起，翻译印度两大史诗之一的《罗摩衍那》。这一部书在印度文学史上和世界文学史上都占有极其重要的地位，对南亚东南亚各国有很大影响。有很多印度各种语言和国外许多语言的译本。它对中国也有影响。蒙、藏和新疆地区，以及云南少数民族地区，都有罗摩的故事。《西游记》中孙悟空的形象也显然受了它的影响，但是却一直没有汉文译本。在过去，翻译这样一部规模巨大的史诗，对于我这个行政工作和社会活动都非常繁忙的人来说，简直是无法想象的。但是，当时所谓"文化大革命"还没有结束，我头上被戴上的那一大堆可怕的帽子，一顶也没有摘。我被命令到一座学生宿舍和系办公室合在一起的大楼里，去看守大门，传呼电话，分发信件。后来不知怎样一来，我又成了教师，教一点英文。总之，我是靠边站，除了上面说的那些杂事之外，什么事情也不管。这真是一个难得的好时机，我从1973年起，用了五年的时间，终于把这部长达二百多万字的巨著译完。这使我感到十分欣慰。1980年，人民文学出版社出版了《罗摩衍那》第一册，到1984年完全出齐，共八巨册。

与中印文化关系史有关的工作，我也做了一些。主要是同一些同志共同校注了唐玄奘的《大唐西域记》，中华书局于1985年出版。陕西人民出版社于同年出版了《〈大唐西域记〉今译》。同年，广西漓江出版社还出版了我翻译的《家庭中的泰戈尔》。现在正写一部《糖史》。

吐火罗文的研究，由于缺少资料，已经中断了多年。1981年起又收拾起来。因为在1975年新疆吐鲁番地区出土了一批吐火罗文 A（焉耆文）《弥勒会见记剧本》残卷，我受新疆博物馆的委托解读这些残卷。经过一段时间的努力，进度比我预想的要快得多，从1982年起，我在国内外一些杂志上用汉文和英文发表了一些论文。将来准备把全部残卷整理成一部书出版。

有人可能认为，搞一些枯燥的语法现象同艰深的宗教理论，会同文学翻译与创作有矛盾。也许是因为我在两方面都搞得不够深，我倒没有感到有什么矛盾，反而觉得有利于脑筋的休息。换一个工作，脑筋就好像刀子重新磨了一样，顿时锋利好用。五六十年以来，我就是这样搞下来的。我不但翻译文学作品，自己也从事创作。少年时代大概也写过诗。从高中起就专写散文，迄今未断。已经出版了四个散文集：《天竺心影》，1980年天津百花文艺出版社出版；《朗润集》，1981年上海文艺出版社出版；《季羡林选集》，1980年香港文学研究社出版；《季羡林散文集》，1986年北京大学出版社出版。第五个集子《万泉集》也已出版。个人回忆录《留德十年》也在排印之中。

从上面叙述中可以清楚地看到，我这一生是翻译与创作并举，语言、历史与文艺理论齐抓，对比较文学、民间文学等等也有浓厚的兴趣，是一个典型的地地道道的"杂家"。我原以为，我成为"杂家"是被环境逼出来的，现在看起来，似乎并非如此，我真好像是有一些"杂家细胞"。现在环境早已改变了，而我仍然是东抓西抓，还乐此不疲，这事实我能否认掉吗?我早已年逾古稀，至今仍无改变的迹象和意愿，我恐怕将以"杂家"终了。

1988 年 4 月 15 日

我的小学和中学

小 引

最近几年，我逐渐注意到，校内外的许多青年朋友对我的学习历程颇感兴趣。也许对我的小学和中学更感兴趣。在这方面，蔡德贵先生的《季羡林传》和于青女士的《东方宏儒季羡林》，都有所涉及；但都由于缺少资料语焉不详。我自己出版了一部《留德十年》，把在哥廷根大学的学习过程写得比较详细。另一部书《清华园日记》即将出版，写的是四年清华大学读书的情况。至于小学和中学，前后共有十几年，都是在济南上的，除了在一些短文里涉及一点以外，系统的陈述尚付阙如。这似乎是一件必须加以弥补的憾事。

我现在就来做这件事情。

我在济南共上过五所中小学，时间跨度是从1918年至1930年，绝大部分时间是军阀混战时期，最后两年多是国民党统治，正是人民生活最不安定的时期。我叙述的主要对象当然会是我的学习情况，但是其中也难免涉及社会上的一些情况。这对研究山东现代教育史的学者来说当然会有些用处，即使对研究社会史的人也会有些参考价值。

我为什么在这个时候来写这样的文章呢？

原因就在眼前。我今年已经是九十晋一。查遍了季氏家谱，恐怕也难找出几个年龄这样老的人。可是我自己却并没有感受到这一点。我还正在"老骥伏枥，志在万里"哩。从健康情况来看，尽管身体上有这样那样的病——我认为，这是正常的；如果一点病都没有，反而反常——但没有致命的玩意儿。耳虽半聪，目虽半明，但脑袋还是"难得糊涂"的，距老年痴呆症还有一段距离，因此，自己就有点忘乎所以了。总认为，自己还有很多题目要做，比如佛教史上的大乘起源问题，稍有点佛教常识的人都会知道，这是一个重大的课题。但是，中国以及世界上其他一些国家研究佛教史的学者无虑数百人，却没有哪一个人对大乘起源问题能讲出一个令人信服的道理来，多数是隔靴搔痒，少数甚至不着边际。我自己想弥补这个缺失有年矣，已经积累了一些资料。最近我把资料拿出来看了看，立刻又放下，不由地叹上一口气，好像晚年的玄奘一样，觉得办不到了。再像七八年前那样每天跑上一趟大图书馆，腿脚已经不灵了；再看字极小的外文参考书，眼睛也不济了。在这样的情况下，我只有废书兴叹，即使志在十万里，也只是一种幻想了。

可我又偏是一个闲不住的人，每天不写点什么，不读点书，静夜自思，仿佛是犯了罪。现在，严肃的科研工作既然无力进行了，但是记忆还是有的，而且自信是准确而且清晰的。想来想去，何不把脑袋里的记忆移到纸上来，写一写我的小学和中学，弥补上我一生学习的经历呢？

这就是我写这几篇文章的原因。以上这些话就算是小引。

2002 年 3 月 3 日

回忆一师附小

学校全名应该是山东省立第一师范附属小学。

我于1917年阴历年时分从老家山东清平（现划归临清市）到了济南，投靠叔父。大概就在这一年，念了几个月的私塾，地点在曹家巷。第二年，就上了一师附小。地点在南城门内升官街西头。所谓"升官街"，与升官发财毫无关系。"官"是"棺"的同音字，这一条街上棺材铺林立。大家忌讳这个"棺"字，所以改谓升官街，礼也。

附小好像是没有校长，由一师校长兼任。当时的一师校长是王士栋，字祝晨，绰号"王大牛"。他是山东教育界的著名人物。民国一创建，他就是活跃的积极分子，担任过教育界的什么高官，同鞠思敏先生等同为山东教育界的元老，在学界享有盛誉。当时，一师和一中并称，都是山东省立重要的学校，因此，一师校长也是一个重要的职位。在一个七八岁的小学生眼中，校长宛如在九天之上，可望而不可即，可是命运真正会捉弄人，在十六年以后，在1934年，我在清华大学毕业后到山东省立济南高中来教书，王祝晨老师也在这里教历史，我们成了平起平坐的同事。在王老师方面，在一师附小时，他根本不会知道我这样一个小学生，他对此事，决不会有什么感触。而在我呢，情况却迥然不同，一方面我对他执弟子礼甚恭，一方面又是同事。心里直乐。

我大概在一师附小只待了一年多，不到两年，因为在我的记忆中换过一次教室，足见我在那里升过一次级。至于教学的情况，老师的情况，则一概记不起来了。唯一的残留在记忆中的一件小事，就是认识了一个"盔"字，也并不是在国文课堂上，而是在手工课堂上。老师教我们用纸折叠东西，其中有一个头盔，知道我们不会写这个字，所以用粉笔写在黑板上。这事情发生在一间大而长的教室中，室中光线不好，有点黯淡，学生人数不少。教员写完了这个字以后，回头看学生，戴着近视眼镜的脸上，有一丝笑容。

我在记忆里深挖，再深挖，实在挖不出多少东西来。学校的整个建筑，一团模糊。教室的情况，如云似雾。教师的名字，一个也记不住。学习的情况，如海上三山，糊里糊涂。总之是一点具体的影像也没有。我只记得，李长之是我的同班。因为他后来成了名人，所以才记得清楚，当时对他的印象也是模糊不清的。最奇怪的是，我记得了一个叫卞蕴珩的同学。他大概是长得非常漂亮，行为也极潇洒。对于一个七八岁的孩子来说，男女外表的美丑，他们是不关心的。可不知为什么，我竟记住了卞蕴珩，只是这个名字我就觉得美妙无比。此人后来再没有见过。对我来说，他成为一条神龙。

此外，关于我自己，还能回忆起几件小事。首先，我做过一次生意。我住在南关佛山街，走到西头，过马路就是正觉寺街。街东头有一个地方，叫新桥。这里有一所炒卖五香花生米的小铺子。铺子虽小，名气却极大。这里的五香花生米（济南

我的小学和中学

俗称长果仁）又咸又香，远近驰名。我经常到这里来买。我上一师附小，一出佛山街就是新桥，可以称为顺路。有一天，不知为什么，我忽发奇想，用自己从早点费中积攒起来的一些小制钱（中间有四方孔的铜币）买了半斤五香长果仁，再用纸分包成若干包，带到学校里向小同学兜售。他们都震于新桥花生米的大名，纷纷抢购，结果我赚了一些小制钱，尝到做买卖的甜头，偷偷向我家的阿姨王妈报告。这样大概做了几次。我可真没有想到，自己在七八岁时竟显露出来了做生意的"天才"。可惜我已"误"入"歧途"，"天才"没有得到发展。否则，如果我投笔从贾，说不定我早已成为一个大款，挥金如土，不像现在这样柴、米、油、盐、酱、醋、茶都要斤斤计算了。我是一个被埋没了的"天才"。

还有一件小事，就是滚铁圈。我一闭眼，仿佛就能看到一个八岁的孩子，用一根前面弯成钩的铁条，推着一个铁圈，在升官街上从东向西飞跑，耳中仿佛还能听到铁圈在青石板路上滚动的声音。这就是我自己。有一阵子，我迷上了滚铁圈这种活动。在南门内外的大街上没法推滚，因为车马行人，喧闹拥挤。一转入升官街，车少人稀，英雄就大有用武之地了。我用不着拐弯，一气就推到附小的大门。

然而，世事多变，风云突起。为了一件没有法子说是大是小的、说起来简直是滑稽的事儿，我离开了一师附小，转了学。原来，当时正是五四运动风起云涌的时候，而一师校长王祝晨是新派人物，立即起来响应，改文言为白话。忘记了是哪个书局出版的国文教科书中选了一篇名传世界的童话《阿拉伯的骆驼》，内容讲的是：在沙漠大风暴中，主人躲进自己搭起来的帐篷，而把骆驼留在帐外。骆驼忍受不住风沙之苦，哀告主人说：“只让我把头放进帐篷行不行？”主人答应了。过了一会儿，骆驼又哀告说：“让我把前身放进去行不行？”主人又答应了。又过了一会儿，骆驼又哀告说：“让我全身都进去行不行？”主人答应后，自己却被骆驼挤出了帐篷。童话的意义是非常清楚的。但是天有不测风云，这篇课文竟让叔父看到了。他大为惊诧，高声说：“骆驼怎么能说话呢！荒唐！荒唐！转学！转学！”

于是我立即转了学。从此一师附小只留在我的记忆中了。

2002 年 2 月 28 日

回忆新育小学

我从一师附小转学出来，转到了新育小学，时间是在1920年，我九岁。我同一位长我两岁的亲戚同来报名。面试时我认识了一个“骡”字，定为高小一班。我的亲戚不认识，便定为初小三班，少我一字，一字之差我比他高了一班。

我们的校舍

新育小学坐落在南圩子门里，离我们家不算远。校内院子极大，空地很多。一进门，就是一大片空地，长满了青草，靠西边有一个干涸了的又圆又大的池塘，周围用砖石砌得整整齐齐，当年大概是什么大官的花园中的花池，说不定曾经有过荷香四溢，绿叶擎天的盛况，而今则是荒草凄迷，碎石满池了。

校门东向。进门左拐有几间平房，靠南墙是一排平房。这里住着我们的班主任李老师和后来是高中同学、北大毕业生宫兴廉的一家子，还有从曹州府来的三个姓李的同学，他们在家乡已经读过多年私塾，年龄比我们都大，国文水平比我们都高。他们大概是家乡的大地主子弟，在家乡读过书以后，为了顺应潮流，博取一个新功名，便到济南来上学。带着厨子和听差，住在校内。令我怀念难忘的是他们吃饭时那一蒸笼雪白的馒头。

进东门，向右拐，是一条青石板砌成的小路，路口有一座用木架子搭成的小门，门上有四个大字：循规蹈矩。我当时不知道是什么意思，但觉得这四个笔画繁多的字很好玩。进小门右侧是一个花园，有假山，用太湖石堆成，山半有亭，翼然挺立。假山前后，树木蓊郁。那里长着几棵树，能结出黄色的豆豆，至今我也不知道叫什么树。从规模来看，花园当年一定是繁荣过一阵的。是否有纳兰容若词中所写的"晚来风起撼花铃，人在碧山亭"那样的荣华，不得而知，但是，极有气派，则是至今仍然依稀可见的。可惜当时的校长既非诗人，也非词人，对于这样一个旧花园熟视无睹，任它荒凉衰败，垃圾成堆了。

花园对面，小径的左侧是一个没有围墙的大院子，没有多少房子，高台阶上耸立着一所极高极大的屋子，里面隔成了许多间，校长办公室，以及其他一些会计、总务之类的部门，分别占据。屋子正中墙上挂着一张韦校长的炭画像，据说是一位高年级的学生画的，我觉得，并不很像。走下大屋的南台阶，距离不远的地方，左右各有一座大花坛，春天栽上牡丹和芍药什么的，一团锦绣。出一个篱笆门，是一大片空地，上面说的大圆池就在这里。

出高台阶的东门，就是"循规蹈矩"小径的尽头。向北走进一个门是一个极大的院子，东西横排着两列大教室，每一列三大间，供全校六个班教学之用。进门左手是一列走廊，上面有屋顶遮盖，下雨淋不着。走廊墙上是贴布告之类的东西的地方。走过两排大教室，再向北，是一个大操场，对一个小学来说，操场是够大的了。有双杠之类的设施，但是，不记得上过什么体育课。小学没有体育课是不可思议的。再向北，在西北角上，有几间房子，是教员住的。门前有一棵古槐，覆盖的面积极大，至今脑海里还留有一团蓊郁翠秀的影像。

校舍的情况就是这个样子。

教员和职员

按照班级的数目，全校教员应该不少于十几个的，但是，我能记住的只有几个。

我们的班主任是李老师，从来就不关心他叫什么名字，小学生对老师的名字是不会认真去记的。他大概有四十多岁，在一个九岁孩子的眼中就算是一个老人了。他人非常诚恳忠厚，朴实无华，从来没有训斥过学生，说话总是和颜悦色，让人感到亲切，他是我一生最难忘的老师之一。当时的小学教员，大概都是教多门课程的，什么国文、数学（当时好像是叫算术）、历史、地理等课程都一锅煮了。因为程度极浅，用不着有多么大的学问。一想到李老师，就想起了两件事。一件事是，某一年的初春的一天，大圆池旁的春草刚刚长齐，天上下着小雨，"沾衣欲湿杏花雨，吹面不寒杨柳风"。李老师带着我们全班到大圆池附近去种菜，自己挖地，自己下种，无非是扁豆、芸豆、辣椒、茄子之类。顺便说一句，当时西红柿还没有传入济南，北京如何，我不知道。于时碧草如茵，嫩柳鹅黄，一片绿色仿佛充塞了宇宙，伸手就能摸到。我们蹦蹦跳跳，快乐得像一群初入春江的小鸭，是我一生三万多天中最快活的一天。至今回想起来还兴奋不已。另一件事是，李老师辅导我们的英文。认识英文字母，他有妙法。他说，英文字母f就像一只大马蜂，两头长，中间腰细。这个比喻，我至今不忘。我不记得课堂上的英文是怎样教的。但既然李老师辅导我们，则必然有这样一堂课无疑。好像还有一个英文补习班。这桩事下面再谈。

另一位教员是教珠算（打算盘）的，好像是姓孙，名字当然不知道了。此人脸盘长得像知了，知了在济南叫 shao qian，就是蝉，因此学生们就给他起了一个外号，叫 shao qian，我到现在也不知道这两个字是怎样写。此人好像是一个迫害狂，一个法西斯分子，对学生从来没有笑脸。打算盘本来是一个技术活，原理并不复杂，只要稍加讲解，就足够了，至于准确纯熟的问题，在运用中就可以解决。可是这一位 shao qian 公，对初学的小孩子制定出了极残酷不合理的规定：打错一个数，打一板子。在算盘上差一行，就差十个数，结果就是十板子。上一堂课下来，每个人几乎都得挨板子。如果错到几十个到一百个数，那板子不知打多久，才能打完。有时老师打累了，才板下开恩。那时候认为体罚是合情合理的，八九岁十来岁的孩子到哪里去告状呀！而且造反有理的最高指示还没有出来。小学生被赶到穷途末路，起来造了一次反。这件事也在下面再谈。

其余的教师都想不起来了。

那时候，新育已经有男女同学了，还有缠着小脚去上学的女生，大家也不以为怪。大约在我高小二年级时，学校里忽然来了一个女教师，年纪不大，教美术和音乐。我们班没有上过她的课，不知姓字名谁。除了初来时颇引起了一阵街谈巷议之外，不久也就习以为常了。

至于职员，我们只认识一位，是管庶务的。我们当时都写大字，叫作写"仿"。仿纸由学生出钱，学校代买。这一位庶务，大概是多克扣了点钱，买的纸像大便后用的手纸一样粗糙。山东把手纸叫草纸。学生们就把"草纸"的尊号给了这一位庶务先生。

我的学习和生活

在我的小学和中学中，新育小学不能说是一所关键的学校。可是不知为什么，我对新育三年记忆得特别清楚。一闭眼，一幅完整的新育图景就展现在我的眼前，仿佛是昨天才离开那里的，校舍和人物，以及我的学习和生活，巨细不遗，均深刻地印在我的记忆中。更奇怪的是，我上新育与一师附小紧密相联，时间不过是几天的工夫，而后者则模糊成一团，几乎是什么也记不起来。其原因到现在我也无法解释。

新育三年，斑斓多彩，文章谈到我自己、我的家庭、当时的社会情况，内容异常丰富，只能再细分成小题目，加以叙述。

学习的一般情况

总之，一句话，我是不喜欢念正课的。对所有的正课，我都采取对付的办法。上课时，不是玩小动作，就是不专心致志地听老师讲，脑袋里不知道是想些什么，常常走神儿，斜眼看到教室窗外四时景色的变化，春天繁花似锦，夏天绿柳成荫，秋天风卷落叶，冬天白雪皑皑。旧日有一首诗："春天不是读书天，夏日迟迟正好眠，秋有蚊虫冬有雪，收拾书包好过年。"可以为我写照。当时写作文都用文言，语言障碍当然是有的。最困难的是不知道怎样起头。老师出的作文题写在黑板上，我立即在作文簿上写上"人生于世"四个字，下面就穷了词儿，仿佛永远要"生"下去似的。以后憋好久，才能憋出一篇文章。万没有想到，以后自己竟一辈子舞笔弄墨。我逐渐体会到，写文章是要讲究结构的，而开头与结尾最难，这现象在古代大作家笔下经常可见。然而，到了今天，知道这种情况的人似乎已不多了。也许有人竟认为这是怪论，是迂腐之谈，我真欲无言了。有一次作文，我不知从什么书里抄了一段话："空气受热而上升，他处空气来补其缺，遂流动而成风。"句子通顺，受到了老师的赞扬。可我一想起来，心里就不是滋味，愧悔有加。在今天，这也可能算是文坛的腐败现象吧。可我只是十岁的孩子，不知道什么叫文坛，我一不图名，二不图利，完全为了好玩儿。但自己也知道，这样做是不对的，所以才悔愧，从那以后，一生中再没有剽窃过别人的文字。

我的自述

小学也是每学期考试一次，每年两次，三年共有六次，我的名次总盘旋在甲等三四名和乙等前几名之间。甲等第一名被一个叫李玉和的同学包办。他比我大几岁，是一个拼命读书的学生。我从来也没有争第一名的念头，我对此事极不感兴趣。根据我后来的经验，小学考试的名次对一个学生一生的生命历程没有多少影响。家庭出身和机遇影响更大。我从前看过一幅丰子恺的漫画，标题是"小学的同学"，画着一副卖吃食的担子，旁边站着两个人，颇能引人深思。但是，我个人有一次经历，比丰老画的深刻多了。有一天晚上，我在济南院前大街雇洋车回佛山街，在黑暗中没有看清车夫是什么人。到了佛山街下车付钱的时候，蓦抬头，看到是我新育小学的同班同学！我又惊讶又尴尬，一时说不出话来。我如果是漫画家，画上一幅画，一辆人力车，两个人，一人掏钱，一人接钱。相信会比丰老的画更能令人深思。

我的性格

我一生自认为是一个性格内向的人，一个上不得台盘的人。每次参加大会，在大庭广众中，浑身觉得不自在，总想找一个旮旯儿藏在那里，少与人打交道。"今天天气，哈，哈，哈"一类的话，我不愿意说；说出来也不地道。每每看到一些男女交际花，在人群中走来走去，如鱼得水，左边点头，右边哈腰，脸上作微笑状，纵横捭阖，折冲樽俎，得意扬扬，顾盼自雄，我真是羡慕得要死，可我做不到。我现在之所以被人看作社会活动家，甚至国际活动家，完全是环境造成的。是时势造"英雄"，我是一只被赶上了架的鸭子。

可是现在回想起来，我在新育小学时期，性格好像不是这个样子，一点也不内向，外向得很。我喜欢打架，欺负人，也被人欺负。有一个男孩子，比我大几岁，个子比我高半头，总好欺负我。最初我有点怕他，他比我劲大。时间久了，我忍无可忍，同他干了一架。他个子高，打我的上身。我个子矮，打他的下身。后来搂抱住滚在双杠下面的沙土堆里，有时候他在上面，有时候我在上面，没有决出胜负。上课铃响了，各回自己的教室。从此他再也不敢欺负我，天下太平了。

我却反过头来又欺负别的孩子。被我欺负最厉害的是一个名叫刘志学的小学生，岁数可能比我小，个头差不多，但是懦弱无能，一眼被我看中，就欺负起他来。根据我的体会，小学生欺负人并没有任何原因，也没有什么仇恨。只是个人有劲使不出，无处发泄，便寻求发泄的对象了。刘志学就是我寻求的对象，于是便开始欺负他，命令他跪在地下，不听就拳打脚踢。如果他鼓起勇气，抵抗一次，我也许就会停止，至少会收敛一些。然而他是个窝囊废，一丝抵抗的意思都没有。这当然更增加了我的气焰，欺负的次数和力度都增加了。刘志学家同婶母是拐弯抹角的亲戚。他向家里告状，他父母便来我家告状。结果是我挨了婶母一阵数落，这一幕悲喜剧才告终。

从这一件小事来看，我无论如何也不能算是一个内向的孩子。怎么会一下子转成内向了呢？这问题我从来没有想到过。现在忽然想起来了，也就顺便给它一个解答。我认为，《三字经》中有两句话："性相近，习相远。""习"是能改造"性"的。我六岁离开母亲，童心的发展在无形中受到了阻碍。我能躺在一个非母亲的人的怀抱中打滚撒娇吗？这是不能够想象的。我不能说，叔婶虐待我，那样说是谎言；但是在日常生活中小小的歧视，却是可以感觉得到的，比如说，做衣服，有时就不给我做。在平常琐末的小事中，偏心自己的亲生女儿，这也是人之常情，不足为怪。一个七八岁的孩子对于这些事情并不敏感。但是，积之既久，在自己潜意识中难免留下些印记，从而影响到自己的行动。我清晰地记得，向婶母张口要早点钱，在我竟成了难题。有一个夏天的晚上，我们都在院子里铺上席，躺在上面纳凉。我想到要早点钱，但不敢张口，几次欲言又止，最后时间已接近深夜，才鼓起了最大的勇气，说要几个小制钱。钱拿到手，心中狂喜，立即躺下，进入梦乡，睡了一整夜。对一件事来说，这样的心理状态是影响不大的，但是时间一长，性格就会受到影响。我觉得，这个解释是合情合理的。

我在这里必须补充几句。我为什么能够从乡下到济南来呢？原因极为简单。我的上一辈大排行兄弟十一位，行一的大大爷和行二的二大爷是亲兄弟，是举人的儿子。我父亲行七，叔父行九，还有一个十一叔，是一母一父所生。最后一个因为穷，而且父母双亡，送给了别人，改姓刁。其余的行三四五六八十的都因穷下了关东，以后失去了联系，不知下落。留下的五个兄弟，大大爷有一个儿子，早早死去。我生下来时，全族男孩就我一个，成了稀有金属，传宗接代的大任全压在我一个人身上。在我生前很多年，父亲和九叔不到二十岁的时候，失怙失恃，无衣无食，兄弟俩被迫到济南去闯荡，经过了千辛万苦，九叔立定了脚跟。我生下来六岁时，把我接到济南。如果当时他有一个男孩的话，我是到不了济南的。如果我到不了济南，也不会有今天的我。我大概会终生成为一个介乎贫雇农之间的文盲，也许早已不在人世，墓木久拱了。所以我毕生感谢九叔。上面说到的那一些家庭待遇，并没有逾越人情的常轨，我并不怀恨在心。不过，既然说到我的小学和我的性格，不得不说说而已。

回家路上

我的家距离新育小学并不算远。虽然有的地方巷子很窄，但都是青石铺路，走上去极为平坦、舒适，并没有难走的地方。

我同一般的比较调皮的小孩子一样，除非肚子真饿了，放学后往往不立即回家，在路上同一些小朋友打打闹闹，磨蹭着不肯回家。见到什么新鲜事儿，必然挤上去围观。看到争吵打架的，就更令我们兴奋，非看个水落石出不行。这一切都是男孩子共有的现象，不足为怪，但是，我们也有特立独行的地方。济南地势，南高北低。到了夏天下大雨的时候，城南群山的雨水汇流成河，顺着一条大沙沟，奔腾而北，进了圩子墙，穿过朝山街、正觉寺街等马路东边房子后面的水沟，再向前流去，济南人把这一条沙沟叫"山水沟"。山水每年夏季才有，平常日子这条沟是干的。附近的居民就把垃圾，以及死狗死猫丢在沟里，根本没有人走这里。可我就选了朝山街的山水沟做回家去的路，里面沙石满地，臭不可闻，根本没有走人的路。我同几个小伙伴就从这里走回家。虽然不是每天如此，次数也不会太少。八九十来岁的男孩子的行动是不可以理喻的。

看捆猪

还有不可以理喻的一些行动，其中之一就是看捆猪。

新育小学的西邻是一个养猪场，规模大概相当大，我从来没有进去过。大概是屠宰业的规定，第二天早晨杀猪，头一天下午接近黄昏的时候就把猪捆好，但是，捆猪并不容易，猪同羊和牛都不一样。当它们感到末日来临时，是会用超常的力量来奋起抵抗的。我和几位调皮的小伙伴往往在放学后不立即回家，而是一听隔壁猪叫就立即爬上校内的柳树，坐在树的最高处，看猪场捉猪。有的猪劲极大，不太矮的木栅栏一跃而过，然后满院飞奔。捉猪人使用极其残暴的手段和极端残忍的工具—— 一条长竿顶端有两个铁钩，努力把猪捉住。有时候竿顶上的铁钩深刺猪的身躯上的某一部分，鲜血立即喷出。猪仍然不肯屈服，带血狂奔，流血满地，直到精疲力尽，才被人捆绑起来，嘴里仍然嚎叫不止，有的可能叫上一夜，等到第二天早晨挨上那一刀，灵魂或者进入地狱，或者进入天堂，除了印度相信轮回转生者以外，没有人能够知道了。这实在是极端残忍的行为。在高级的雍容华贵的餐厅里就着葡萄美酒吃猪排的美食者，大概从来不会想到这一点的。还是中国古代的君子聪明，他们"远庖厨"，眼不见为净。

我现在——不是当年，当年是没有这样敏感的——浮想联翩，想到了很多事情。首先我想到造物主——我是不相信有这玩意儿的——实在是非常残酷不仁。他一定要让动物互相吞噬，才能生活下去。难道不能用另外一种方法来创造动物界吗?即使退一步想，让动物像牛羊一样只吃植物行不行呢?当然，植物也是生物，也有生命；但是，我们看不到植物流泪，听不到它们嚎叫，至少落个耳根清净吧。

我又想到，同样是人类，对猪的态度也不尽相同。我曾在德国住过多年。那里的农民有的也养猪。怎样养法，用什么饲料，我一概不知。养到一定的重量，就举行一次 Schlachtfest（屠宰节），邀请至亲好友，共同欢聚一次。我的女房东有时候就下乡参加这样的欢聚。她告诉我，先把猪赶过来，乘其不备，用手枪在猪头上打上一枪，俟其倒毙，再来动手宰割，将猪身上不同部位的肉和内脏，加工制成不同的食品，然后大家暂时或长期享用。猪被人吃，合乎人情事理，但不让猪长时间受苦，德国人这种猪道主义是颇值得我们学习的。至于在手枪发明以前德国人是怎样杀猪的，就没有研究过，只好请猪学专家去考证研究了。

看杀人

最不可以理喻的行动是喜欢看杀人。其实，这可能是最可以理喻的，因为大人们也都喜欢看。

新育小学坐落在南圩子门里。圩子门是朝山街的末端。出圩子门向右拐，有一条通往齐鲁大学的大道。大道中段要经过上面提到的山水沟，右侧有一座小小的龙王庙，左侧则是一大片荒滩，对面土堤很高，这里就是当时的刑场，是处决犯人的地方。犯人出发的地方是城里院东大街路北山东警察厅内的监狱。出大厅向右走一段路，再左拐至舜井街，然后出南城门，经过朝山街，出南圩子门，照上面的说法走，就到了目的地。

朝山街是我上学必经之路。有时候，看到街道两旁都挤满了人，就知道，今天又要杀人了。我于是立即兴奋起来，把上学的事早已忘到九霄云外去了。挤在人群里，伸长了脖子，等候着，等候着。此时，只有街道两旁人山人海，街道中间则既无行人，也无车马。不久，看到一个衣着破烂的人，喝得醉醺醺的，右肩背着一支步枪，慢腾腾地走了过去。大家知道，这就是刽子手。再过不久，就看到大队警察，簇拥着待决的囚犯，一个或多个，走了过来，囚犯是五花大绑，背上插着一根木牌，上面写着他的名字，名字上面用朱笔画上了一个红×。在十年浩劫中，我的名字也曾多次被画上红×，表示罪该万死的意思。"红卫兵"们是很善于学习的。闲言少叙，书归正传。且说犯人过去了以后，街上的秩序立即大乱。人群纷纷向街中间，拥拥挤挤，摩肩接踵，跟着警察大队，挤出南圩子门，纷纷抢占高地制高点，能清晰地看到刑场的情况，但又不敢离得太近，理由自明。警察押着犯人走向刑场，犯人向南跪在高崖下面，枪声一响，仪式完毕，警察撤走。这时一部分群众又拥向刑场，观看躺在地上的死尸。枪毙土匪，是没有人来收尸的。我们几个顽皮的孩子当然不甘落后，也随着大家往前拥。经过了这整个过程，才想起上学的事来。走回学校，免不了受到教员的斥责。然而却决不改悔，下一次碰到这样的事，仍然照看不误。

当时军阀混战，中原板荡。农村政权，形同虚设。县太爷龟缩在县城内，广大农村地区不见一个警察。坏人或者为穷所逼铤而走险的人，变成了土匪（山东话叫"老缺"），横行乡里。从来没听说，哪一帮土匪劫富济贫，替天行道。他们绑票勒索，十分残酷。我的一个堂兄林字辈的第一人季元林，家里比较富裕，被土匪绑走，勒索巨款。家人交上了赎票的钱，但仍被撕票，家人找到了他的尸体，惨不忍睹，双眼上各贴一张狗皮膏药，两耳中灌满了蜡烛油。可见元林在匪穴中是受了多么大的痛苦。这样的土匪偶尔也会被捉住几个，送到济南来，就演出一出上面描写的那样的悲喜剧。我在新育三年，这样的剧颇看了不少。对一个十一二岁的孩子来说，了解社会这一方面的情况，并无任何坏处。

马　市

　　马市指的是旧社会定期举行的买卖骡马的集市。新育小学大门外空地上就有这样的马市。忘记是多久举行一次了。到了这一天，空地上挤满了人和马、骡、驴等，不记得有牛。这里马嘶驴鸣，人声鼎沸，一片繁忙热闹的景象。骡马的高低肥瘦，一看便知，但是年龄却是看不出来的。经纪人也自有办法。骡、马、驴都是吃草的动物，吃草要用牙，草吃多了，牙齿就受到磨损。专家们从牙齿磨损的程度上就能看出它们的年龄。于是，在看好了骡马的外相之后，就用手扒开它们的嘴，仔细观看牙齿。等到这一些手续都完了以后，就开始讨价还价了。在这里，不像在蔬菜市场上或其他市场上那样，用语言，用嘴来讨价还价，而是用手，经纪人和卖主或他的经纪人，把手伸入袖筒里，用手指头来讨论价格，口中则一言不发。如果袖筒中价钱谈妥，则退出手来，交钱牵牲口。这些都是没有见过世面的"下等人"，不懂开什么香槟酒来庆祝胜利。甚至有的价格还抵不上一瓶昂贵的香槟酒。如果袖筒会谈没有结果，则另起炉灶，找另外的人去谈了。至于袖筒中怎样谈法，这是经纪人垄断的秘密，我们局外人是无法知道的。这同中国佛教禅宗的薪火相传，颇有些类似之处。

九月九庙会

每年到了旧历九月初九日，是所谓重阳节，是登高的好日子。这个节日来源很古，可能已有几千年的历史。济南的重阳节庙会（实际上并没有庙，姑妄随俗称之）是在南圩子门外大片空地上，西边一直到山水沟。每年，进入夏历九月不久，就有从全省一些地方，甚至全国一些地方来的艺人会聚此地，有马戏团、杂技团、地方剧团、变戏法的、练武术的、说山东快书的、玩猴的、耍狗熊的等等，应有尽有。他们各圈地搭席棚围起来，留一出入口，卖门票收钱。规模大小不同，席棚也就有大有小，总数至少有几十座。在夜里有没有"夜深千帐灯"的气派，我没有看到过，不敢瞎说。反正白天看上去，方圆几十里，颇有点动人的气势。再加上临时赶来的，卖米粉、炸丸子和豆腐脑等的担子，卖花生和糖果的摊子，特别显眼的柿子摊——柿子是南山特产，个大色黄，非常吸引人，这一切混合起来，形成了一种人声嘈杂，歌吹沸天的气势，仿佛能南摇千佛山，北震大明湖，声撼济南城了。

我们的学校，同庙会仅一墙（圩子墙）之隔，会上的声音依稀可闻。我们这些顽皮的孩子能安心上课吗？即使勉强坐在那里，也是身在课堂心在会。因此，一有机会，我们就溜出学校，又嫌走圩子门太远，就近爬过圩子墙，飞奔到庙会上，一睹为快。席棚很多，我们光拣大的去看。我们谁身上也没有一文钱，门票买不起。好在我们都是三块豆腐干高的小孩子，混在购票观众中挤了进去，也并不难。进去以后，就成了我们的天地，不管耍的是什么，我们总要看个够。看完了，走出来，再钻另外一个棚，几乎没有钻不进去的。实在钻不进去，就绕棚一周，看看哪一个地方有小洞，我们就透过小洞往里面看，也要看个够。在十几天的庙会中，我们钻遍了大大小小的棚，对整个庙会一览无余，一文钱也没有掏过。可是，对那些卖吃食的摊子和担子，则没有法钻空子，只好口流涎水，望望然而去之。虽然不无遗憾，也只能"忍气吞声"了。

看　戏

　　这一次不是在城外了，而是在城内，就在我们住的佛山街中段一座火神庙前。这里有一座旧戏台，已经破旧不堪，门窗有的已不存在，看上去，离倒塌的时候已经不太远了。我每天走过这里，不免看上几眼；但是，好多年过去了，没有看到过一次演戏。有一年，还是我在新育小学念书的时候，不知道是哪一位善男信女，忽发大愿，要给火神爷唱上一天戏，就把旧戏台稍稍修饰了一下，在戏台和大神庙门之间，左右两旁搭上了两座木台子，上设座位，为贵显者所专用。其余的观众就站在台下观看。我们家里，规矩极严，看戏是决不允许的。我哪里能忍受得了呢？没有办法，只有在奉命到下洼子来买油、打醋、买肉、买菜的时候，乘机到台下溜上几眼，得到一点满足。有一次，回家晚了，还挨了一顿数落。至于台上唱的究竟是什么戏，我完全不懂。剧种也不知道，反正不会是京剧，也不会是昆曲，更不像后来的柳子戏，大概是山东梆子吧。前二者属于阳春白雪之列，而这样的戏台上只能演下里巴人的戏。对于我来说，我只瞥见台上敲锣拉胡琴儿的坐在一旁，中间站着一位演员在哼哼唧唧地唱，唱词完全不懂；还有红绿的门帘，尽管陈旧，也总能给寥落古老的戏台增添一点彩色，吹进一点生气，我心中也莫名其妙地感到一点兴奋，这样我就十分满足了。

不知道什么原因，一些演员的名字我至今记忆犹新。女角叫云金兰，老生叫耿永奎，丑角叫胡风亭。胡就住在正谊中学附近，我后来到正谊念书时，还见到过他，看来并不富裕，同后来的京剧名演员梅兰芳、马连良等阔得流油的情况相比，有天渊之别了。

学英文

我在上面曾说到李老师辅导我们学英文字母的事情。英文补习班似乎真有过，但具体的情况则完全回忆不起来了。时间大概是在晚上。我的记忆中有很清晰的一幕：在春天的晚间，上过课以后，在校长办公室高房子前面的两座花坛中间，我同几个小伙伴在说笑，花坛里的芍药或牡丹的大花朵和大叶子，在暗淡的灯光中，分不清红色和绿色，但是鼻子中似乎能嗅到香味。芍药和牡丹都不以香名。唐人诗："国色朝酣酒，天香夜染衣。"其中用"天香"二字，似指花香。不管怎样，当时，在料峭的春夜中，眼前是迷离的花影，鼻子里是淡淡的清香，脑袋里是刚才学过的英文单词，此身如遗世独立。这一幅电影画面以后常在我眼中展现，至今不绝。我大概确实学了不少的英文单词。毕业后报考正谊中学时，不意他们竟考英文，题目是翻译几句话："我新得了一本书，已经读了几页；不过有些字我不认识。"我大概是翻出来了，所以才考了一个一年半级。

国文竞赛

有一年，在秋天，学校组织全校学生游开元寺。

开元寺是济南名胜之一，坐落在千佛山东群山环抱之中。这是我经常来玩的地方。寺上面的大佛头尤其著名，是把一面巨大的山崖雕凿成了一个佛头，其规模虽然比不上四川的乐山大佛，但是在全国的石雕大佛中也是颇有一点名气的。从开元寺上面的山坡往上爬，路并不崎岖，爬起来比较容易。爬上一刻钟到半个小时就到了佛头下。据说佛头的一个耳朵眼里能够摆一桌酒席。我没有试验过，反正其大概可想见了。从大佛头再往上爬，山路当然崎岖，山石更加亮滑，爬起来颇为吃力。我曾爬上来过多次，颇有驾轻就熟之感，感觉不到多么吃力。爬到山顶上，有一座用石块垒起来的塔似的东西。从济南城里看过去，好像是一个橛子，所以这一座山就得名橛山。同泰山比起来，橛山不过是小巫见大巫；但在济南南部群山中，橛山却是鸡群之鹤，登上山顶，望千佛山顶如在肘下，大有"一览众山小"之慨了。可惜的是，这里一棵树都没有，不但没有松柏，连槐柳也没有，只有蓑草遍山，看上去有点童山濯濯了。

从橛山山顶，经过大佛头，走了下来，地势渐低，树木渐多，走到一个山坳里，就是开元寺。这里松柏参天，柳槐成行，一片浓绿，间以红墙，仿佛在沙漠里走进了一片绿洲。虽然大庙那样的林宫梵宇，崇阁高塔在这里找不到，但是也颇有几处佛殿，佛像庄严。院子里有一座亭子，名叫静虚亭。最难得最引人注目的是一泓泉水，在东面石壁的一个不深的圆洞中。水不是从下面向上涌，而是从上面石缝里向下滴，积之既久，遂成清池，名之曰秋棠池。洞中水池的东面岸上长着一片青苔，栽着数株秋海棠。泉水是上面群山中积存下来的雨水，汇聚在池上，一滴一滴地往下滴。泉水甘甜冷冽，冬不结冰。庙里住持的僧人和络绎不绝的游人，都从泉中取水喝。用此水煮开泡茶，也是茶香水甜，不亚于全国任何名泉。有许多游人是专门为此泉而来开元寺的。我个人很喜欢开元寺这个地方，过去曾多次来过。这一次随全校来游，兴致仍然极高，虽归而兴未尽。

回校后，学校出了一个作文题目《游开元寺记》，举行全校作文比赛，把最好的文章张贴在教室西头走廊的墙壁上。前三名都是我在上面提到过的从曹州府来的三位姓李的同学所得。第一名作文后面教师的评语是"颇有欧苏真气"。我也榜上有名，但却在八九名之后了。

一次失败的"造反"

我在上面介绍教员时，曾提到一位教珠算的绰号叫 shao qian 的教员。他那法西斯式的教学方法引起了全班学生的愤怒。哪里有压迫，哪里就有抵抗，对于小孩子也不例外。大家挨够了他的戒尺，控诉无门。告诉家长，没有用处。告诉校长，我们那位校长是一个小官僚主义者，既不教书，也不面对学生，不知道他整天干些什么。告诉他也不会有用。我们小小的脑袋瓜里没有多少策略，想来想去，只有一条路，就是"造反"，把他"架"（赶走）了。比我大几岁的几个男孩子带头提出了行动方略：在上课前把教师用的教桌倒翻过来，让它四脚朝天。我们学生都离开教室，躲到那一个寥落的花园假山附近的树丛中，每人口袋里装满了上面提到的那些树上结满了的黄色的豆豆，准备用来打 shao qian 的脑袋。但是，十一二岁的孩子们不懂什么组织要细密，行动要统一，意见要一致，便贸然行事。我喜欢热闹，便随着那几个大孩子，离开了教室，躲在乱树丛中，口袋里装满了黄豆豆，准备迎接胜利。但是，过了半个多小时，我们都回到教室里，准备用黄豆豆打教师的脑袋时，我们都傻了眼：大约有三分之一的学生安然坐在那里，听老师讲课，教桌也早已翻了过来。原来形成的统一战线，现在彻底崩溃了。学生分成了两类：良民与罪犯。我们想"造反"的人当然都属于后者。shao qian 本来就不是什么好东西，现在看到有人居然想砸他的饭碗，其愤怒之情概可想见，他满面怒容，威风凛凛地坐在那里，竹板戒尺拿在手中，在等候我们这一批自投罗网的小罪犯。他看个子大小，就知道，谁是主犯，谁是从犯。他先把主犯叫过去，他们自动伸出了右手。只听到重而响的啪啪的板子声响彻了没有人敢喘大气的寂静的教室。那几个男孩子也真有"种"，被打得龇牙咧嘴，却不哼一声。轮到我了，我也照样把右手伸出去，啪啪十声，算是从轻发落，但手也立即红肿起来，刺骨地热辣辣地痛。我走出教室，用一只红肿的手，把口袋里的黄豆豆倒在地上，走回家去，右手一直痛了几天。

　　我的第一次"造反"就这样失败了。

我想，如果是在四十多年后发生的"文革"中，像shao qian这样的老师，一定会被小学生打死的。

现在回想起来，大概我们都不是"造反"的材料。我们谁也没有研究、总结一下失败的教训：出了"叛徒"？没有做好"统战"工作？事过之后，谁都老老实实地上珠算课，心甘情愿地挨 shao qian 的竹板子打，从此以后，天下太平了。

偷看小说

那时候，在我们家，小说被称为"闲书"，是绝对禁止看的。但是，我和秋妹都酷爱看"闲书"，高级的"闲书"，像《红楼梦》《西游记》之类，我们看不懂，也得不到，所以不看。我们专看低级的"闲书"，如《彭公案》《施公案》《济公传》《七侠五义》《小五义》《东周列国志》《说唐》《封神榜》等等。我们都是小学水平，秋妹更差，只有初小水平，我们认识的字都有限。当时没有什么词典，有一部《康熙字典》，我们不会也不肯去查。经常念别字，比如把"飞檐走壁"，念成了"飞 dan 走壁"，把"气往上冲"念成了"气住上冲"。反正，即使有些字不认识，内容还是能看懂的。我们经常开玩笑说："你是用笤帚扫，还是用扫帚扫？"不认识的字少了，就是笤帚，多了就用扫帚。尽管如此，我们看闲书的瘾头仍然极大。那时候，我们家没有电灯，晚上，把煤油灯吹灭后，躺在被窝里，用手电筒来看。那些闲书，都是洋光纸石印的，字极小，有时候还不清楚。看了几年，我居然没有变成近视眼，实在是出我意料。

我不但在家里偷看，还把书带到学校里去，偷空就看上一段。校门外左手空地上，正在施工盖房子。运来了很多红砖，摞在那里，不是一摞，而是很多摞，中间有空隙，坐在那里，外面谁也看不见。我就搬几块砖下来，坐在上面，在下课之后，且不回家，掏出闲书，大看特看。书中侠客们的飞檐走壁，刀光剑影，仿佛就在我眼前晃动，我似乎也参与其间，乐不可支。等到脑筋清醒了一点，回家已经过了吃饭的时间，常常挨数落。

这样的闲书，我看得数量极大，种类极多。光是一部《彭公案》，我就看到了四十几续。越说越荒唐，越说越神奇，到了后来，书中的侠客个个赛过《西游记》的孙猴子。但这有什么害处呢？我认为没有。除了我一度想练铁砂掌以外，并没有持刀杀人，劫富济贫，做出一些荒唐的事情，危害社会。不但没有害处，我还认为有好处。记得鲁迅先生在答复别人问他怎样才能写通写好文章的时候说过，要多读多看。千万不要相信《文章作法》一类的书籍。我认为，这是至理名言。现在，对小学生，在课外阅读方面，同在别的方面一样，管得过多，管得过严，管得过死，这不一定就是正确的方法。无为而治，我并不完全赞成，但为的太多，我是不敢苟同的。

蚂蚱进城

还有一件小事，我必须在这里讲上一讲。因为我一生只见过一次，可能不能称为小事了，这就是蚂蚱进城。这种事，我在报纸上读到过，却还没有亲眼见过。

有一天，我去上学，刚拐进曹家巷，就看到地上蹦的跳的全是蚂蚱，不是有翅膀的那一种大个的，而是浑身光溜溜的小个的那一种。越往前走，蚂蚱越多，到朝山街口上，地上已经密密麻麻的全是蚂蚱了。人马要想走路，路上根本没有落脚之地，一脚下去，至少要踩死十几二十个。地上已经积尸成堆，如果蚂蚱有血的话，那就必然是血流成河了。但是小蚂蚱们对此视若无睹。它们是从南圩子门跳进城来的，目的是北进，不管有多大阻碍，它们硬是向北跳跃，可以说是置生死于不顾，其势是想直捣黄龙，锐不可当。我没有到南圩子门外去看，不知道那里的情况怎样。我也不知道，这一路蝗虫纵队是在哪里形成的，是怎样形成的。听说，它们所到之处，见绿色植物就吃，蝗群过后，庄稼一片荒芜。如果是长着翅膀的蝗群，连树上的叶子一律吃光，算是一种十分可怕的天灾。我踩着蚂蚱，走进学校，学校里一只也没有。看来学校因为离圩子门还有一段路，是处在蝗虫冲击波以外的地方，所以才能幸免。上午的课程结束后，在回家的路上，我又走过朝山街。此时蝗虫冲击波已经过去。至于这个波冲击多远，是否已经到了城门里面，我不知道。只见街上全是蚂蚱的尸体，令人见了发怵。有的地方，尸体已被扫成了堆，扫入山水沟内。有的地方则仍然是尸体遍野，任人践踏。看来这一次进城的蚂蚱，不能以万计，而只能以亿计。这一幕蚂蚱进城的闹剧突然而起，戛然而止。我当时只是觉得好玩而已，没有更多的想法。现在回想起来，我觉得，大自然这玩意儿是难以理解，难以揣摩的。它是慈祥的，人类的衣食住行无不仰给于大自然。这时的大自然风和日丽。但它又是残酷的，有时候对人类加以报复，这时的大自然阴霾蔽天。人类千万不要翘尾巴，讲什么"征服自然"。人类要想继续生存下去，只能设法理解自然，同自然交朋友，这就是我最近若干年来努力宣扬的"天人合一"。

想念母亲

我六岁离开了母亲，初到济南时曾痛哭过一夜。上新育小学时是九岁至十二岁。中间曾因大奶奶病故，回家过一次，是在哪一年，却记不起来了。常言道："孩儿见娘，无事哭三场。"我见到了日夜思念的母亲，并没有哭，但是，我却看到母亲眼里溢满了泪水。

那时候，我虽然年纪尚小，但依稀看到了家里日子的艰难。根据叔父的诗集，民国元年，他被迫下了关东，用身上仅有的五角大洋买了十分之一张湖北水灾奖券，居然中了头奖。虽然只拿到了十分之一的奖金，但数目已极可观。他写道，一夜做梦，梦到举人伯父教他作诗，有两句诗，醒来还记得："阴阳往复竟无穷，否极泰来造化工。"后来中了奖，以为是先人呵护。他用这些钱在故乡买了地，盖了房，很阔过一阵。我父亲游手好闲，农活干不了很多，又喜欢结交朋友，结果拆了房子，卖了地，一个好好的家，让他挥霍殆尽，又穷得只剩半亩地，依旧靠济南的叔父接济。我在新育小学时，常见到他到济南来，住上几天，拿着钱又回老家了。有一次，他又来了，住在北屋里，同我一张床。住在西房里的婶母高声大叫，指桑骂槐，数落了一通。这种做法，旧社会的妇女是常常使用的。我父亲当然懂得的，于是辞别回家，以后几乎没见他再来过。失掉了叔父的接济，他在乡下同母亲怎样过日子，我一点都不知道。尽管不知道，我仍然想念母亲。可是，我"身无彩凤双飞翼"，我飞不回乡下，想念只是白白地想念了。

我对新育小学的回忆，就到此为止了。我写得冗长而又拉杂。这对今天的青少年们，也许还会有点好处。他们可以通过我的回忆了解一下七十年前的旧社会，从侧面了解一下中国近现代史。对我自己来说，在写作的过程中，我仿佛又回到了七十多年前，又变成了一个小孩子，重新度过那可爱又并不怎么可爱的三年。

2002 年 3 月 15 日

回忆正谊中学

在过去的济南，正谊中学最多只能算是一所三流学校，绰号"破正谊"，与"烂育英"凑成一对，成为难兄难弟。但是，正谊三年毕竟是我生命中一个阶段，即使不是重要的阶段，也总能算是一个有意义的阶段。因此，我在过去写的许多文章中都谈到了正谊；但是，谈得很不全面，很不系统。现在想比较全面地，比较系统地叙述一下我在正谊三年的过程。

正谊中学坐落在济南大明湖南岸阎公祠（阎敬铭的纪念祠堂）内。原有一座高楼还保存着，另外又建了两座楼和一些平房。这些房子是什么时候建造的，我不清楚，也没有研究过。校内的景色是非常美的，特别是北半部靠近原阎公祠的那一部分。绿杨撑天，碧水流地。一条清溪从西向东流，尾部有假山一座，小溪穿山而过。登上阎公祠的大楼，可以看到很远的地方，向北望，大明湖碧波潋滟，水光接天。夏天则是荷香十里，绿叶擎天。向南望，是否能看到千佛山，我没有注意过。

我那时才十三四岁，旧诗读得不多，对古代诗人对自然美景的描述和赞美，不甚了了，也没有兴趣。我的兴趣是在大楼后的大明湖岸边上。每到夏天，湖中长满了芦苇。芦苇丛中到处是蛤蟆和虾。这两种东西都是水族中的笨伯。在家里偷一根针，把针尖砸弯，拴上一条绳，顺手拔一条苇子，就成了钓竿似的东西。蛤蟆端坐在荷叶上，你只需抓一只苍蝇，穿在针尖上，把钓竿伸向它抖上两抖，蛤蟆就一跃而起，意思是想捕捉苍蝇，然而却被针尖钩住，捉上岸来。我也并不伤害它，仍把它放回水中。有了这个教训的蛤蟆是否接受教训，不再上当，我没法研究。这疑难问题，虽然比不上相对论，但要想研究也并不容易，只有请美国科学家们代劳了。最笨的还是虾。这种虾是长着一对长夹的那一种，齐白石画的虾就是这样的。对付它们，更不费吹灰之力，只需顺手拔一支苇子，看到虾，往水里一伸，虾们便用长夹夹住苇秆，死不放松，让我拖出水来。我仍然把它们再放回水中。我是醉翁之意不在酒，而在戏耍也。上下午课间的几个小时，我就是这样打发的。

我家住在南城，要穿过整个济南城才能到大明湖畔，因此中午不回家吃饭。婶母每天给两个铜圆当午餐费，一个铜圆买一块锅饼，大概不能全吃饱，另一个铜圆买一碗豆腐脑或一碗炸丸子，就站在校门外众多的担子旁边，狼吞虎咽，算是午饭，心里记挂的还是蛤蟆和虾。看到路旁小铺里卖的一个铜圆一碟的小葱拌豆腐，简直是垂涎三尺。至于那几个破烂小馆里的炒木樨肉等炒菜，香溢门外，则更是如望海上三山，可望而不可即了。有一次，从家里偷了一个馒头带在身边，中午可以节约一个铜圆，多喝一碗豆腐脑或炸丸子。惹得

我的自述

婶母老大不高兴。古话说：君子不二过。从此不敢再偷了。又有一次，学校里举办什么庆祝会，我参加帮忙。中午每人奖餐券一张，到附近一个小馆里去吃一顿午饭。我如获至宝，昔日可望而不可即的地方，今天我终于来了，饱饱地吃了一顿，以致晚上回家，连晚饭都吃不下了。这也许是我生平吃得最饱的一顿饭。

我当时并不喜欢念书。我对课堂和老师的重视远远比不上我对蛤蟆和虾的兴趣。每次考试，好了可以考到甲等三四名，坏了就只能考到乙等前几名，在班上总还是高才生。其实我根本不计较这些东西。提到正谊的师资，因为是私立，工资不高，请不到好教员。班主任叫王烈卿，绰号"王劣子"，不记得他教过什么课，大概是一位没有什么学问的人，很不受学生的欢迎。有一位教生物学的教员，姓名全忘记了。他不认识"玫瑰"二字，读之为"久块"，其他概可想象了。

杜老师

但也确有饱学之士。有一位教国文的老先生，姓杜，名字忘记了，也许当时就没有注意，只记得他的绰号"杜大肚子"。此人确系饱学之士，熟读经书，兼通古文，一手小楷写得俊秀遒劲，不亚于今天的任何书法家，听说前清时还有过什么功名，但是，他生不逢时，命途多舛，毕生浮沉于小学教员与中学教员之间，后不知所终。他教我的时候是我在高一的那一年。我考入正谊中学，录取的不是一年级，而是一年半级，由秋季始业改为春季始业。我只待了两年半，初中就毕业了。毕业后又留在正谊，念了半年高一。杜老师就是在这个时候教我们班的。时间是1926年，我十五岁。他出了一个作文题目与描绘风景抒发感情有关。我不知天高地厚，写了一篇带有骈体文味道的作文。我在这里补说一句：那时候作文都是文言文，没有写白话文的。我对自己那一篇作文并没有沾沾自喜，只是写这样的作文，我还是第一次尝试，颇有期待老师表态的想法。发作文簿的时候，看到杜老师在上面写满了密密麻麻的字，等于他重新写了一篇文章。他的批语是："要作花样文章，非多记古典不可。"短短一句话，可以说是正击中了我的要害。古文我读过不少，骈文却只读过几篇。这些东西对我的吸引力远远比不上《彭公案》《济公传》《七侠五义》等等一类的武侠神怪小说。这些东西被叔父贬为"闲书"，是禁止阅读的，我却偏乐此不疲，有时候读起了劲，躲在被窝里利用手电筒来读。我脑袋里哪能有多少古典呢?仅仅凭着那几个古典和骈文习用的词句就想写"花样文章"，岂非一个典型的癞蛤蟆吗?看到了杜老师批改的作文，心中又是惭愧，又是高兴。惭愧的原因，用不着说。高兴的原因则是杜老师已年届花甲竟不嫌麻烦这样修改我的文章，我焉得不高兴呢?离开正谊以后，好多年没有回去，当然也就见不到杜老师了。我不知道他后来怎样了。但是，我却不时怀念他。他那挺着大肚皮步履蹒跚地走过操场去上课的形象，将永远留在我的记忆中。

郑又桥老师

另外一个让我难以忘怀的老师，就是教英文的郑又桥先生。他是南方人，不是江苏，就是浙江。他的出身和经历，我完全不知道，只知道他英文非常好，大概是专教高年级的。他教我们的时间，同杜老师同时，也是在高中一年级，当时那是正谊的最高年级。我自从进正谊中学将近三年以来，英文课本都是现成的：《天方夜谭》《泰西五十轶事》，语法则是《纳氏文法》（Nesfield 的文法）。大概所有的中学都一样。郑老师用的也不外是这些课本。至于究竟是哪一本，现在完全忘记了。郑老师教书的特点，突出地表现在改作文上。别的同学的作文本我没有注意，我自己的作文，则是郑老师一字不改，而是根据我的原意另外写一篇。现在回想起来，这有很大的好处。我情动于中，形成了思想，其基础或者依据当然是母语，对我来说就是汉语，写成了英文，当然要受汉语的制约，结果就是中国式的英文。这种中国式的英文，一直到今天，还没有能消除。郑老师的改写是地道的英文，这是多年学养修炼成的，并不是每个人都能做到的。拿我自己的作文和郑先生的改作细心对比，可以悟到许多东西，简直可以说是一把开门的钥匙。可惜只跟郑老师学了一个学期，就离开了正谊。再一次见面已经是二十多年以后的事情了。1947年暑假，我从北京回到了济南。到母校正谊去探望。万没有想到竟见到了郑老师。我经过了三年高中，四年清华，十年德国，已经从一个小孩子变成了一个小伙子，而郑老师则已垂垂老矣。他住在靠大明湖的那座楼上中间一间屋子里，两旁以及楼下全是教室，南望千佛山，北倚大明湖，景色十分宜人。师徒二十多年没有见面，其喜悦可知。我曾改写杜诗："人生不相见，动如参与商。今夕复何夕，共此明湖光。"他大概对我这个徒弟很感到骄傲，曾在教课的班上，手持我的名片，激动地向同学介绍了一番。从那以后，"世事两茫茫"，再没有见到郑老师，也不知道他的下落。直到今天，我对他仍然是忆念难忘。

徐金台老师

徐老师大概是正谊的资深的教员，很受师生的尊敬。我没有上过他的课，但是，他在课外办了一个古文补习班。愿意学习的学生，只需每月交上几块大洋，就能够随班上课了。上课时间是下午放学以后，地点是阎公祠大楼的一间教室里，念的书是《左传》《史记》一类的古籍，讲授者当然就是徐金台老师了。叔父听到我谈这一件事，很高兴，立即让我报了名。具体的时间忘记了，反正是在那三年中。记得办班的时间并不长，不知道是由于什么原因，突然结束了。大概读了几篇《左传》和《史记》。对我究竟有多大影响，很难说清楚。反正读了几篇古文，总比不读要好吧。

叔父对我的古文学习，还是非常重视的。就在我在正谊读书的时候，他忽然心血来潮，亲自选编，亲自手抄了一本厚厚的《课侄选文》，并亲自给我讲解。选的文章都是理学方面的，唐宋八大家的文章一篇也没有选。说句老实话，我并不喜欢这类的文章。好在他只讲解过几次之后就置诸脑后，再也不提了。这对我是一件十分值得庆幸的事情，我仿佛得到了解放。

鞠思敏先生

要谈正谊中学，必不能忘掉她的创办人和校长鞠思敏（承颖）先生。由于我同他年龄差距过大，他大概大我五十岁，我对他早年的活动知之甚少。只听说，他是民国初年山东教育界的领袖人物之一，当过什么长。后来自己创办了正谊中学，一直担任校长。我十二岁入正谊，他大概已经有六十来岁了，当然不可能引起他的注意，没有谈过话。我每次见到他，就油然起敬仰之情。他个子颇高，身材魁梧，走路极慢，威仪俨然。穿着极为朴素，夏天布大褂，冬天布棉袄，脚上穿着一双黑布鞋，袜子是布做的。现在机器织成的袜子，当时叫作洋袜子，已经颇为流行了。可鞠先生的脚上却仍然是布袜子，可见他简朴之一斑。

　　鞠先生每天必到学校里来，好像并不担任什么课程，只是来办公。我还是一个孩子，不了解办学的困难。在军阀的统治之下，军用票满天飞，时局板荡，民不聊生。在这样的情况下，维持一所有几十名教员，有上千名学生的私立中学，谈何容易。鞠先生身上的担子重到什么程度，我简直无法想象了。然而，他仍然极端关心青年学生们的成长，特别是在道德素质方面，他更倾注了全部的心血，想把学生培养成有文化有道德的人。每周的星期一上午八时至九时，全校学生都必须集合在操场上。他站在台阶上对全校学生讲话，内容无非是怎样做人，怎样爱国，怎样讲公德、守纪律，怎样严于律己、宽以待人，怎样孝顺父母，怎样尊敬师长，怎样与同学和睦相处，总之，不外是一些在家庭中也常能听到的道德教条，没有什么新东西。他简直像一个絮絮叨叨的老太婆，而且每次讲话内容都差不多。事实上，内容就只有这些，他根本不可能花样翻新。当时还没有什么扩音器等洋玩意儿。他的嗓子并不洪亮，站的地方也不高。我不知道，全体学生是否都能够听到？听到后的感觉如何？我在正谊三年，听了三年。有时候确也感到絮叨。但是，自认是有收获的。他讲的那一些普普通通做人的道理，都是金玉良言，我也受到了潜移默化的影响。

我在正谊待了三年以后，1926年，我十五岁，考入山东大学附设高中。鞠思敏先生应聘担任了这里的教员，教的是伦理学，课本用的是蔡元培的《中国伦理学史》。他衣着朴素如故，威仪俨然如故，讲课慢条斯理，但是句句真诚动听。他这样一个人本身简直就是伦理的化身。其效果当时是不可能立竿见影的，但是，我相信，它将影响我们的终身。

我在山大附中待了两年，1928年，日寇占领了济南，我当了一年亡国奴，九死一生，躲过了那一场灾难。从1929年起，我在省立济南高中读了一年书，在清华读了四年，又回高中教了一年书，然后到德国去待了十年，于1947年才再回到济南。沧海桑田，鞠老师早已不在人间。但是，人们并没有忘记他，他在日寇占领期间，大义凛然，不畏日寇的威胁利诱，誓死不出任伪职，穷到每天只能用盐水泡煎饼果腹，终至贫困而死，为中华民族留正气，为后世子孙树楷模。我听了这些话，不禁肃然起敬，较之朱自清先生，鞠老师似尤过之。为了纪念这一位伟大的爱国主义教育家，人民政府把正谊中学前面的一条马路改称鞠思敏街，这实在是令人敬佩之举。但是，不幸的是，正谊中学已经改了校名。又听说，鞠思敏街也已换了街名。我个人认为，这都是十分不妥的。后者，如果是真的话，尤其令人不解。难道是有关部门通过内查外调，发现了鞠思敏先生有什么对不起中国人民的行动吗?我希望，山东省的有关部门能够恢复正谊中学的建制，而且——如果真正去掉的话——能够恢复鞠思敏街的名称。现在，我国人民生活大大地提高，国势日隆，真正是换了人间。但是，外敌环伺，他们不愿意看到我们中华民族的崛起。在这样的关键时刻，中央发布的公民道德建设的简短的条文中，第一就是爱国，这实在是切中要害的英明之举。在山东宣传一下鞠思敏，用身边的例子来教育人民，必然是事半而功倍。为山东人，为中国人，留下这一股爱国主义的浩然正气，是会有悠久而深远的意义的。

鞠思敏先生将永远活在我的心中。

尚实英文学社

写完了正谊中学，必须写一写与正谊同时的尚实英文学社。

这是一个私人办的学社，坐落在济南城内按察司街南口一条巷子的拐角处。创办人叫冯鹏展，是广东人，不知道何时流寓在北方，英文也不知道是在哪里学的，水平大概是相当高的。他白天在几个中学兼任英文教员，晚上则在自己家里的前院里招生教英文。学生每月记得是交三块大洋。教员只有三位：冯鹏展先生、钮威如先生、陈鹤巢先生。他们都各有工作，晚上教英文算是副业，但是，他们教书都相当卖力气。学子趋之若鹜，总人数大概有七八十人。别人我不清楚，我自己是很有收获的。我在正谊之所以能在英文方面居全班之首，同尚实是分不开的。在中小学里，课程与课程在得分方面是很不相同的。历史、地理等课程，考试前只需临时抱佛脚死背一气，就必能得高分。而英文和国文则必须有根底才能得高分，而根底却是在相当长的时间内打下的，现上轿现扎耳朵眼是办不到的。在北园山大高中时期，我有一个同班同学，名叫叶建梓，记忆力特强。但是，两年考了四次，我总是全班状元，他总屈居榜眼，原因就是其他杂课他都能得高分，独独英文和国文，他再聪明也是上不去，就因为他根底不行。我的英文之所以能有点根底，同尚实的教育是紧密相连的。国文则同叔父的教育和徐金台先生是分不开的。

说句老实话，我当时并不喜欢读书，也无意争强，对大明湖蛤蟆的兴趣远远超过书本。现在回想起来，当时对我的压力真够大的。每天（星期天当然除外）早上从南关穿过全城走到大明湖，晚上五点再走回南关。吃完晚饭，立刻就又进城走到尚实英文学社，晚九点回家，真可谓马不停蹄了。但是，我并没有感觉到什么压力，在精神上和肉体上都没有。每天晚上，尚实下课后，我并不急于回家，往往是一个人沿着院东大街向西走，挨个儿看马路两旁的大小铺面，有的还在营业。当时电灯并不明亮。大铺子，特别是那些卖水果的大铺子，门口挂上一盏大的煤气灯，照耀得如同白昼，下面摆着摊子，在冬天也陈列着从南方运来的香蕉和桔子，再衬上本地产的苹果和梨，红绿分明，五光十色，真正诱人。我身上连一个铜板都没有，只能过屠门而大嚼——徒饱眼福，然而却百看不厌，每天晚上必到。一直磨蹭到十点多才回到家中。第二天一大早就又要长途跋涉了。

我就是这样度过了三年的正谊中学时期和几乎同样长的尚实英文学社时期，我十二岁到十五岁。

2002 年 2 月 1 日

我的自述

回忆北园山大附中

1926年，我十五岁，在正谊中学春季始业的高中待了半年，秋天考入山东大学附设高中一年级。入正谊时占了半年的便宜，结果形同泡影，一扫而光了。

山大高中坐落在济南北园白鹤庄。泉城济南的地势，南高北低。常言道："水往低处流。"泉城七十二名泉的水，流出地面以后，一股脑儿都向北流来。连泰山北麓的泉水也通过黑虎泉、龙洞等处，注入护城河，最终流向北园，一部分注入小清河，向大海流去。因此，北园成了水乡，到处荷塘密布，碧波潋滟。风乍起，吹皱一塘清水。无风时则如一片明镜，可以看到二十里外的千佛山的倒影。有人怀疑这种说法，最初我也是怀疑派。后来我亲眼看到了，始知此语非虚。塘边绿柳成行。在夏天，绿叶葳蕤，铺天盖地，都是绿雾，仿佛把宇宙也染成了绿色的。虽然不能"烟笼十里堤"，也自风光旖旎，悦人心目。记得叔父有一首七绝：

杨花流尽菜花香，弱柳扶疏傍寒塘。
蛙鼓声声向人语，此间即是避秦乡。

虽然写的是春天的景色，完全可以举一反三，看看北园究竟是一个什么样的地方。

白鹤庄就是处在绿杨深处，荷塘环绕的一个小村庄。高中所在地是村中的一处大宅院。当年初建时，据说是一个什么农业专科学校，后来关门了，山大高中初建就选定了这一座宅院做校址。这真是一个念书的绝妙的好地方。我们到的时候，学校已经有三年级一个班，二年级一个班，我们一年级共分四个班，总共六个班，学生二百余人。

教员队伍

高中是公立的学校，经费不发生问题。因此，师资队伍可谓极一时之选，远非正谊中学所可比。在下面，我先把留给我印象最深的几位老师简要地介绍一下。

鞠思敏先生

在回忆正谊中学的时候，我已经写到了鞠思敏先生，有比较详细的介绍，我在这里不再重复。

在正谊中学，鞠思敏先生是校长，不教书。在北园高中，他是教员，讲授伦理学，仍然兼任正谊校长。他仍然穿着一身布衣，朴素庄重。他仍然是不苟言笑。但是，根据我的观察，所有的教员对他都十分尊敬。从辈分上来讲，他是山东教育界的元老。其他教员都可能是他的学生一辈。作为讲课的教员，鞠先生可能不是最优秀的。他没有自己的讲义，使用的课本是蔡元培的《中国伦理学史》，他只是加以阐发。讲话的声调，同在正谊每周一训话时一模一样，不像是悬河泻水，滔滔不绝，没有什么抑扬顿挫。但是我们都听得清，听得进。我们当时年龄虽小，但是信息还是灵通的。每一位教员是什么样子，有什么德行，我们还是一清二楚的。鞠先生的过去，以及他在山东教育界的地位，我们心中都有数。所以学生们都对他表示出极高的敬意。

祁蕴璞先生

在山东中学教育界，祁蕴璞先生是鼎鼎大名的人物。他大概毕生都是著名的一中的教员，讲授历史和地理。在历史和地理的教学中，他是状元，无人能出其右。

在课堂上，祁老师不是一个口才很好的人，说话还有点磕巴。他的讲义每年都根据世界形势的变化和考古发掘的最新结果以及学术界的最新学说加以补充修改。所以他教给学生的知识都是最新的知识。这种做法，不但在中学是绝无仅有，即使在大学中也十分少见。原因就是祁老师精通日文。自从明治维新以后，日本最积极地，最热情地，最及时地吸收欧美的新知识。而祁先生则订有多种日文杂志，还随时购买日本新书。有时候他把新书拿到课堂上给我们看。他怕沾有粉笔末的手弄脏了新书，战战兢兢地用袖子托着书。这种细微的动作并没能逃过我的眼睛。可以看到他对书籍是怎样地爱护。如果是在今天的话，他早已成了什么特级教师，并会有许多论文发表，还结成了多少集子。他的大名会出现在什么《剑桥名人录》上，还有花钱买来的《名人录》上，堂而皇之地印在名片上，成为"名人"。然而祁先生对这种事情他决不会干。他读新书是为了教好学生，没有今天学术界这种浮躁的学风。同今天比起来，那时候的人实在是淳朴到可爱的程度了。

上面曾说到，祁先生不是一个口才很好的人，还有点磕巴。他讲课时，声调高扬，语音铿锵，但为了避免磕巴，他自己发明了一个办法，不时垫上三个字 shi lin la，有音无字，不知道应该怎样写。乍听时，确实觉得有点怪，但听惯了，只需在我们耳朵中把这三个音删掉，就一切正常了。

祁老师教的是历史和地理。他关心国家大事，关心世界大事。眼前的世界形势随时变动，没有法子在正课中讲。他于是另在课外举办世界新形势讲座。学生中愿意听者可以自由去听，不算正课，不考试，没有分数。先生讲演，只有提纲，没有写成文章。讲演时指定两个被认为文笔比较好的学生做记录，然后整理成文，交先生改正后，再油印成讲义，发给全体学生。我是被指定的两个学生之一。当时不记得有什么报纸，反正在北园两年，没看过报。国内大事都极模糊，何况世界大事！祁老师的讲演开阔了我们的视野，增加了我们的知识，对我们的学习有极大的帮助。

1928年，日寇占领了济南，学校停办。从那以后，再没有见到祁蕴璞老师。但是他却永远活在我的记忆中，一直到现在。

王崐玉先生

王老师是国文教员，是山东莱阳人，父亲是当地有名的文士，也写古文。所以王先生家学渊源，从小受过良好的教育，特别是古文写作方面更为突出。他为文遵桐城派义法，结构谨严，惜墨如金，逻辑性很强。我不研究中国文学史，但有一些胡思乱想的看法。我认为，桐城派古文同八股文有紧密的联系。其区别只在于，八股文必须代圣人立言，《四书》以朱子注为标准，不容改变。桐城派古文，虽然也是"文以载道"，但允许抒发个人感情。二者的差别，实在是微乎其微。

王老师有自己的文集，都是自己手抄的，从来没有出版过，也根本没有出版的可能。他曾把文集拿给我看过。几十年的写作，只有薄薄一小本。现在这文集不知到哪里去了。惜哉！

王老师上课，课本就使用现成的《古文观止》。不是每篇都讲，而是由他自己挑选出来若干篇，加以讲解。文中的典故，当然在必讲之列。而重点则在文章义法。他讲的义法，已如我在上面讲到的那样，基本是桐城派，虽然他自己从来没有这样说过。《古文观止》里的文章是按年代顺序排列的。不知道什么原因，王老师选讲的第一篇文章是比较晚的明代袁中郎的《徐文长传》。讲完后出了一个作文题目《读徐文长传书后》。我从小学起作文都用文言，到了高中仍然未变。我仿佛驾轻就熟般地写了一篇《书后》，自觉并没有什么了不起，不意竟获得了王老师的青睐，定为全班压卷之作，评语是"亦简劲，亦畅达"。我当然很高兴。我不是一个没有虚荣心的人。老师这一捧，我就来了劲儿。于是就拿来韩、柳、欧、苏的文集，认真读过一阵儿。实际上，全班国文最好的是一个叫韩云鹄的同学。可惜他别的课程成绩不好，考试总居下游。王老师有一个习惯，每次把学生的作文簿批改完后，总在课堂上占用一些时间，亲手发给每一个同学。排列是有顺序的，把不好的排在最上面，依次而下，把最好的放在最后。作文后面都有批语，但有时候他还会当面说上几句。我的作文和韩云鹄的作文总是排在最后一二名，最后一名当然就算是状元，韩云鹄当状元的时候比我多。但是一二名总是被我们俩垄断，几年从来没有过例外。

我在上面已经谈到过，北园的风光是非常美丽的。每到春秋佳日，风光更为旖旎。最难忘记的是夏末初秋时分，炎夏初过，金秋降临。秋风微凉，冷暖宜人。每天晚上，夜深以后，同学们大都走出校门，到门前荷塘边上去散步，消除一整天学习的疲乏。于时月明星稀，柳影在地，草色凄迷，荷香四溢。如果我是一个诗人的话，定会好诗百篇。可惜我从来就不是什么诗人，只空怀满腹诗意而已。王崑玉老师大概也是常在这样的时候出来散步的。他抓住这个机会，出了一个作文题目：夜课后闲步校前溪观捕蟹记。我生平最讨厌写论理的文章。对哲学家们那一套自认为是极为机智的分析，我十分头痛。除非有文采，像庄子、孟子等，其他我都看不下去。我喜欢写的是抒情或写景的散文，有时候还能情景交融，颇有点沾沾自喜。王老师这个作文题目正合吾意，因此写起来很顺畅，很惬意。我的作文又一次成为全班压卷之作。

自从北园高中解散以后，再没有见到过王崑玉老师。后来听说，他到山东大学（当时还在青岛）中文系去教书，只给了一个讲师的头衔。我心中愤愤不平。像王老师那样的学问和人品，比某一些教授要高得多。现在有什么人真懂而且又能欣赏桐城派的古文呢？王老师郁郁不得志，也在情理之中。但是，在我的心中，王老师形象却始终是高大的，学问是非常好的，是一个真正的读书人。王老师将永远活在我的心中。

完颜祥卿先生

完颜这个姓，在中国是非常少见的，大概是"胡"人之后。其实我们每个人，在长期民族融合之后，差不多都有"胡"血。完颜祥卿先生是一中的校长，被聘到山大高中来教论理学，也就是逻辑学。这不是一门重要的课，学生也都不十分注意和重视。因此我对完颜祥卿先生没有多少可以叙述的材料。但是，有一件事我必须讲一讲。完颜先生讲的当然是旧式的形式逻辑。考入清华大学以后，学校规定，文科学生必须选一门理科的课，逻辑可以代替。于是只有四五个教授的哲学系要派出三个教授讲逻辑，其中最受欢迎的是金岳霖先生，我也选了他的课。我原以为自己在高中已经学过逻辑，现在是驾轻就熟。焉知金先生讲的不是形式逻辑。是不是接近数理逻辑，我至今仍搞不清楚，反正是同完颜先生讲的大异其趣。最初我还没有完全感觉到，乃至答题碰了几个钉子，我才幡然悔悟，改弦更张，才达到了"预流"的水平。

王老师

教数学，名字忘记了，好像当时就不清楚。他是一中的教员，到高中来兼课。在山东中学界，他大名鼎鼎，威信很高。原因只能有一个，就是他教得好。在北园高中，他教的不外三角、小代数和平面几何之类。他讲解十分清楚，学生不需用多大劲，就都能听懂。但是，文科学生对数学是不重视的，大都是敷衍了事。后来考大学，却吃了大亏。出的题目比我们在高中学的要深得多。理科高中的毕业生比我们这些文科高中的毕业生在分数方面沾了大光。

刘老师

教英文，名字也忘记了。他是北大英文系毕业的，英文非常好，也是一中的教员。因为他的身躯相当矮，学生就给他起了一个外号，叫作"×豆"，是非常低级，非常肮脏的。但是，这些十七八岁的大孩子毫无污辱之意，我们对刘老师还是非常敬重的。由于我有尚实英文学社的底子，在班上英文是绝对的状元，连跟我分数比较接近的人都没有。刘老师有一个习惯，每当学生在课堂上提出问题，他自己先不答复，而是指定学生答复。指定的顺序是按照英文的水平的高低。关于这问题他心里似乎有一本账。他指定比问问题者略高的人来答复。如果答复不了，他再依次向上指定学生答复。往往最后是指定我，这算是到了头。一般我都能够答复，但也有露怯的时候。有一次，一个同学站起来问：not at all 是什么意思。这本来不能算是一个严重的问题；但是，我却一时糊涂油蒙了心，没有解释对，最后刘老师只好自己解答。

尤桐先生

教英文。听口音是南方人。我不记得他教过我们班。但是，我们都很敬重他。1928年，日寇占领了济南，高中停办。教师和学生都风流云散。我们听说，尤先生还留在学校，原因不清楚。有一天我就同我的表兄孙襄城，不远十里，来到白鹤庄看望尤老师。昔日喧腾热闹的大院子里静悄悄的，好像只有尤老师和一个工友。我感觉到非常凄凉，心里不是滋味。我们陪尤老师谈了很久。离开以后，再没有见过面，也不知道他的下落。

"大清国"先生

教经学的老师。天底下没有"大清国"这样的姓名，一看就知道是一个诨名。来源是他经常爱说这几个字，学生们就以其人之道还治其人之身，干脆就叫他"大清国"，结果是，不但他的名字我们不知道，连他的姓我也忘了。他年纪已经很大，超过六十了吧。在前清好像得到过什么功名，最大是个秀才。他在课堂上讲话，张口就是"你们民国，我们大清国，怎样怎样……"，"大清国"这个诨名就是这样来的。他经书的确读得很多，五经、四书，本文加注疏，都能背诵如流。据说还能倒背。我真不知道，倒背是怎样一个背法?究竟有什么意义?所谓"倒背"，大家可能不理解是什么玩意儿。我举一个例子。《论语》"学而时习之……"倒背就是"……之习时而学"，这不是毫无意义的瞎胡闹吗?他以此来表示自己的学问大。他对经书确实很熟，上课从来不带课本。《诗》《书》《易》《礼》他都给我们讲过一点，完全按照注疏讲。谁是谁非，我们十几岁的孩子也完全懵然。但是，在当时当局大力提倡读经的情况下，经学是一门重要课程。

　　附带说一句，当时教经学的还有一位老师，是前清翰林，年纪已经八十多，由他的孙子讲注。因为没有教过我们，情况不了解。

德文老师

　　德文不是正课，是一门选修课。所以不大受到重视。教德文的老师是胶东人，方面大耳，留着一撮黑胡子，长得很像一个德国人。大概在青岛德国洋行里做过什么事，因而学会了一点德文，所以就被请来教我们德文。我选了这一门课，可惜连他的姓名都没有记住，他也没有诨名。他的德文大概确实很有限，发音更差。他有一次在课堂上大声抱怨，有人说他发音不好。他把德文的 gut（好，英文的 good）读为"古吃"。这确实不是正确的发音，但是他却愤愤不平，满面愠色。德文课本用的是一个天主教堂编的。里面的汉语陈腐不堪，好像是前清时代编成的，一直未改。这位德文教员，德文虽然不怎么样，杂学却有一两下子。他专门搜集十七字诗，印成了一本书，完全自费，他送给我一本。因为滑稽有趣，我看了一遍就记住了一些首，直至七十年后的今天还能成诵。我举一首，以概其余：

> 发配到云阳，
> 见舅如见娘，
> 两人齐下泪，
> 三行。

因为这位舅父瞎了一只眼。我当时在家中颇受到歧视，心有所感，也作了一首十七字诗：

> 叔婶不我爱，
> 于我何有哉，
> 但知尽孝道，
> 应该。

没有多少趣味，只是略抒心中的不平而已。这一首诗曾惹得叔父的亲女儿秋妹的不满。

王老师

教诸子的老师，名字忘记了，北大毕业，戴一副深度的近视眼镜。书读得很多，也有学问。他曾写了篇长文《孔子的仁学》，把《论语》中讲到"仁"的地方全部搜集起来，加以综合分析，然后得出结论。此文曾写成讲义，印发给学生们。我的叔父读了以后，大为赞赏，可能是写得很不错的。但是此文未见发表。王老师大概是不谙文坛登龙术，不会吹拍，所以没有能获得什么名声，只浮沉于中学教师中。从那以后，我再也没得到他的消息。

高中教员介绍到此为止。

我们的校舍

校舍很大，据说原来是一所什么农业专科学校。现在用作高中的校舍，是很适当的。

从城里走来，一走进白鹤庄，如果是在春、夏、秋三季，碧柳撑天，绿溪潺湲，如入图画中。向左一拐，是一大片空地，然后是坐北朝南的大门。进门向左拐是一个大院子，左边是一排南房，第一间房子里住的是监学。其余的房子里住着几位教员。靠西墙是一间大教室，一年级三班就在那里上课。向北走，走过一个通道，两边是两间大教室，右手的一间是一班，也就是我所在的班；左手是二班。走出通道是一个院子，靠东边是四班的教室。中间有几棵参天的大树，后面有几间房子，"大清国"、王崑玉和那位翰林住在里面。再向左拐是一个跨院，有几间房子。再往北走，迎面是一间大教室，曾经做过学生宿舍，住着二十多人。向东走，是一间教室，二年级的唯一的一个班在这里上课。再向东走，走过几间房子，有一个旁门，走出去是学生食堂，这已经属于校外了。回头向西走，经过住学生的大教室，有一个旁门，出去有几排平房，这是真正的学生宿舍。校舍的情况，大体上就是这个样子。应该说，里面的空间是相当大的，住着二三百学生并无拥挤之感。

学校管理和学生生活

现在回想起来，学校的管理是非常奇特的。应该有而且好像也真有一个校长，但是从来没有露过面，至于姓什么叫什么，统统忘掉了。学生们平常接触的学校领导人是一位监学。这个官衔过去没有碰到过，不知道是几品几级，也不知道他应该管什么事。当时的监学姓刘，名字忘记了。这个人人头极次，人缘不好，因为几乎全秃了顶，学生们赠以诨名"刘秃蛋"，竟以此名行。他经常住在学校中，好像什么事情都管。按理说，他应该是专管学生的操行和纪律的，教学应该由教务长管，可是这位监学也常到课堂上去听课，老师正在讲课，他站在讲台下面，环视全室，面露奸笑，感觉极为良好，大有天上天下，唯我独尊之势。学生没有一个人喜欢他的，他对此毫无感受。我现在深挖我的记忆，挖得再深，也挖不出一个"刘秃蛋"到学生宿舍或学生食堂的镜头。现在回想起来，这简直是不可思议的事情。足见他对学生的生活毫无兴趣，而对课堂上的事情却极端注意。每一个班的班长都由他指定。我因为学习成绩好，在两年四个学期中，我始终被他指定为班长。他之所以这样做，是"司马昭之心路人皆知"的，无非是想拉拢我，做他的心腹，向他打小报告，报告学生行动的动向。但是，我鄙其为人，这样的小报告，一次也没有打过。在校两年中，仅有一次学生"闹事"的事件，是三班学生想"架"（当时的学生话，意思是"赶走"）一位英文教员。"刘秃蛋"想方设法动员我们几个学生支持他。我终于也没有上他的圈套。

我无论怎么想，也想不起学校有一间办公室，有什么教务员、会计、出纳之类的小职员。对一所有几百人的学校来说，这应该是不能缺的。学校是公立，不收学费，所以没有同会计打过交道。但是，其他行政和教学事务应该还是有的；可我无论如何也回忆不起来了。

至于学生生活，最重要的无非是两项：住和吃。住的问题，上面已经谈到，都住宿舍中，除了比较拥挤之外，没有别的问题。吃是吃食堂，当时叫作"饭团"。学校根本不管，由学生自己同承包商打交道。学生当然不能每人都管，由他们每月选出一名伙食委员，管理食堂。这是很复杂很麻烦的工作，谁也不愿意干。被选上了，只好干上一个月。但是，行行出状元。二年级有一个同学，名叫徐春藻，他对此既有兴趣，也有天才。他每夜起来巡视厨房，看看有没有厨子偷肉偷粮的事件。有一次还真让他抓到了。承包人把肉藏在酱油桶里，准备偷运出去，被他抓住，罚了款。从此伙食质量大有提高，经常能吃到肉和黄花鱼。徐春藻连选连任，他乐此不疲，一时成了风流人物。

我的生活和学习

关于生活，上面谈到的学生生活，我都有份儿，这里用不着再来重复。

但是，我也有独特的地方，我喜欢自然风光，特别是早晨和夜晚。早晨，在吃过早饭以后上课之前，在春秋佳日，我常一个人到校舍南面和西面的小溪旁去散步，看小溪中碧水潺潺，绿藻飘动，顾而乐之，往往看上很久。到了秋天，夜课以后，我往往一个人走出校门在小溪边上徘徊流连。上面我曾提到王崑玉老师出的作文题"夜课后闲步校前溪观捕蟹记"，讲的就是这个情景。我最喜欢看的就是捕蟹。附近的农民每晚来到这里，用苇箔插在溪中，小溪很窄，用不了多少苇箔，水能通过苇箔流动，但是鱼蟹则是过不去的。农民点一盏煤油灯，放在岸边。我在回忆正谊中学的文章中，曾说到蛤蟆和虾是动物中的笨伯。现在我要说，螃蟹绝不比它们聪明。在夜里，只要看见一点亮，就从芦苇丛中爬出来，奋力爬去，爬到灯边，农民一伸手就把它捉住，放在水桶里，等待上蒸笼。间或也有大鱼游来，被苇箔挡住，游不过去，又不知回头，只在箔前跳动。这时候农民就不能像捉螃蟹那样，一举手，一投足，就能捉到一只，必须动真格的了。只见他站起身来，举起带网的长竿，鱼越大，劲越大，它不会束"手"待捉，奋起抵抗，往往斗争很久，才能把它捉住。这是我最爱看的一幕。我往往蹲在小溪边上，直到夜深。

在学习方面，我现在开始买英文书。我经济大概是好了一点，不像上正谊时那么窘，节衣缩食，每年大约能省出两三块大洋，我就用这钱去买英文书。买英文书，只有一个地方，就是日本东京的丸善书店。办法很简便，只需写一张明信片，写上书名，再加上三个英文字母 COD（Cash on delivery），日文叫作"代金引换"，意思就是：书到了以后，拿着钱到邮局去取书。我记得，在两年之内，我只买过两三次书，其中至少有一次买的是英国作家 Kipling 的短篇小说集。不知道为什么我当时竟迷上了 Kipling。后来学了西洋文学，才知道，他在英国文学史上是一个上不得大台盘的作家。我还试着翻译过他的小说，只译了一半，稿子早就不知道丢到哪里去了。反正我每次接到丸善书店的回信，就像过年一般地欢喜。我立即约上一个比较要好的同学，午饭后，立刻出发，沿着胶济铁路，步行走向颇远的商埠，到邮政总局去取书，当然不会忘记带上两三块大洋。走在铁路上的时候，如果适逢有火车开过，我们就把一枚铜圆放在铁轨上，火车一过，拿来一看，已经压成了扁的，这个铜圆当然就作废了，这完全是损己而不利人的恶作剧。要知道，当时我们才十五六岁，正是顽皮的时候，不足深责的。有一次，我特别惊喜。我们在走上铁路之前，走在一块荷塘边上。此时塘里什么都没有，荷叶、苇子和稻子都没有。一片清水像明镜一般展现在眼前，"天光云影共徘徊"，风光极为秀丽。我忽然见（不是看）到离开这二三十里路的千佛山的倒影清晰地印在水中，我大为惊喜。记得刘铁云《老残游记》中曾写道在大明湖看到千佛山的倒影。有人认为荒唐，离开二十多里，怎能在大明湖中看到倒影呢？我也迟疑不决。今天竟于无意中看到了，证明刘铁云观察得细致和准确，我怎能不狂喜呢？

从邮政总局取出了丸善书店寄来的书以后，虽然不过是薄薄的一本，然而内心里却似乎增添了极大的力量。一种语言文字无法传达的幸福之感油然溢满心中。在走回学校的路上，虽然已经步行了二十多里路，却一点也感觉不到疲倦。同来时比较起来，仿佛感到天空更蓝，白云更白，绿水更绿，草色更青，荷花更红，荷叶更圆，蝉声更响亮，鸟鸣更悦耳，连刚才看过的千佛山倒影也显得更清晰，脚下的黄土也都变成了绿茵，踏上去软绵绵的，走路一点也不吃力。这是我第一次用自己省下来的钱买自己心爱的英文书的感觉，七十多年以后的今天，一回忆起来，仍仿佛就在眼前。这种好买书的习惯一直伴随着我，至今丝毫没有减退。

北园高中对我一生的影响，还不仅仅是培养购书的兴趣一项，还有更重要的影响。这种影响是关键性的，夸大一点说是一种质变。

我在许多文章中都写到过，我幼无大志。小学毕业后，我连报考著名的一中的勇气都没有，可见我懦弱、自卑到什么程度。在回忆新育小学和正谊中学的文章中，特别是在第二篇中，我曾写道，当时表面上看起来很忙，但是我并不喜欢念书，只是贪玩。考试时虽然成绩颇佳，距离全班状元道路十分近，可我从来没有产生过当状元的野心，对那玩意儿一点兴趣都没有。钓虾、捉蛤蟆对我的引诱力更大。至于什么学者，我更不沾边儿，我根本不知道天壤间还有学者这一类人物。自己这一辈子究竟想干什么，也从来没有想过。朦朦胧胧地似乎觉得，自己反正是一个上不得台盘的人，一辈子能混上一个小职员当当，也就心满意足了。我常想，自己是有自知之明的，但是自知得过了头，变成了自卑。家里的经济情况始终不算好。叔父对我大概也并不望子成龙。婶母则是希望我尽早能挣钱。正谊中学毕业后，我曾被迫去考邮政局，邮政局当时是在外国人手中，公认是铁饭碗。幸而我没有被录取。否则我就会干一辈子邮政局，完全走另外一条路了。

但是，人的想法是能改变的，有时甚至是180度的改变。我在北园高中就经历了这样的改变。这一次改变，不是由于我参禅打坐顿悟而来的，也不是由于天外飞来的什么神力，而完全是由于一件非常偶然的事件。

北园高中是附设在山东大学之下的。当时山大校长是山东教育厅长王寿彭，是前清倒数第二或第三位状元，是有名的书法家，提倡尊孔读经。我在上面曾介绍过高中的教员，教经学的教员就有两位，可见对读经的重视，我想这与状元公不无关联。这时的山东督军是东北军的张宗昌，绿林出身，绰号狗肉将军，不知道自己有多少兵，不知道自己有多少钱，不知道自己有多少姨太太，以这"三不知"蜚声全国。他虽一字不识，也想附庸风雅。有一次竟在山东大学校本部举行祭孔大典，状元公当然必须陪同。督军和校长一律长袍马褂，威仪俨然。我们附中学生十五六岁的大孩子也奉命参加，大概想对我们进行尊孔的教育吧。可惜对我们这一群不识抬举的顽童来说，无疑是对牛弹琴。我们感兴趣的不是三跪九叩，而是院子里的金线泉。我们围在泉旁，看一条金线从泉底袅袅地向上飘动，觉得十分可爱，久久不想离去。

在第一年级第一学期结束时考试完毕以后，状元公忽然要表彰学生了。大学的情况我不清楚，恐怕同高中差不多。高中表彰的标准是每一班的甲等第一名，平均分数达到或超过95分者，可以受到表彰。表彰的办法是得到状元公亲书的一个扇面和一副对联。王寿彭的书法本来就极有名，再加上状元这一个吓人的光环，因此他的墨宝就极具有经济价值和荣誉意义，很不容易得到的。高中共有六个班，当然就有六个甲等第一名；但他们的平均分数都没有达到95分。只有我这个甲等第一名平均分数是97分，超过了标准，因此，我就成了全校中唯一获得状元公墨宝的人，这当然算是极高的荣誉。不知是何方神灵呵护，经过了七十多年，经过了不知道多少世局动荡，这一个扇面竟然保留了下来，一直保留到今天。扇面的全文是：

我的自述

净几单床月上初，

主人对客似僧庐。

春来预作看花约，

贫去宜求种树书。

隔巷旧游成结托，

十年豪气早销除。

依然不坠风流处，

五亩园开手剪蔬。

录樊榭山房诗　丁卯夏五

美林老弟正　王寿彭

至于那一副对联，似尚存在于天壤间，但踪迹虽有，尚未到手。大概当年家中绝粮时，婶母取出来送给了名闻全国的大财主山东章丘旧津孟家，换面粉一袋，孟家是婶母的亲戚。这个踪迹是友人山大蔡德贵教授侦查出来的，我非常感激他，但是，从寄来的对联照片来看，字迹不类王寿彭，而且没有"羡林老弟"这几个字，因此，我有点怀疑。我已经发出了"再探"的请求，将来究竟如何，只有"且看下回分解"了。

王状元这一个扇面和一副对联对我的影响万分巨大，这看似出乎意料，实际上却在意料之中。虚荣心恐怕人人都有一点的，我自问自己的虚荣心不比任何人小。我屡次讲到幼无大志，讲到自卑。这其实就是有虚荣心的一种表现。如果一点虚荣心都没有，哪里还会有什么自卑呢？

这里面有三层意思。第一层意思是，97分这个平均分数给了我许多启发和暗示。我在上面已经说到过，分数与分数之间是不相同的。像历史、地理等的课程，只要不是懒虫或者笨伯，考试前，临时抱一下佛脚，硬背一通，得个高分并不难。但是，像国文和英文这样的课程，必须有长期的积累和勤奋，还须有一定的天资，才能有所成就，得到高分。如果没有基础，临时无论怎样努力，也是无济于事的。我大概是在这方面有比较坚实的基础，非其他五个甲等第一名可比。他们的国文和英文也决不会太差，否则就考不到第一名。但是，同我相比，恐怕要稍逊一筹。言念及此，心中未免有点沾沾自喜，觉得过去的自卑实在有点莫名其妙，甚至有点可笑了。

第二层意思是，这样的荣誉过去从未得到过，它是来之不易的。现在于无意中得之，就不能让它再丢掉，如果下一学期我考不到甲等第一，我这一张脸往哪里搁呀！这是最原始最简单的虚荣心，然而就是这一点虚荣心，促使我在学习上改弦更张，要认真埋头读书了。就在不到一年前的正谊中学时期，虾和蛤蟆对我的引诱力远远超过书本。眼前的北园，荷塘纵横，并不缺少虾和蛤蟆，然而我却视而不见了。俗话说："浪子回头金不换。"我现在成了回头的浪子，勤奋用功的好学生了。

第三层意思是，我原来的想法是，中学毕业后，当上一个小职员，抢到一只饭碗，浑浑噩噩地，甚至窝窝囊囊地过上一辈子算了。我只是一条小蛇，从来没有幻想成为一条大龙。这一次表彰却改变了我的想法：自己即使不是一条大龙，也绝不是一条平庸的小蛇。最明显的例证是几年以后我到北京来报考大学的情况。当时北京的大学五花八门，鱼龙混杂，有的从几十个报考者中选一人，而有的则是来者不拒，因为多一个学生就多一份学费。从山东来的几十名学员中大都报考六七个大学，我则信心十足地只报考了北大和清华。这同小学毕业时不敢报考一中，形成了鲜明的对比。好像我变了一个人。

以上三层意思说明了我从自卑到自信，从不认真读书到勤奋学习，一个关键就是虚荣心。是虚荣心作祟呢？还是虚荣心作福？我认为是后者。虚荣心是不应当一概贬低的。王状元表彰学生可能完全是出于偶然性。他万万不会想到，一个被他称为"老弟"的十五岁的大孩子，竟由于这个偶然事件而改变为另一个人。我永远不会忘记王寿彭老先生。

北园高中可回忆的东西还有一些，但是最重要的印象最深的印象上面都已经写到了。因此，我的回忆就写到这里为止。

我在北园白鹤庄的两年，我十五岁到十六岁，正是英国人称之为 Teen 的年龄，也就是人生最美好的年龄。我的少年，因为不在母亲身边，并不能说是幸福。但是，我在白鹤庄，却只能说是幸福的。只是"白鹤庄"这个名字，就能引起人们许多美丽的幻影。古人诗，"西塞山前白鹭飞"，多么美妙绝伦的情境。我不记得在白鹤庄曾见到白鹭，但是，从整个北园的景色来看，有白鹭飞来是必然会有的。到了现在，我离开北园已经七十多年了，再没有回去过。可是我每每会想到北园，想到我的 Teen，每一次想到，心头总会油然漾起一股无比温馨无比幸福的感情，这感情将会伴我终生。

2002 年 2 月 24 日

季林按：以上一段文字是去年二月写的。到今天还不到一年的时间。前几天，李玉洁和杨锐整理我的破旧东西，突然发现了王状元的这副对联。打开一看，楮墨如新。写的是：

羡林老弟雅詧（察）
才华舒展临风锦

意气昂藏出岫云

王寿彭

我们都大喜过望。一个六十岁老状元对一个十六岁的大孩子的赞誉使我忐忑不安，真仿佛有神灵呵护，才出现了这样一个奇迹。

2003 年 1 月 9 日补记

回忆济南高中

1928年，日寇占领了济南，我被迫停学一年。

1929年，日军撤走，国民党的军队进城，从此结束了军阀割据混战的局面，基本上由一个军阀统治中国。

北园高中撤销，成立了全山东省唯一的一个高中：山东省立济南高中。全省各县的初中毕业生，想要上进的，必须到这里来，这里是通向大学（主要是北京的）的唯一桥梁。

校 舍

山东省立济南高中，坐落在济南西城杆石桥马路上，在路北的一所极大的院落内。原来这里是一个什么衙门，这问题当时我就不清楚，我对它没有什么兴趣。校门前有一个斜坡，要先走一段坡路，然后才能进入大门。大门洞的左侧有一个很大的传达室。进了大门，是一个极大的院子，东西两侧都有许多房子，东边的一间是教员游艺室，里面摆着乒乓球台。从院子西侧再向前走，上几个台阶，就是另一个不大的院子。南侧有房子一排，北侧高台阶上有房子一排，是单身教员住的地方。1934—1935年，我回母校任国文教员时，曾在其中的一间中住过一年。房子前，台阶下，种着一排木槿花。春天开花时，花光照亮了整个院子。院子西头，有一个大圆门，进门是一座大花园。现在虽已破旧，但树木依然蓊郁，绿满全园。有一个大荷塘，现已干涸，当年全盛时，必然是波光潋滟，荷香四溢。现在学生仍然喜欢到里面去游玩。从这个不大的院子登上台阶向北走，有一个门洞，门洞右侧有一间大房子，曾经是学生宿舍，我曾在里面住过一段时间。出了这个门洞，豁然开朗，全校规模，顿现眼前。到这里来，上面讲的那一个门洞不是唯一的路。进校门直接向前走，走上台阶，是几间极高大的北屋，校长办公室、教务主任办公室、教务处、训导处、庶务处等都在这里。从这里向西走，下了台阶，就是全校规模最大的院子，许多间大教室和学生宿舍都在这里。学生宿舍靠西边，是许多排平房。宿舍的外面是一条上面盖有屋顶的极宽极长的走廊，右面是一大排教室。沿走廊向北走，走到尽头，右面就是山东省立一中。原来这一座极大的房子是为济南省立高中和一中(只有初中)所占用。有几座大楼，两校平分。

校舍总的情况就是这个样子。

教员和职员

有一个颇怪的现象，先提出来说一说。在时间顺序中，济南高中是在最后，也就是说，离现在最近，应该回忆得最清晰。可是，事实上，至少对教职员的回忆，却最模糊。其中道理，我至今不解。

高中初创办时，校长姓彭，是南方人，美国留学生，名字忘记了。不久就调山东省教育厅任科长。在现在的衙门里，科长是一个小萝卜头。但在当时的教育厅中却是一个大官，因为没有处长，科长直通厅长。接任的是张默生，山东人，大学国文系毕业，曾写过一本书《王大牛传》，传主是原第一师范校长王世栋（祝晨），上面已经提到过。"王大牛"是一个绰号，表示他的形象，又表示他的脾气倔强。他自己非常欣赏，所以采用作书名，不表示轻蔑，而表示尊敬。我不记得，张校长是否也教书。

教务主任是蒋程九先生，山东人，法国留学生，教物理或化学，记不清楚了。我们是高中文科，没有上过他的课。

有一位李清泉先生，法国留学生，教物理，我没有上过他的课。

我记得最详细最清楚的是教国文的老师。总共有四位，一律是上海滩上的作家。当时流行的想法是，只要是作家，就必然能教国文。因此，我觉得，当时对国文这一学科的目的和作用，是并不清楚的。只要能写出好文章，目的就算是达到了。北园高中也有同样的情况，唯一的区别只在于，那里的教员是桐城派的古文作家，学生作文是用文言文。国民党一进城，就仿佛是换了一个世界，文言变为白话文。

我们班第一个国文教员是胡也频先生，从上海来的作家，年纪很轻，个子不高，但浑身充满了活力。上课时不记得他选过什么课文。他经常是在黑板上写上几个大字：现代文艺的使命。所谓现代文艺，也叫普罗文学，就是无产阶级文学。其使命就是无产阶级革命。市场上流行着几本普罗文学理论的译文，作者叫弗理契，大概是苏联人。原文为俄文，由日译本转译为汉文，佶屈聱牙，难以看懂。原因大概是，日本人本来就没有完全看懂俄文，再由日文转译为汉文，当然就驴唇不对马嘴，被人称之为天书了。估计胡老师在课堂上讲的普罗文学的理论，也不出这几本书。我相信，没有一个学生能听懂的，但这并没有减低我们的热情。我们知道的第一个是革命，第二个是革命，第三个仍然是革命，这就足够了。胡老师把他的夫人丁玲从上海接到济南暂住。丁玲当时正在走红，红得发紫。中学生大都是追星族，见到了丁玲，我们兴奋得难以形容了。但是，国民党当局焉能容忍有人在自己鼻子底下革命，于是下令通缉胡也频。胡老师逃到了上海去，一年多以后就给国民党杀害了。

接替胡先生的是董秋芳先生。董先生，笔名冬芬，北大英文系毕业，译有《争自由的波浪》一书，鲁迅先生作序。他写给鲁迅的一封长信，现保存于《鲁迅全集》中。董老师的教学风格同胡老师完全不同。他不讲什么现代文艺，不讲什么革命，而是老老实实地教书。他选用了日本厨川白村著、鲁迅译的《苦闷的象征》作教材，仔细分析讲授。作文不出题目，而是在黑板上大写四个字：随便写来。意思就是，你愿意写什么就写什么。有一次，我竟用这四个字为题目写了一篇作文。董老师也没有提出什么意见。

高中国文教员，除了董秋芳先生之外，还有几位。一位是董每戡先生，一位是夏莱蒂，都是从上海来的小有名气的作家。他们的作品，我并没有读过。董每戡在济南一家报纸上办过一个文学副刊。二十多年以后，我在一张报纸上看到了他的消息，他在广州的某一所大学里当了教授。

除了上述几位教员以外，我一个教员的名字都回忆不起来了。按高中的规模至少应该有几十位教员的。起码教英文的教员应该有四五位的，我们这一班也必然有英文教员，这同我的关系至为密切，因为我在全校学生中英文水平是佼佼者，可是我现在无论怎样向记忆里去挖掘，却是连教我们英文的教员都想不起来了。我觉得，这真是一件怪事。

我的学习和生活

荣誉感继续作美

我在上面回忆北园高中时，曾用过"虚荣心"这个词儿。到现在时间过了不久，我却觉得使用这个词儿，是不准确的，应改为"荣誉感"。

懂汉语的人，只从语感上就能体会出这两个词儿的不同。所谓"虚荣心"是指羡慕高官厚禄，大名盛誉，男人梦想"红袖添香夜读书"，女人梦想白马王子，最后踞坐在万人之上，众人则局蹐自己脚下。走正路达不到，则走歪路，甚至弄虚作假，吹拍并举。这就是虚荣心的表现，害己又害人，没有一点好处。荣誉感则另是一码事。一个人在某一方面做出了成绩，有关人士予以表彰，给以荣誉。这种荣誉不是营求得来的，完全是水到渠成。这同虚荣心有质的不同。我在北园高中受到王状元的表彰，应该属于这一个范畴，使用"虚荣心"这一个词儿，是不恰当的。虚荣心只能作祟，荣誉感才能作美。

我到了杆石桥高中，荣誉感继续作美。念了一年书，考了两个甲等第一。

要革命

我在上面已经说到，我在济南高中有两个国文老师，第一个是胡也频先生。他在高中待的时间极短，大概在1929年秋天开学后只教了几个月。我从他那里没有学到什么国文的知识，而只学到了一件事，就是要革命，无产阶级革命。他在课堂上只讲普罗文学，也就是无产阶级文学，为了给自己披上一件不太刺激人的外衣，称之为现代文艺。现代文艺的理论也不大讲，重点讲的是它的目的或者使命，说白了，就是要革命。胡老师不但在堂上讲，而且在课外还有行动。他召集了几个学生，想组织一个现代文艺研究会。公然在宿舍外大走廊上摆开桌子，铺上纸，接收会员，引起了极大的轰动，一时聚观者数百人。他还曾同上海某一个出版社联系，准备出版一个刊物，宣传现代文艺。我在组织方面和出版刊物方面都是一个积极分子。我参加了招收会员的工作，并为将要出版的刊物的创刊号写了一篇文章，题目干脆就叫《现代文艺的使命》，内容已经记不清楚，大概不外是革命，革命，革命。也许还有一点理论，也不过是从弗理契书中抄来的连自己都不甚了了的"理论"。不幸（对我来说也许是幸）被国民党当局制止，胡老师逃往上海，群龙无首，烟消云散。否则，倘若这个刊物真正出版成功，我的那一篇论文落到敌人手里，无疑是最好的罪证，我被列入黑名单也说不定。我常自嘲这是一场类似阿Q要革命的悲喜剧。在自己糊里糊涂中就成了"革命家"，遭到迫害。同时，我对胡也频先生这样真正的革命家又从心眼里佩服。他们视国民党若无物，这种革命的气概真可以惊天地，泣鬼神。从战术上来讲，难免幼稚，但是，在革命的过程中，这也是难以避免的，我甚至想说这是必要的。没有这种气概，强大的敌人是打不倒的。

上国文课

胡也频先生教的是国文，但是，正如上面所讲的那样，他从来没有认真讲过国文。胡去董来，教学风格大变。董老师认认真真地讲解文艺理论，仔仔细细地修改学生的作文。他为人本分，老实，忠厚，纯诚，不慕荣利，淡泊宁静，在课堂上不说一句闲话，从而受到了学生们的爱戴。至于我自己，从写文言文转到写白话文，按理说，这个转变过程应该带给我极大的困难。然而，实际上我却一点困难都没有。原因并不复杂。从我在一师附小读书起，"五四"新文化运动的大潮，汹涌澎湃，向全国蔓延。"骆驼说话事件"发生以后，我对阅读"五四"初期文坛上各大家的文章，极感兴趣。不能想象，我完全能看懂,但是,不管我手里拿的是笤帚或是扫帚,我总能看懂一些的。再加上我在新育小学时看的那些"闲书",《彭公案》《济公传》之类,文体用的都是接近白话的,所以由文言文转向白话文,我不但一点勉强的意思都没有,而且还颇有一点水到渠成的感觉。

写到这里,我想写几句题外的话。现在的儿童比我们那时幸福多了。书店里不知道有多少专为少年和儿童编著的读物,什么小儿书,什么连环画,什么看图识字,等等,印刷都极精美,插图都极漂亮,同我们当年读的用油光纸石印的《彭公案》一类的"闲书"相比,简直有天渊之别。当年也有带画的"闲书",叫作绣像什么什么,也只在头几页上印上一些人物像,至于每一页上上图下文的书也是有的,但十分稀少。我觉得,今天的少儿读物图画太多,文字过少,这是过低估量了少儿的吸收能力,不利于他们写文章,不利于他们增强读书能力。这些话看上去似属题外,但仔细一想也实在题内。

我觉得,我由写文言文改写白话文而丝毫没有感到什么不顺手,与我看"闲书"多有关。我不能说,每一部这样的"闲书"文章都很漂亮,都是生花妙笔,但是,一般说起来,文章都是文从字顺,相当流利。而且对文章的结构也十分注意,绝不是头上一榔头,屁股上一棒槌。此外,我读中国的古文,几乎每一篇流传几百年一两千年的文章在结构方面都十分重视。在潜移默化中,在我根本没有意识到的情况下,我无论是写文言文,或是写白话文,都非常注意文章的结构,要层次分明,要有节奏感。对文章的开头与结尾更特别注意。开头如能横空出硬语，自为佳构。但是，貌似平淡也无不可，但要平淡得有意味，让读者读了前几句必须继续读下去。结尾的诀窍是言有尽而意无穷，如食橄榄，余味更美。到了今天，在写了七十多年散文之后，我的这些意见不但没有减退，而且更加坚固，更加清晰。我曾在许多篇文章中主张惨淡经营，反对松松垮垮，反对生造词句。我力劝青年学生，特别是青年作家多读些中国古文和中国过去的小说；如有可能，多读些外国作品，以提高自己的文化修养和审美情趣。我这种对文章结构匀称的追求，特别是对文章节奏感的追求，在我自己还没有完全清楚之前，一语破的点破的是董秋芳老师。在一篇比较长的作文中，董老师在作文簿每一页上端的空白处批上了"一处节奏""又一处节奏"等等的批语。他敏锐地发现了我作文中的节奏，使我惊喜若狂。自己还没能意识到的东西，竟蒙老师一语点破，能不狂喜吗?这一件事影响了我一生的写作。我的作文，董老师大概非常欣赏。在一篇作文的后面，他在作文簿上写了一段很长的批语，其中有几句话是："季羡林的作文，同理科一班王联榜的一样，大概是全班之冠，也可以说是全校之冠吧。"这几句话，同王状元的对联和扇面差不多，大大地增强了我的荣誉感。虽然我在高中毕业后在清华学西洋文学，在德国治印度及中亚古代文字，但文学创作始终未停。我觉得，科学研究与文学创作不但没有矛盾，而且可以互济互补，身心两利。所有这一切都同董老师的鼓励是分不开的，我终生不忘。

我的自述

毕业旅行筹款晚会

我在济南高中一年，最重大最棘手的事莫过毕业旅行筹款晚会的经营组织。

不知道是谁忽然心血来潮，想在毕业后出去旅行一番。这立即得到了全班同学的热烈响应。但是，旅行是需要钱的，我们大多数的家长是不肯也没有能力出这个钱的。于是我们只有一条路可走：自己筹款。那时候还没有像现在这样多的暴发户大款，劝募无门。想筹款只能举办文艺晚会，卖票集资。于是全班选出了一个筹委会，主任一人，是比我大四五岁的一位诸城来的学生，他的名字我不说。为什么不说，我也不说。我也是一个积极分子，在筹委会里担任组织工作。晚会的内容不外是京剧、山东快书、相声、杂耍之类。演员都是我们自己请。我只记得，唱京剧的主要演员是二年级的台镇中同学，剧目是"失、空、斩"。台镇中京剧唱得确实极有味，曾在学校登台演出过，其他节目的演员我就全记不清了。总之，筹备工作进行得顺利而迅速。连入场券都已印好，而且已经送出去了一部分。但是，万事俱备，只欠东风，东风就是校长的批准。张默生校长是一个老实人，活动能力不强，他同教育厅厅长何思源的关系也并不密切，远远比不上他的前任。他实在无法帮助推销这样多的入场券。但他又不肯给学生们泼冷水，实在是进退两难。只好采用拖的办法，能拖一天，就拖一天。后来我们逐渐看出了这个苗头。我们几经讨论，出于对张校长的同情，我简直想说，出于对他的怜悯，我们决定停止

我的小学和中学

这一场紧锣密鼓的闹剧。我们每个人都空做了一场旅行梦。

以上就是我对济南高中的回忆。虽然只有一年，但是能够回忆能够写出的东西，绝不止上面这一些。可是那些鸡毛蒜皮的小事，写出来了无意义。于是我的回忆就到此为止了。

2002 年 3 月 25 日

结　语

我在上面用了四万三千字相当长的篇幅回忆了我从小学到中学的经历，是我九岁到十九岁，整整十年。也或许有人要问：有这个必要吗？就我个人来讲，确乎无此必要。但是，最近几年来，坊间颇出了几本有关我的传记，电视纪录片的数目就更多，社会上似乎还有人对我的生平感兴趣。别人说，不如我自己说，于是就拿起笔来。那些传记和电视片我一部也没有完全看过。对于报纸杂志上那些大量关于我的报道或者描绘，我也看得很少。原因并不复杂：我害怕那些溢美之词，有一些头衔让我看了脸红。我感谢他们对我的鼓励，但我必须声明，我绝不是什么天才。现在学术界和文学艺术界这个坛上或那个坛上自命天才的大有人在，满脸天才之气可掬，可是这玩意儿"只堪自怡悦"，勉强别人是不行的。真正的天才还在我的期望中。为了澄清事实，避免误会，我就自己来，用平凡而真实的笔墨讲述一下自己平凡的经历，对别人也许会有点好处。

另外一个动手写作的原因是，我还有写作的要求。我今年已经是九十晋一，年龄够大了，可是耳尚能半聪，目尚能半明，脑袋还是"难得糊涂"，写作的可能还是有的。我一生舞笔弄墨，所写的东西大体上可以分为两种：一种是严肃的科学研究的论文或专著；一种比较轻松的散文、随笔之类。这两种东西我往往同时进行。而把主要精力用在前者上，后者往往只是调剂，只是陪衬。可是，到了今天，尽管我写作的要求和可能都还是有的，尽管我仍然希望同以前一样把重点放在严肃的科学研究的文章上，不过却是力不从心了。举一个简单的例子，七八年前，我还能每天跑一趟大图书馆，现在却是办不到了，腿脚已经不行了，我脑袋里还留有不少科学研究的问题，要同那些稀奇古怪的死文字拼命，实际上，脑筋却不够用了，只能希望青年人继续做下去了。总而言之，要想满足自己写作的欲望，只能选取比较轻松的题目，写一些散文、随笔之类的文章，对小学和中学的回忆正属于这一类，这可以说是天作之合，我只有顺应天意了。

小学和中学，九岁（一般人是六岁）到十九岁，正是人生的初级阶段，还没有入世，对世情的冷暖没有什么了解。这些大孩子大都富于幻想，好像他们眼前的路上长的全是玫瑰花，色彩鲜艳，芬芳扑鼻，一点荆棘都没有。我也基本上属于这个范畴，但是，我的环境同绝大多数的孩子都不一样。我也并不缺乏幻想，缺乏希望，但是，在我面前的路上，只有淡淡的玫瑰花的影子，更多的似乎是荆棘。尽管我的高中三年是我生平最辉煌的时期之一，在考试方面，我是绝对的冠军，无人敢撄其锋者，但这并没有改变我那幼无大志的心态，我从来没有梦想成为什么学者，什么作家，什么大人物。家庭对我的期望是娶妻生子，能够传宗接代；做一个小职员，能够养家糊口，如此而已。到了晚年，竟还有写自己的小学和中学十年的必要，是我当时完全没有想到的。

　　不管怎样，我的小学和中学十年的经历写完了。要问写这些东西有什么好处的话，我的回答是有好处，有原来完全没有想到的好处。我仿佛又回到了七八十年前去，又重新生活了十年。喜当年之所喜，怒当年之所怒，哀当年之所哀，乐当年之所乐。如果不写这一段回忆，如果不向记忆里挖了再挖，这些情况都是不会出现的。苏东坡词：

我
的
自
述

　　　谁道人生无再少？门前流水尚能西，休将白发唱黄鸡。

　　时间是一种无始无终，永远不停地前进的东西，过去了一秒，就永远过去了，虽有翻天覆地的手段也是拉不回来的。东坡的"再少"是指精神上的，我们不知道他是否有具体的经验。在我写这十年回忆的时候，我确实感觉到，自己是"再少"了十年。仅仅这一点，就值得自己大大地欣慰了。

2002 年 3 月 28 日

忆念胡也频先生

　　胡也频，这个在中国近代革命史上和文学史上宛如夏夜流星一闪即逝但又留下永恒光芒的人物，知道其名者很多很多，但在脑海中尚能保留其生动形象者，恐怕就很少很少了。

　　我有幸是其中的一个。

　　我初次见到胡先生是六十年前在山东济南省立高中的讲台上。我当时只有十八岁，是高中三年级的学生。他个子不高，人很清秀，完全是一副南方人的形象。此时日军刚刚退出了占领一年的济南。国民党的军队开了进来，教育有了改革。旧日的山东大学附设高中改为省立高中。校址由绿柳红荷交相辉映的北园搬到车水马龙的杆石桥来，环境大大地改变了，校内颇有一些新气象。专就国文这一门课程而谈，在一年前读的还是《诗经》《书经》和《古文观止》一类的书籍，现在完全改为读白话文学作品。作文也由文言文改为白话文，教员则由前清的翰林、进士改为新文学家。对于我们这一批年轻的大孩子来说，顿有耳目为之一新的感觉，大家都兴高采烈了。

　　高中的新校址是清代的一个什么大衙门，崇楼峻阁，雕梁画栋，颇有一点威武富贵的气象。尤其令人难忘的是里面有一个大花园。园子的全盛时期早已成为往事，花坛不修，水池干涸，小路上长满了草。但是花木却依然青翠茂密，浓绿扑人眉宇。到了春天、夏天，仍然开满似锦的繁花，把这古园点缀得明丽耀目。枝头、丛中时有鸟鸣声，令人如入幽谷。老师们和学生们有时来园中漫步，各得其乐。

胡先生的居室就在园门口旁边，常见他走过花园到后面的课堂中去上课。他教书同以前的老师完全不同。他不但不讲《古文观止》，好像连新文学作品也不大讲。每次上课，他都在黑板上大书"什么是现代文艺?"几个大字，然后滔滔不绝地讲了起来，直讲得眉飞色舞，浓重的南方口音更加难懂了。下一次上课，黑板上仍然是七个大字：什么是现代文艺?我们这一群年轻的大孩子听得简直像着了迷。我们按照他的介绍买了一些当时流行的马克思主义文艺理论书籍。那时候，"马克思主义"这个词儿是违禁的，人们只说"普罗文学"或"现代文学"，大家心照不宣，谁也了解。有几本书的作者我记得名叫弗理契，以后再也没见到这个名字。这些书都是译文，非常难懂。据说是从日文转译的俄国书籍。恐怕日文译者就不太懂俄文原文，再转为汉文，只能像"天书"了。我们当然不能全懂，但是仍然怀着朝圣者的心情，硬着头皮读下去。生吞活剥，在所难免。然而"现代文艺"这个名词却时髦起来，传遍了高中的每一个角落，仿佛为这古老的建筑增添了新的光辉。

我们这一批年轻的中学生其实并不真懂什么"现代文

艺"，更不全懂什么叫"革命"。胡先生在这方面没有什么解释。但是我们的热情却是高昂的，高昂得超过了需要。当时还是国民党的天下，学校大权当然掌握在他们手中。国民党最厌恶、最害怕的就是共产党，似乎有不共戴天之仇，必欲除之而后快。在这样的气氛下，胡先生竟敢明目张胆地宣传"现代文艺"，鼓动学生革命，真如太岁头上动土。国民党对他的仇恨是完全可以想象的。

胡先生却是处之泰然。我们阅世未深，对此完全是麻木的。胡先生是有社会经历的人，他应该知道其中的利害，可是他也毫不在乎。只见他那清瘦的小个子，在校内课堂上，在那座大花园中，迈着轻盈细碎的步子，上身有点向前倾斜，匆匆忙忙，仓仓促促，满面春风，忙得不亦乐乎。他照样在课堂上宣传他的"现代文艺"，侃侃而谈，视敌人如草芥，宛如走入没有敌人的敌人阵中。

他不但在课堂上宣传，还在课外进行组织活动。他号召组织了一个现代文艺研究会，由几个学生积极分子带头参加，公然在学生宿舍的走廊上，摆上桌子，贴出布告，昭告全校，踊跃参加。当场报名、填表，一时热闹得像是过节一样。时隔六十年，一直到今天，当时的情景还历历如在眼前，当时的笑语声还在我耳畔回荡，留给我的印象之深，概可想见了。

有了这样一个组织，胡先生还没有满足，他准备出一个刊物，名称我现在忘记了。第一期的稿子中有我的一篇文章，名叫《现代文艺的使命》。内容现在完全忘记了，无非是革命，革命，革命之类。以我当时的水平之低，恐怕都是从"天书"中生吞活剥地抄来了一些词句，杂凑成篇而已，决不会是什么像样的文章。

正在这时候，当时蜚声文坛的革命女作家、胡先生的夫人丁玲女士到了济南省立高中，看样子是来探亲的。她是从上海来的。当时上海是全国最时髦的城市，领导全国的服饰的新潮流。丁玲的衣着非常讲究，大概代表了上海最新式的服装。相对而言，济南还是相当闭塞淳朴的。丁玲的出现，宛如飞来的一只金凤凰，在我们那些没有见过世面的青年学生眼中，她浑身闪光，辉耀四方。

记得丁玲那时候比较胖，又穿了非常高的高跟鞋。济南比不了上海，马路坑坑洼洼，高低不平。高中校内的道路，更是年久失修，穿平底鞋走上去都不太牢靠，何况是高跟鞋。看来丁玲就遇上了"行路难"的问题。胡先生个子比丁玲稍矮，夫人"步履维艰"，有时要扶着胡先生才能迈步。我们这年轻的学生看了这情景，觉得非常有趣。我们就窃窃私议，说胡先生成了丁玲的手杖。我们其实不但毫无恶意，而且是充满了敬意的。在我们心中真觉得胡先生是一个好丈夫，因此对他更增加了崇敬之感，对丁玲我们同样也是尊敬的。

不管胡先生怎样处之泰然，国民党却并没有睡觉。他们的统治机器当时运转得还是比较灵的。国民党对抗大清帝国和反动军阀有过丰富的斗争经验，老谋深算，手法颇多。相比之下，胡先生这个才不过二十多岁的真正的革命家，却没有多少斗争经验，专凭一股革命锐气，革命斗志超过革命经验，宛如初生的犊子不怕虎一样，头顶青天，脚踏大地，把活动都摆在光天化日之下。这确实值得尊敬。但是，勇则勇矣，面对强大的掌握大权的国民党，是注定要失败的。这一点，我始终不知道胡先生是否意识到了。这个谜将永远成为一个谜了。

事情果然急转直下。有一天，国文课堂上见到的不再是胡先生那瘦小的身影，而是一位完全陌生的老师。全班学生都为之愕然。小道消息说，胡先生被国民党通缉，连夜逃到上海去了。到了第二年，1931年，他就同柔石等四人在上海被国民党逮捕，秘密杀害，身中十几枪。当时他只有二十八岁。

鲁迅先生当时住在上海，听到这消息以后，他怒发冲冠，拿起如椽巨笔，写了这样一段话：

> 我们现在以十分的哀悼和铭记，纪念我们的战死者，也就是要牢记中国无产阶级革命文学的历史的第一页，是同志的鲜血所记录，永远在显示敌人的卑劣的凶暴和启示我们的不断的斗争。（《二心集》）

这一段话在当时真能掷地作金石声。

胡先生牺牲到现在已经六十年了。如果他能活到现在，也不过八十七八岁，在今天还不算是太老，正是"余霞尚满天"的年龄，还是大有可为的。而我呢，在这一段极其漫长的时间内，经历了极其曲折复杂的行程，天南海北，神州内外，高山大川，茫茫巨浸；走过阳关大道，也走过独木小桥，在空前的十年中，几乎走到穷途。到了今天，我已由一个不到二十岁的中学生变成了皤然一翁，心里面酸甜苦辣，五味俱全。但是胡先生的身影忽然又出现在眼前，我有点困惑。我真愿意看到这个身影，同时却又害怕看到这个身影，我真有点诚惶诚恐了。我又担心，等到我这一辈人同这个世界告别以后，脑海中还能保留胡先生身影者，大概也就要完全彻底地从地球上消逝了。对某一些人来说，那将是一个永远无法弥补的损失。在这里，我又有点欣慰：看样子，我还不会在短期中同地球"拜拜"。只要我在一天，胡先生的身影就能保留一天。愿这一颗流星的光芒尽可能长久地闪耀下去。

1990 年 2 月 9 日

我的老师董秋芳先生

难道人到了晚年就只剩下回忆了吗?我不甘心承认这个事实,但又不能不承认。我现在就是回忆多于前瞻。过去六七十年不大容易想到的师友,现在却频来入梦。

其中我想得最多的是董秋芳先生。

董先生是我在济南高中时的国文教员,笔名冬芬。胡也频先生被国民党通缉后离开了高中,再上国文课时,来了一位陌生的教员,个子不高,相貌也没有什么惊人之处,一只手还似乎有点毛病,说话绍兴口音颇重,不很容易懂。但是,他的笔名我们却是熟悉的。他翻译过一本苏联小说——《争自由的波浪》,鲁迅先生作序。他写给鲁迅先生的一封长信,我们在报刊上读过,现在收在《鲁迅全集》中。因此,面孔虽然陌生,但神交却已很久。这样一来,大家处得很好,也自是意中事了。

在课堂上,他同胡先生完全不同。他不讲什么现代文艺,也不宣传革命,只是老老实实地讲书,认真小心地改学生的作文。他也讲文艺理论,却不是弗理契,而是日本厨川白村的《苦闷的象征》《出了象牙之塔》,都是鲁迅先生翻译的。他出作文题目很特别,往往只在黑板上大书"随便写来"四个字，意思自然是，我们愿意写什么，就写什么；愿意怎样写，就怎样写，丝毫不受约束，有绝对的写作自由。

我就利用这个自由写了一些自己愿意写的东西。我从小学经过初中到高中前半，写的都是文言文；现在一旦改变，并没有感到有什么不适应。原因是我看了大量的白话旧小说，对"五四"以来的新文学作品，鲁迅、胡适、周作人、郭沫若、郁达夫、茅盾、巴金等人的小说和散文几乎读遍了，自己动手写白话文，颇为得心应手，仿佛从来就写白话文似的。

在阅读的过程中，潜移默化，在无意识中形成了自己对写文章的一套看法。这套看法的最初根源似乎是来自旧文学，从《庄子》《孟子》《史记》，中间经过唐宋八大家，一直到明末的公安派和竟陵派，清代的桐城派，都给了我不同程度、不同方式的灵感。这些大家时代不同，风格迥异，但是却有不少共同之处。根据我的归纳，可以归为三点：第一，感情必须充沛真挚；第二，遣词造句必须简练、优美、生动；第三，整篇布局必须紧凑、浑成。三者缺一，就不是一篇好文章。文章的开头与结尾，更是至关重要。后来读了一些英国名家的散文，我也发现了同样的规律。我有时甚至想到，写文章应当像谱乐曲一样，有一个主旋律，辅之以一些小的旋律，前后照应，左右辅助，要在纷纭变化中有统一，在统一中有错综复杂，关键在于有节奏。总之，写文章必须惨淡经营。自古以来，确有一些文章如行云流水，仿佛是信手拈来，毫无斧凿痕迹。但是那是长期惨淡经营终入化境的结果。如果一开始就行云流水，必然走入魔道。

我这些想法形成于不知不觉之中，自己并没有清醒的意识。它也流露于不知不觉之中，自己也没有清醒的意识。有一次，在董先生的作文课堂上，我在"随便写来"的启迪下，写了一篇记述我回故乡奔母丧的悲痛心情的作文。感情真挚，自不待言。在谋篇布局方面却没有意识到有什么特殊之处。作文本发下来了，却使我大吃一惊。董先生在作文本每一页上面的空白处都写了一些批注，不少地方有这样的话，"一处节奏""又一处节奏"，等等。我真是如拨云雾见青天："这真是我写的作文吗？"这真是我的作文，不容否认。"我为什么没有感到有什么节奏呢？"这也是事实，不容否认。我的苦心孤诣连自己都没有意识到的，却为董先生和盘托出。知己之感，油然而生。这决定了我一生的活动。从那以后，六十年来，我从事研究的是一些稀奇古怪的东西，与文章写作风马牛不相及。但是感情一受到剧烈的震动，所谓"心血来潮"，则立即拿起笔来，写点什么。至今已到垂暮之年，仍然是积习难除，锲而不舍。这同董先生的影响是绝对分不开的，我对董先生的知己之感，将伴我终生了。

　　高中毕业以后，到北京来念了四年大学，又回到母校济南高中教了一年国文，然后在欧洲待了将近十一年，1946年才回到祖国。在这长达二十多年的时间内，我一直没有同董秋芳老师通过信，也完全不知道他的情况。50年代初，在民盟的一次会上，完全出我意料之外，我竟见到了董先生，看那样子，他已垂垂老矣。我激动得说不出话来，他也非常激动。但是我平生有一个弱点：不善于表露自己的感情。董先生看来也是如此。我们每个人心里都揣着一把火，表面上却颇淡漠，大有君子之交淡如水之概了。

我生平还有一个弱点，我曾多次提到过，这就是，我不喜欢拜访人。这两个弱点加在一起，就产生了致命的后果：我同我平生感激最深、敬意最大的老师的关系，看上去有点若即若离了。

　　不记得是什么时候了，董先生退休了，离开北京回到了老家绍兴。这时候大概正处在十年浩劫期间，我是泥菩萨过江，自身难保，自顾不暇，没有余裕来想到董先生了。

　　又过一些时候，听说董先生已经作古。乍听之下，心里震动得非常剧烈。霎时，心中几十年的回忆、内疚、苦痛，暮地抖动起来。我深自怨艾，痛悔无已。然而已经发生过的事情是无法挽回的，看来我只能抱恨终天了。

　　我虽然研究佛教，但是从来不相信什么生死轮回，再世转生。可是我现在真想相信一下。我自己屈指计算了一下，我这一辈子基本上是一个善人，坏事干过一点，但并不影响我的功德。下一生，我不敢，也不愿奢望转生为天老爷，但我定能托生为人，不至走入畜生道。董先生当然能转生为人，这不在话下。等我们两个隔世相遇的时候，我相信，我的两个弱点经过地狱的磨炼已经克服得相当彻底，我一定能向他表露我的感情，一定常去拜访他，做一个程门立雪的好弟子。

　　然而，这一些都是可能的吗？这不是幻想又是什么呢？"他生未卜此生休。"我怅望青天，眼睛里溢满了泪水。

1990 年 3 月 24 日

记北大 1930 年入学考试

1930年，我高中毕业。当时山东只有一个高中，就是杆石桥山东省立高中，文理都有，毕业生大概有七八十个人。除少数外，大概都要进京赶考的。我之所谓"京"是一个形象的说法，就是指的北京，当时还叫北平。山东有一所大学——山东大学，但是名声不显赫，同北京的北大、清华无法并提。所以，绝大部分高中毕业生都进京赶考。

当时北平的大学很多。除了北大、清华以外，我能记得来的还有朝阳大学、中国大学、郁文大学、平民大学、辅仁大学、燕京大学等。还有一些只有校名，没有校址的大学，校名也记不清楚了。

有的同学大概觉得自己底气不足，报了五六个大学的名。报名费每校三元，有几千学生报名，对学校来说是一笔不小的收入。我本来是一个上不得台盘的人，新育小学毕业就没有勇气报考一中。但是，高中一年级时碰巧受到了王寿彭状元的奖励。于是虚荣心起了作用：既然上去，就不能下来！结果三年高中，六次考试，我考了六个第一名。心中不禁"狂"了起来。我到了北平，只报了两个学校：北大与清华。结果两校都录取了我。经过反复的思考，我弃北大而取清华。

后来证明我这个判断是正确的。否则我就不会有留德十年。没有留德十年，我以后走的道路会是完全不同的。

那一年的入学考试，北大就在沙滩，清华因为离城太远，借了北大的三院做考场。清华的考试平平常常，没有什么特异之处。北大则极有特色，至今忆念难忘。首先是国文题就令人望而生畏，题目是"何谓科学方法?试分析评论之"。又要"分析"，又要"评论之"，这究竟是考学生什么呢?我哪里懂什么"科学方法"。幸而在高中读过一年逻辑，遂将逻辑的内容拼拼凑凑，写成了一篇答卷，洋洋洒洒，颇有一点神气。北大英文考试也有特点。每年必出一首旧诗词，令考生译成英文。那一年出的是"别来春半，触目愁肠断。砌下落梅如雪乱，拂了一身还满"。所有的科目都考完以后，又忽然临时加试一场英文 Dictation。一个人在上面念，让考生整个记录下来。这玩意儿我们山东可没有搞。我因为英文单词记得多，整个故事我听得懂，大概是英文《伊索寓言》一类书籍抄来的一个罢。总起来，我都写了下来。仓皇中把 Suffer 写成了 Safer。

我们山东赶考的书生们经过了这几大灾难才仿佛井蛙从井中跃出，大开了眼界，了解到了山东中学教育水平是相当低的。

2003 年 9 月 28 日

梦萦水木清华

离开清华园已经五十多年了，但是我经常想到她，我无论如何也忘不掉清华的四年学习生活。如果没有清华母亲的哺育，我大概会是一事无成的。

在30年代初期，清华和北大的门槛是异常高的。往往有几千学生报名投考，而被录取的还不到十分甚至二十分之一。因此，清华学生的素质是相当高的，而考上清华，多少都有点自豪感。

我当时是极少数的幸运儿之一，北大和清华我都考取了。经过了一番艰苦的思考，我决定入清华。原因也并不复杂，据说清华出国留学方便些。我以后没有后悔。清华和北大各有其优点，清华强调计划培养，严格训练；北大强调兼容并包，自由发展。各极其妙，不可偏执。

在校风方面，两校也各有其特点。校风我想以八个字来概括：清新、活泼、民主、向上。我只举几个小例子。新生入学，第一关就是"拖尸"，这是英文字 Toss 的音译。意思是，新生在报到前必须先到体育馆，旧生好事者列队在那里对新生进行"拖尸"。办法是，几个彪形大汉把新生的两手、两脚抓住，举了起来，在空中摇晃几次，然后抛到垫子上，这就算是完成了手续，颇有点像《水浒传》上提到的杀威棍。墙上贴着大字标语："反抗者入水!"游泳池的门确实在敞开着。我因为有同乡大学篮球队长许振德保驾，没有被"拖尸"。至今回想起来，颇以为憾：这个终生难遇的机会轻轻放过，以后想补课也不行了。

这个从美国输入的"舶来品"，是不是表示旧生"虐待"新生呢?我不认为是这样。我觉得，这里面并无一点敌意，只不过是对新伙伴开一点玩笑，其实是充满了友情的。这种表示友情的美国方式，也许有人看不惯，觉得洋里洋气的。我的看法正相反。我上面说到清华校风清新和活泼，就是指的这种"拖尸"，还有其他一些行动。

我为什么说清华校风民主呢?我也举一个小例子。当时教授与学生之间有一条鸿沟，不可逾越。教授每月薪金高达三四百元大洋，可以购买面粉二百多袋，鸡蛋三四万个。他们的社会地位极高，往往目空一切，自视高人一等。学生接近他们比较困难。但这并不妨碍学生开教授的玩笑。开玩笑几乎都在《清华周刊》上。这是一份由学生主编的刊物，文章生动活泼，而且图文并茂。现在著名的戏剧家孙浩然同志，就常用"古巴"的笔名在《周刊》上发表漫画。有一天，俞平伯先生忽然大发豪兴，把脑袋剃了个精光，大摇大摆，走上讲台，全堂为之愕然。几天以后，《周刊》上就登出了文章，讽刺俞先生要出家当和尚。

第二件事情是针对吴雨僧(宓)先生的。他正教我们"中西诗之比较"这一门课。在课堂上，他把自己的新作《空轩》十二首诗印发给学生。这十二首诗当然意有所指，究竟指的是什么，我们说不清楚。反正当时他正在多方面地谈恋爱，这些诗可能与此有关。他热爱毛彦文是众所周知的。他的诗句"吴宓苦受（毛彦文），三洲人士共惊闻"是夫子自道。《空轩》诗发下来不久，校刊上就刊出了一首七律今译，我只记得前一半：

> 一见亚北貌似花，顺着秫秸往上爬。
> 单独进攻忽失利，跟踪盯梢也挨刷。

最后一句是："椎心泣血叫妈妈。"诗中的人物呼之欲出，熟悉清华今典的人都知道是谁。

学生同俞先生和吴先生开这样的玩笑，学生觉得好玩，威严方正的教授也不以为忤。这种气氛我觉得很和谐有趣。你能说这不民主吗？这样的琐事我还能回忆起一些来，现在不再啰唆了。

清华学生一般都非常用功，但同时又勤于锻炼身体。每天下午4点以后，图书馆中几乎空无一人，而体育馆内则是人山人海，著名的"斗牛"正在热烈进行。操场上也挤满了跑步、踢球、打球的人。到了晚饭以后，图书馆里又是灯火通明，人人伏案苦读了。

根据上面谈到的各方面的情况，我把清华校风归纳为八个字：清新、活泼、民主、向上。

我在这样的环境中生活、学习了整整四个年头，其影响当然是非同小可的。至于清华园的景色，更是有口皆碑，而且四时不同：春则繁花烂漫，夏则藤影荷声，秋则枫叶似火，冬则白雪苍松。其他如西山紫气，荷塘月色，也令人忆念难忘。

　　现在母校八十周年了，我可以说是与校同寿。我为母校祝寿，也为自己祝寿。我对清华母亲依恋之情，弥老弥浓。我祝她长命千岁，千岁以上。我祝自己长命百岁，百岁以上。我希望在清华母亲百岁华诞之日，我自己能参加庆祝。

1988 年 7 月 22 日

我
的
自
述

德国学习生活回忆

我于1934年在清华大学西洋文学系毕业，到母校济南省立高中去教了一年国文。1935年秋天，考取清华大学与德国交换研究生，到德国著名的大学城哥廷根去继续学习。

首先碰到的一个问题就是学习科目。我曾经想学习古希腊文和拉丁文，但是当时德国中学生要学习八年拉丁文、六年希腊文。我补习这两种古代语言至少也要费上几年的时间，那是无论如何也做不到的。为这个问题，我着实烦恼了一阵。有一天，我走到大学的教务处去看教授开课的布告。偶然看到 Waldschmidt 教授要开梵文课。这一下子就勾起我旧有的兴趣：学习梵文和巴利文。从此以后，我在这个只有十万人口的小城住了整整十年，绝大部分精力就用在学习梵文和巴利文上。

我到哥廷根时，法西斯头子才上台两年。又过了两年，1937年，日本法西斯就发动了侵华战争。再过两年，1939年，德国法西斯就发动了第二次世界大战。在漫长的十年当中，我没有过上几天平静舒适的日子。到了德国不久，就赶上黄油和肉定量供应，而且是越来越少。二次大战一爆发，面包立即定量，也是同样的规律：越来越少，而且越来越坏。到了后来，黄油基本上不见，做菜用的油是什么化学合成的。每月分配到的量很少，倒入锅中，转瞬一阵烟，便一切俱逝。做面包的面粉大部分都不是面粉。德国人自己也不知道是什么东西，有的说是海鱼粉做成，有的又说是木头炮制的。刚拿到手，还可以入口。放上一夜，就腥臭难闻。过了几年这样的日子，天天挨饿，做梦也梦到祖国吃的东西。要说真正挨饿的话，那才算是挨饿。有一次我同一位德国小姐骑自行车下乡去帮助农民摘苹果，因为成丁的男子几乎都被征从军，劳动力异常缺少。劳动了一天，农民送给我一些苹果和五磅土豆。我回家以后，把五磅土豆一煮，一顿饭吃个精光，但仍毫无饱意。挨饿的程度，可以想见。我当时正读俄国作家果戈理的《钦差大臣》，其中有一个人没有东西吃，脱口说了一句："我饿得简直想把地球一口气吞下去。"我读了，大为高兴，因为这位俄国作家在多少年以前就说出了我心里的话。

然而，我的学习并没有放松。我仍然是争分夺秒，把全部的时间都用于学习。我那几位德国老师使我毕生难忘。西克教授（Prof. Emil Sieg）当时已到耄耋高龄，早已退休，但由于Waldschmidt被征从军，他又出来代理。这位和蔼可亲诲人不倦的老人治学谨严，以读通吐火罗语，名扬国际学术界。他教我读波颠阇利的《大疏》，教我读《梨俱吠陀》，教我读《十王子传》，这都是他的拿手好戏。此外，他还殷切地劝我学习吐火罗语。我原来并没有这个打算，因为，从我的能力来说，我学习的东西已经够多的了。但是他的盛意难却，我就跟他念起吐火罗语来。同我同时学习的还有一个比利时的学者 W. Couvreur。Waldschmidt 教授每次回家休假，还关心指导我的论文。就这样，在战火纷飞下，饥肠辘辘中，我完成了我的学习，Waldschmidt 教授和其他两个系——斯拉夫语言系和英国语言系的有关教授对我进行了口试。学习算是告一段落。有一些人常说学术无国界。我以前对于这句话曾有过怀疑：学术怎么能无国界呢？一直到今天，就某些学科来说，仍然是有国界的。但是，也许因为我学的是社会科学，从我的那些德国老师身上，确实可以看出，学术是没有国界的。他们对我从来没有想保留一手，循循善诱，谆谆教导，连想法和资料，对我都是公开的。他们为什么这样做呢？难道他们不是想使他们从事的那种学科能够传入迢迢万里的中国来生根发芽结果吗？

此时战争已经形势大变。德国法西斯由胜转败，只有招架之功，没有还手之力。最初英美的飞机来德国轰炸时，炸弹威力不大，七八层的高楼仅仅只能炸坏最上面的几层。法西斯头子尾巴大翘，狂妄地加以嘲讽。但是过了不久，炸弹威力猛增，往往是把高楼一炸到底，有时甚至在穿透之后从地下往上爆炸。这时轰炸的规模也日益扩大，英国白天来炸，美国晚上来炸，都用的是"铺地毯"的方式，意思就是炸弹像铺地毯一样，一点空隙也不留。有时候，我到郊外林中去躲避空袭，躺在草地上仰望英美飞机编队飞过，机声震地，黑影蔽天，一躺就是个把小时。

我就是在这样饥寒交迫、机声隆隆中学习的。我当然会想到祖国，此时祖国在我心头的分量比什么时候都大。然而她却在千山万水之外，云天渺茫之中。我有时候简直失掉希望，觉得今生再也不会见到最亲爱的祖国了。同家庭也失掉联系。我想改杜甫的诗："烽火连三岁，家书抵亿金。"我曾在当时写成的一篇短文里写道："乡思使我想到：我是一个有故乡和祖国的人。"也许现在的人们无法理解这样一句平凡简单然而又包含着许多深意的话。我当时是了解的，现在当然更能了解了。

在这里，我想着重提一下德国人民的友好情谊。大家都知道，在20世纪30年代末40年代初，中国，除了解放区以外，是在国民党统治下的，外交无能，内政腐败，黄钟毁弃，瓦釜雷鸣，是一个被人家瞧不起的国家，何况德国法西斯更是瞧不起所谓"有色人种"的。法西斯头子希特勒时有所表露，而他的话又是被某一些德国人奉为金科玉律的。然而，在广大人民群众中，情况却完全两样。我在德国住了那样长的时间，从来没有碰到种族歧视的粗野对待。我的女房东待我像自己的孩子一样，离别时她痛哭失声。我的老师，我上面已经讲到过，对我在学术上要求极严，但始终亲切和蔼，令我如在春风化雨中。对一个远离祖国有时又有些多愁善感的年轻人来说，这是极大的安慰，他使我有勇气在饥寒交迫、精神极度愁苦中坚持下去，一直看到法西斯的垮台。

法西斯垮台以后，德国已经是一片废墟。我曾到哈诺弗去过一趟。这个百万人口的大城，城里面光留下一个空架子，几乎没有什么居民。大街两旁全是被轰炸过的高楼大厦，只剩下几堵墙。沿墙的地下室窗口旁，摆满上坟用的花圈。据说被埋在地下室里的人成千上万。当时轰炸后，还能听到里面的求救声，但没法挖开地下室救他们。声音日渐微弱，终于无声地死在里边。现在停战了，还是无法挖开地下室，抬出尸体。家人上坟就只好把花圈摆在窗外。这种景象实在让人毛骨悚然。

这时已是1945年深秋，我到德国已经整整十年了。我同几个中国同乡，乘美军的汽车，到了瑞士，在那里住了将近半年。1946年夏天回国。从此结束了我那漫长的流浪生活。

1981 年 5 月 11 日

德国学习生活回忆

留德十年

楔 子

七十多年的生命像一场春梦似的逝去了。这样的梦并不总是像"春宵一刻值千金"那样轻灵美妙。有时候也难免有惊涛骇浪、龙蛇竞舞的场面。不管怎样,我的生命像梦一般地逝去了。

对于这些梦有没有留恋之感呢?应该说是有的。人到了老年,往往喜爱回忆往事。古今中外,概莫能外。我当然也不能成为例外。英国人常说什么"往日的可爱的时光",实有会于我心。往日的时光,回忆起来,确实感到美妙可爱。"当时只道是寻常",然而一经回忆,却往往觉得美妙无比,回味无穷。我现在就经常陷入往事的回忆中。

但是,我从来也没有想到,把这些轻梦或者噩梦从回忆中移到纸上来。我从来没有感到,有这样的需要。我只是一个人在夜深人静时,伏在枕上,让逝去的生命一幕一幕地断断续续地在我眼前重演一遍,自己仿佛成了一个旁观者,顾而乐之。逝去的生命不能复归,也用不着复归。但是,回忆这样的生命，意识到自己是这样活过来的，阳关大道、独木小桥，都走过来了，风风雨雨都经过了，一直到今天，自己还能活在世上，还能回忆往事，这难道还不能算是莫大的幸福吗？

只是到了最近一两年，比我年轻的一些朋友，多次向我建议写一点自传之类的东西。他们认为，像我这样的知识分子，已经活到了将近耄耋之年，古稀之年早已甩在背后了，而且经历了几个时代；在中国历史上，也是一个难能可贵的机会；我这样的经历，过去知识分子经历者恐怕不是太多。我对世事沧桑的阅历，人情世态的体会，恐怕有很多值得别人借鉴的地方。今天年轻的知识分子，甚至许多中年知识分子，大都不能体会。有时候同他们谈一点过去的情况，他们往往瞪大了眼睛，像是在听"天方夜谭"。因此，他们的意见是，我应当把这些经历写出来，不要过于"自私自利"，只留在自己脑海中，供自己品味玩赏。这应该说是我这一辈人的责任，不容推卸。

我考虑他们的意见，觉得是正确的。就我个人来说，我生于辛亥革命那一年的夏秋之交，距离10月10日，只有一个月多一点。在这一段时间内，我当过大清皇帝的臣民，大概也算是一个"遗少"吧。我在极小的时候，就听到"朝廷"这个词儿，意思是大清皇帝。在我的幻想中，"朝廷"是一个非人非神非龙非蛇，然而又是人是神是龙是蛇的东西。最后一个"朝廷"一退位，立刻来了袁世凯，紧跟着是军阀混战。赤县神州，群魔乱舞。我三岁的时候，第一次世界大战爆发。我对此毫无所知。对于五四运动，所知也不多，只对文言改白话觉得新鲜而已。在小学和初中时期，跟着大孩子游行示威，焚烧日货和英货，情绪如疯如狂。高中时期，国民党统治开始，是另一种群魔乱舞，是国民党内部的群魔。大学时期，日本军国主义者蠢蠢欲动。"九一八"事变以后，我曾随清华同学卧轨绝食，赴南京请愿。生平第一次也是最后一次见到蒋介石。留学时期，"七七事变"发生，半壁河山，沦于外寇铁蹄之下。我的家乡更是早为外寇占领，让我无法回国。"等是有家归未得，杜鹃休向耳边啼。"我漂泊异乡，无从听到杜鹃鸣声，我听到的是天空中轰炸机的鸣声，伴随着肚中的饥肠辘辘声，有时候听到广播中希特勒疯狗似的狂吠声，如此度过了八年。"烽火连八岁，家书抵亿金。"抵亿金的家书一封也没能收到。大战终于结束。我在瑞士待了将近半年，吃了千辛万苦，经法国、越南回到祖国。在狂欢之余，灾星未退，又在通货疯狂膨胀中度过了三年，终于迎来了解放。在更大的狂欢之余，知道道路并不是总有玫瑰花铺地，有时难免也有狂风恶浪。就这样，风风雨雨，坎坎坷坷，一直活到了今天，垂垂老矣。

如此丰富复杂的经历，并不是每一个人都能有的。而且从某种意义上来说，这些经历也是十分宝贵的。经验和教训，从中都可以吸取，对人对己都会有点好处的。我自己如果秘而不宣，确有"自私自利"之嫌。因此，我决心听从别人的建议，改变以前的想法，把自己一生的经历实事求是地写出来。我特别强调"实事求是"四字，因为写自传不是搞文学创作，让自己的幻想纵横驰骋。我写自传，只写事实。这是否也能写成文学作品，我在这里存而不论。古今中外颇有大文学家把自传写成文学作品的。德国最伟大的诗人歌德就是其中之一。他的 *Dichtung and Wahrheit*（《诗与真》）可以为证。我个人认为，大文学家可以，我则不可。我这里只有 Wahrheit，而无 Dichtung。

但是，如此复杂的工作绝不能毕其功于一役。我目前还有很多工作要做，没有太多的余闲，我只能分段解决。我把我七十多年的生命分成八个阶段：

一、故乡时期
二、在济南上中学时期
三、清华大学、中学教员时期
四、留德十年
五、新中国成立前夕
六、五六十年代
七、牛棚杂忆
八、1978年以后

在1988年，我断断续续写成了"四"和"七"两部草稿。现在先把"四、留德十年"整理出来，让它带着我的祝福走向世界吧!挦扯雪芹作一绝：

> 毫无荒唐言，
> 半把辛酸泪。
> 作者并不痴，
> 人解其中味。

以上算是楔子。

一 留学热

五六十年以前，一股浓烈的留学热弥漫全国，其声势之大绝不下于今天。留学牵动着成千上万青年学子的心。我曾亲眼看到，一位同学听到别人出国而自己则无份时，一时浑身发抖，眼直口呆，满面流汗，他内心震动之剧烈可想而知。

为什么会出现这样的现象呢？仔细分析其中原因，有的同今天差不多，有的则完全不同。相同的原因我在这里不谈了。不同的原因，其根底是社会制度不同。那时候有两句名言：毕业即失业；要努力抢一只饭碗。一个大学毕业生，如果没有后门，照样找不到工作，也就是照样抢不到一只饭碗。如果一个人能出国一趟，当时称为"镀金"，一回国身价百倍，金光闪烁，好多地方会抢着要他，成了"抢手货"。

当时要想出国，无非走两条路：一条是私费，一条是官费。前者只有富商、大贾、高官、显宦的子女才能办到。后者又有两种：一种是全国性质的官费，比如留英庚款、留美庚款之类；一种是各省举办的。二者都要经过考试。这两种官费人数都极端少，只有一两个。在芸芸学子中，走这条路，比骆驼钻针眼还要困难。是否有走后门的？我不敢说绝对没有。但是根据我个人的观察，一般是比较公道的，录取的学员中颇多英俊之才。这种官费钱相当多，可以在国外过十分舒适的生活，往往令人羡煞。

我当然也患了留学热，而且其严重程度绝不下于别人。可惜我投胎找错了地方，我的家庭在乡下是贫农，在城里是公务员，连个小官都算不上。平常日子，勉强糊口。我于1934年大学毕业时，叔父正失业，家庭经济实际上已经破了产，其贫窭之状可想而知。私费留学，我想都没有想过，我这个癞蛤蟆压根儿不想吃天鹅肉，我还没有糊涂到那个程度。官费留学呢，当时只送理工科学生，社会科学受到歧视。今天歧视社会科学，源远流长，我们社会科学者运交华盖，只好怨我们命苦了。

总而言之，我大学一毕业，立刻就倒了霉，留学无望，饭碗难抢；临渊羡鱼，有网难结；穷途痛哭，无地自容。母校（省立济南高中）校长宋还吾先生要我回母校当国文教员，好像绝处逢生。但是我学的是西洋文学，满脑袋歌德、莎士比亚，一旦换为屈原、杜甫，我换得过来吗？当时中学生颇有"驾"教员的风气。所谓"驾"，就是赶走。我自己"驾"人的经验是有一点的，被"驾"的经验却无论如何也不想沾边。我考虑再三，到了暑假离开清华园时，我才咬了咬牙："你敢请我，我就敢去！"大有破釜沉舟之概了。

省立济南高中是当时全山东唯一的一所高级中学。国文教员，待遇优渥，每月一百六十块大洋，高出大学助教一倍，折合今天人民币，至少可以等于三千二百元。这是颇有一些吸引力的。为什么这样一只"肥"饭碗竟无端落到我手中了呢？原因是有一点的。我虽然读西洋文学，但从小喜欢舞笔弄墨，发表了几篇散文，于是就被认为是作家，而在当时作家都是被认为能教国文的，于是我就成了国文教员。但是，如人饮水，冷暖自知，我深知自己能吃几碗干饭，心虚在所难免。我真是如履薄冰似的走上了讲台。

但是，宋校长真正聘我的原因，还不就这样简单。当时山东中学界抢夺饭碗的搏斗是异常激烈的。常常是一换校长，一大批教员也就被撤换。一个校长身边都有一个行政班子，教务长、总务长、训育主任、会计等等，一应俱全，好像是一个内阁。在外围还有一个教员队伍。这些人都是与校长共进退的。这时山东中学教育界有两大派系：北大派与师大派。两者钩心斗角，争夺地盘。宋校长是北大派的头领，与当时的教育厅厅长何思源，是菏泽六中和北京大学的同学，私交颇深。有人说，如果宋校长再是美国哥伦比亚大学的学生，与何在国外也是同学，则他的地位会更上一层楼，不只是校长，而是教育厅的科长了。

总之，宋校长率领着北大派浩荡大军，同师大派两军对垒。他需要支持，需要一支客军。于是一眼就看上了我这个超然于两派之外的清华大学毕业生兼高中第一级的毕业生。他就请我当了国文教员，授意我组织高中毕业同学会，以壮他的声势。我虽涉世未深，但他这一点苦心，我还是能够体会的。可惜我天生不是干这种事的料，我不会吹牛拍马，不愿陪什么人的太太打麻将。结果同学会没有组成，我感到抱歉，但是无能为力。宋校长对别人说："羡林很安静！"宋校长不愧是北大国文系毕业生，深通国故，有很高的古典文学造诣，他使用了"安静"二字，借用王国维的说法，一着此二字，则境界全出，胜似别人的千言万语。不幸的是，我也并非白痴，多少还懂点世故，聆听之下，心领神会；然而握在手中的那一只饭碗，则摇摇欲飞矣。

因此，我必须想法离开这里。

离开这里，到哪里去呢？"抬眼望尽天涯路"，我只看到人海茫茫，没有一个归宿。按理说，我当时的生活和处境是相当好的。我同学生相处得很好。我只有二十三岁，不懂什么叫架子。学生大部分同我年龄差不多，有的比我还要大几岁，我觉得他们是伙伴。我在一家大报上主编一个文学副刊，可以刊登学生的文章，这对学生是极有吸引力的。同教员同事关系也很融洽，几乎每周都同几个志同道合者出去吃小馆，反正工资优厚，物价又低，谁也不会吝啬，感情更易加深。从外表看来，真似神仙生活。

然而我情绪低沉，我必须想法离开这里。

离开这里，至高无上的梦就是出国镀金。我常常面对屋前的枝叶繁茂花朵鲜艳的木槿花，面对小花园里的亭台假山，做着出国的梦。同时，在灯红酒绿中，又会蓦地感到手中的饭碗在动摇。二十刚出头的年龄，却心怀百岁之忧。我的精神无论如何也振作不起来。我有时候想：就这样混下去吧，反正自己毫无办法，空想也白搭。俗话说："车到山前必有路。"我这辆车还没驶到山前，等到了山前再说吧。

然而不行。别人出国留学镀金的消息，不时传入自己耳中。一听到这种消息，就像我看别人一样，我也是浑身发抖。我遥望欧山美水，看那些出国者如神仙中人。而自己则像人间凡夫，"更隔蓬山千万重"了。

我就这样度过了一整年。

二 天赐良机

正当我心急似火而又一筹莫展的时候，真像是天赐良机，我的母校清华大学同德国学术交换处（DAAD）签订了一个合同：双方交换研究生，路费制装费自己出，食宿费相互付给，中国每月三十块大洋，德国一百二十马克。条件并不理想，一百二十马克只能勉强支付食宿费用。相比之下，官费一个月八百马克，有天渊之别了。

然而，对我来说，这却像是一根救命的稻草，非抓住不行了。我在清华名义上主修德文，成绩四年全优（这其实是名不副实的），我一报名，立即通过。但是，我的困难也是明摆着的：家庭经济濒于破产，而且亲老子幼，我一走，全家生活靠什么来维持呢？我面对的都是切切实实的现实困难，在狂喜之余，不由得又心忧如焚了。

我走到了一个岔路口上：一条路是桃花，一条路是雪。开满了桃花的路上，云蒸霞蔚，前程似锦，不由得你不想往前走。堆满了雪的路上，则是暗淡无光，摆在我眼前是终生青衿，老死学宫，天天为饭碗而搏斗，时时引"安静"为鉴戒。究竟何去何从？我逢到了生平第一次重大抉择。

出我意料之外，我得到了我叔父和全家的支持。他们对我说：我们咬咬牙，过上两年紧日子；只要饿不死，就能迎来胜利的曙光，为祖宗门楣增辉。这种思想根源，我是清清楚楚的。当时封建科举的思想，仍然在社会上流行。人们把小学毕业看作秀才，高中毕业看作举人，大学毕业看作进士，而留洋镀金则是翰林一流。在人们眼中，我已经中了进士。古人说：没有场外的举人。现在则是场外的进士。我眼看就要入场，焉能悬崖勒马呢？

认为我很"安静"的那一位宋还吾校长，也对我完全刮目相看，表现出异常的殷勤，亲自带我去找教育厅厅长，希望能得到点资助。但是，我不成材，我的"安静"又害了我，结果空手而归，再一次让校长失望。但是，他热情不减，又是勉励，又是设宴欢送，相期学成归国之日再共同工作，令我十分感动。

我高中的同事们，有的原来就是我的老师，有的是我的同辈，但年龄都比我大很多。他们对我也是刮目相看。年轻一点的教员，无不患上了留学热，也都是望穿秋水，欲进无门，谁也没有办法。现在我忽然捞到了镀金的机会，洋翰林指日可得，宛如蛰龙升天，他年回国，绝不会再待在济南高中了。他们羡慕的心情溢于言表。我忽然感觉到，我简直成了《儒林外史》中的范进，虽然还缺一个老泰山胡屠户和一个张乡绅，然而在众人心目中，我忽然成了特殊人物，觉得非常可笑。我虽然还没有春风得意之感，但是内心深处是颇为高兴的。

但是，我的困难是显而易见的。除了前面说到的家庭经济困难之外，还有制装费和旅费。因为知道，到了德国以后，不可能有余钱买衣服，在国内制装必须周到齐全。这都需要很多钱。在过去一年内，我从工资中节余了一点钱，数量不大，向朋友借了点钱，七拼八凑，勉强做了几身衣服，装了两大皮箱。长途万里的旅行准备算是完成了。此时，我心里不知道是什么滋味，酸、甜、苦、辣，搅和在一起，但是绝没有像调和鸡尾酒那样美妙。我充满了渴望，而又忐忑不安，有时候想得很美，有时候又忧心忡忡，在各种思想矛盾中，迎接我生平第一次大抉择、大冒险。

三　在北平的准备工作

我终于在1935年8月1日离开了家。我留下的是一个破败的家，老亲、少妻、年幼子女。这样一个家和我这一群亲人，他们的命运谁也不知道，正如我自己的命运一样。生离死别，古今同悲。江文通说："黯然销魂者，唯别而已矣。"他又说："割慈忍爱，离邦去里，沥泣共诀，抆血相视。"我从前读《别赋》时，只是欣赏它的文采。然而今天自己竟成了赋中人。此情此景实不足为外人道也。

临离家时，我思绪万端。叔父、婶母、德华（妻子），女儿婉如牵着德华的手，才出生几个月的延宗酣睡在母亲怀中，都送我到大门口。娇女幼子还不知道什么叫离别，也许还觉得好玩。双亲和德华是完全理解的。我眼里含着泪，硬把大量的眼泪压在肚子里，没有敢再看他们一眼——我相信，他们眼里也一定噙着泪珠——扭头上了洋车，只有大门楼上残砖败瓦的影子在我眼前一闪。

我先乘火车到北平。办理出国手续，只有北平有可能，济南是不行的。到北平以后，我先到沙滩找了一家公寓，赁了一间房子，存放那两只大皮箱；立即赶赴清华园，在工字厅招待所找到了一个床位。同屋的是一位比我高几级的清华老毕业生，他是什么地方保险公司的总经理。夜半联床，娓娓对谈。

他再三劝我，到德国后学保险，将来回国，饭碗绝不成问题，也许还是一只金饭碗。这当然很有诱惑力，但却同我的愿望完全相违。我虽向无大志，可是对做官、经商却绝无兴趣，对发财也无追求。对这位老学长的盛意，我只有心领了。

此时正值暑假，学生几乎都离校回家了。偌大一个清华园，静悄悄的。但是风光却更加旖旎，高树蔽天，浓荫匝地，花开绿丛，蝉鸣高枝；荷塘里的荷花正迎风怒放，西山的紫气依旧幻奇。风光虽美，但是我心中却感到无边的寂寞。仅仅在一年前，当我还是学生的时候，我那众多的小伙伴都还聚在一起，或临风朗读，或月下抒怀。黄昏时漫步荒郊，回校后余兴尚浓，有时候沿荷塘步月，领略荷塘月色的情趣，其乐融融，乐不可支。然而曾几何时，今天却只剩下我一个人又回到水木清华，睹物思人，对月兴叹，人去楼空，宇宙似乎也变得空荡荡的，令人无法忍受了。

我住的工字厅是清华的中心。我的老师吴宓先生的"藤影荷声之馆"就在这里。他已离校，我只能透过玻璃窗子看室中的陈设，不由得忆起当年在这里高谈阔论的情景，心中黯然。离开这里不远就是那一间临湖大厅，"水木清华"四个大字的匾就挂在后面。这个厅很大，里面摆满了红木家具，气象高雅华贵。平常很少有人来，因此幽静得很。几年前，我有时候同吴组缃、林庚、李长之等几个好友，到这里来闲谈。我们都还年轻，有点不知道天高地厚，说话海阔天空，旁若无人。我们不是粪土当年万户侯，而是挥斥当代文学家。记得茅盾的《子夜》出版时，我们几个人在这里碰头，议论此书。当时意见截然分成两派：一派完全肯定，一派基本否定。大家争吵了个不亦乐乎。我们这种侃大山，一向没有结论，也不需要有结论。各自把自己的话尽量夸大其词地说完，然后再谈别的问题，觉得其乐无穷。今天我一个人来到这间大厅里，睹物思人，又不禁有点伤感了。

在这期间，我有的是空闲。我曾拜见了几位老师。首先是冯友兰先生，据说同德国方面签订合同，就是由于他的斡旋。其次是蒋廷黻先生，据说他在签订合同中也出了力。他恳切地劝我说，德国是法西斯国家，在那里一定要谨言慎行，免得惹起麻烦。我感谢师长的叮嘱。我也拜见了闻一多先生。这是我同他第一次见面，不幸的是，也是最后一次见面。等到十一年后我回国时，他早已被国民党反动派暗杀了。他是一位我异常景仰的诗人和学者。当时谈话的内容我已经完全忘记，但是他的形象却永远留在我心中。

有一个晚上，吃过晚饭，孤身无聊，信步走出工字厅，到朱自清先生的《荷塘月色》中所描写的荷塘边上去散步。于时新月当空，万籁无声。明月倒映荷塘中，比天上那一个似乎更加圆明皎洁。在月光下，荷叶和荷花都失去了色彩，变成了灰蒙蒙的一个颜色。但是缕缕荷香直逼鼻管，使我仿佛能看到翠绿的荷叶和红艳的荷花。荷叶丛中闪熠着点点的火花，是早出的萤火虫。小小的火点动荡不定，忽隐忽现，仿佛要同天上和水中的那个大火点争光比辉。此时，宇宙间仿佛只剩下了我一个人。前面的鹏程万里、异乡漂泊，后面的亲老子幼的家庭，都离开我远远的，远远的，陷入一层薄雾中，望之如蓬莱仙山了。

但是，我到北平来是想办事儿的，不是来做梦的。当时的北平没有外国领馆，办理出国护照的签证，必须到天津去。于是我同乔冠华就联袂乘火车赴天津，到俄、德两个领馆去请求签证。手续绝没有现在这样复杂，领馆的俄、德籍的工作人员，只简简单单地问了几句话，含笑握手，并祝我们一路顺风。我们的出国手续就全部办完，只等出发了。

回到北平以后，几个朋友在北海公园为我饯行，记得有林庚、李长之、王锦弟、张露薇等。我们租了两只小船，荡舟于荷花丛中。接天莲叶，映日荷花，在太阳的照射下，红是红，绿是绿，各极其妙，同那天清华园的荷塘月色完全不同了。我们每个人都兴高采烈，臧否人物，指点时政，意气风发，所向无前，"语不惊人死不休"，我们真仿佛成了主宰沉浮的英雄。玩了整整一天，尽欢而散。

千里凉棚，没有不散的筵席。终于到了应该起程的日子。8月31日，朋友们把我们送到火车站，就是现在的前门老车站。当然又有一番祝福，一番叮嘱。在登上火车的一刹那，我脑海里忽然浮现出一句旧诗："万里投荒第二人。"

四 "满洲"车上

当年想从中国到欧洲去，飞机没有，海路太遥远又麻烦，最简便的路程就是苏联西伯利亚大铁路。其中一段通过中国东三省。这几乎是唯一的可行的路，但是有麻烦、有困难、有疑问、有危险。日本军国主义分子在东三省建立了所谓"满洲国"，这里有危险。过了"满洲国"，就是苏联，这里有疑问。我们一心想出国，必须面对这些危险和疑问，义无反顾。

明知山有虎，偏向虎山行，我们仿佛成了那样的英雄了。

车到了山海关，要进入"满洲国"了。车停了下来，我们都下车办理入"国"的手续。无非是填几张表格，这对我们并无困难。但是每人必须交手续费三块大洋。这三块大洋是一个人半月的饭费，我们真有点舍不得。既要入境，就必须缴纳，这个"买路钱"是省不得的。我们万般无奈，掏出三块大洋递了上去，脸上尽量不流露出任何不满的表情，说话更是特别小心谨慎，前去是一个布满了荆棘的火坑，这一点我们比谁都清楚。

幸而没有出麻烦，我们顺利过了"关"，又登上车。我们意识到自己所在的是一个什么地方，个个谨慎小心，说话细声细气。到了夜里，我们没有注意，有一个年轻人进入我们四个人一间的车厢，穿着长筒马靴，英俊精神，给人一个颇为善良的印象，年纪约莫二十五六岁，比我们略大一点。他向我们点头微笑，我们也报以微笑，以示友好。逢巧他就睡在我的上铺上。我们并没有对他有特别的警惕，觉得他不过是一个平平常常的旅客而已。

我们睡下以后，车厢里寂静下来，只听到火车奔驰的声音。车外是东北大平原，我们什么也看不到，什么也不想去看，一任"火车擒住轨，在黑夜里直奔，过山，过水，过陈死人的坟"。我正蒙眬欲睡，忽然上铺发出了声音：

"你是干什么的？"

"学生。"

"你从什么地方来的？"

"北平。"

"现在到哪里去？"

"德国。"

"去干吗？"

"留学。"

一阵沉默。我以为天下大定了。头顶上忽然又响起了声音，而且一个满头黑发的年轻人的头从上铺垂了下来。

"你觉得'满洲国'怎么样？"

"我初来乍到，说不出什么意见。"

又一阵沉默。

"你看我是哪一国人？"

"看不出来。"

"你听我说话像哪一国人？"

"你中国话说得蛮好，只能是中国人。"

"你没听出我说话中有什么口音吗？"

"听不出来。"

"是否有点朝鲜味？"

"不知道。"

"我的国籍在今天这个地方无法告诉。"

"那没有关系。"

"你大概已经知道我的国籍了，同时也就知道了我同日本人和'满洲国'的关系了。"

我立刻警惕起来：

"我不知道。"

"你谈谈对'满洲国'的印象，好吗？"

"我初来乍到，实在说不出来。"

又是一阵沉默。只听到车下轮声震耳。我听到头顶上一阵窸窣声，年轻人的头缩回去了，微微地叹息了一声，然后真正天下太平，我也真正进入了睡乡。

第二天(9月2日)早晨到了哈尔滨，我们都下了车。那个年轻人也下了车，临行时还对我点头微笑。但是，等我们办完了手续，要离开车站时，我抬头瞥见他穿着笔挺的警服，从警察局里走了出来，仍然是那一双长筒马靴。我不由得一下子出了一身冷汗。回忆夜里车厢里的那一幕，我真不寒而栗，心头充满了后怕。如果我不够警惕顺嘴发表了什么意见，其结果将会是怎样?我不敢想下去了。

啊，"满洲国"!这就是"满洲国"!

五　在哈尔滨

我们必须在哈尔滨住上几天，置办长途旅行在火车上吃的东西。这在当时几乎是人人都必须照办的。

这是我第一次到哈尔滨来。第一个印象是，这座城市很有趣。楼房高耸，街道宽敞，到处都能看到俄国人，所谓白俄，都是十月革命后从苏联逃出来的。其中有贵族，也有平民;生活有的好，有的坏，差别相当大。我久闻白俄大名，现在才在哈尔滨见到，心里觉得非常有趣。

我们先找了一家小客店住下，让自己紧张的精神松弛一下。在车站时，除了那位穿长筒马靴的"朝鲜人"给我的刺激以外，还有我们同行的一位敦福堂先生。此公是学心理学的，但是他的心理却实在难以理解。就要领取行李离车站，他忽然发现，他托运行李的收据丢了，行李无法领出。我们全体同学六人都心急如焚，于是找管理员，找站长，最后用六个人所有的证件，证明此公确实不想冒领行李，问题才得到解决。到了旅店，我们的余悸未退，精神依然亢奋，然而敦公向口袋里一伸手，行李托运票赫然具在。我们真是啼笑皆非，敦公却怡然自得。今后在半个多月的长途旅行中，这种局面重复了几次。我因此得出了一个结论：此公凡是能丢的东西一定要丢一次，最后总是化险为夷，逢凶化吉。关于这样的事情，下面就不再谈了。

在客店办理手续时，柜台旁边坐着一个赶马车的白俄小男孩，年纪十五六岁。我对他一下子发生了兴趣，问了他几句话，他翻了翻眼，指着柜台上那位戴着老花眼镜、满嘴胶东话的老人说："我跟他明白，跟你不明白。"我懂得他的意思了，一笑置之。

在哈尔滨山东人很多，大到百货公司的老板，小到街上的小贩，几乎无一不是山东人。他们大都能讲一点洋泾浜俄语，他们跟白俄能明白。这里因为白俄极多，俄语相当流行，因而产生了一些俄语译音字，比如把面包叫作"裂巴"等等。中国人嘴里的俄语，一般都不讲究语法完全正确、音调十分地道，只要对方"明白"，目的就算达到了。我忽然想到，人与人之间的交际离不开语言，同外国人之间的交际离不开外国语言，然而语言这玩意儿也真奇怪。一个人要想精通本国语和外国语，必须付出极大的劳动，穷一生之精力，也未必真通，可是要想达到一般交际的目的，又似乎非常简单。洋泾浜姑无论矣。有时只会一两个外国词儿，也能行动自如。一位国民党政府驻意大利的大使，只会意大利文"这个"一个单词儿，也能指挥意大利仆人。比如窗子开着，他口念"这个"，用手一指窗子，仆人立即把窗子关上。反之，如果窗子是关着的，这位大使阁下一声"这个"，仆人立即把窗子打开。窗子无非是开与关，绝无第三种可能。一声"这个"，圆通无碍，超过佛法百倍矣。

话扯得太远了，还是回来谈哈尔滨。

我们在旅店里休息了以后，走到大街上去置办火车上的食品。这件事办起来一点也不费事。大街上有许多白俄开的铺子，你只要走进去，说明来意，立刻就能买到一大篮子装好的食品。主体是几个重七八斤的大"裂巴"，辅之以一两个几乎同样粗大的香肠，再加上几斤干奶酪和黄油，另外再配上几个罐头，共四五十斤重，足够在西伯利亚火车上八九天之用。火车上本来是有餐车的，可是据过去的经验，餐车上的食品异常贵，而且只收美元。其指导思想是清楚的。苏联是无产阶级专政的国家，要"念念不忘阶级斗争"。外国人一般被视为资产阶级，是无产阶级的对立面；只要有机会，就必须与之"斗争"。餐费昂贵无非是斗争的方式。可惜我们这些"资产阶级"阮囊羞涩，实在付不出那样多美元，于是哈尔滨的白俄食品店，尚矣。

除了食品店以外，大街两旁高楼大厦的地下室里，有许许多多的俄餐馆，主人都是白俄。女主人往往又胖又高大，穿着白大褂，宛如一个白色巨人；然而服务却是热情而又周到，饭菜是精美而又便宜。我在北平久仰俄式大菜的大名，只是无缘品尝。不意今天到了哈尔滨，到处都有俄式大菜，就在简陌的地下室里，以无意中得之，真是不亦乐乎。我们吃过罗宋汤、牛尾、牛舌、猪排、牛排，这些菜不一定很"大"，然而主人是俄国人，厨师也是俄国人，有足够的保证，这是俄式大菜。好像我们在哈尔滨，天天就吃这些东西，不记得在那个小旅店里吃过什么饭。

黄昏时分，我们出来逛马路。马路很多是用小碎石子轧成的，很宽，很长，电灯不是很亮，到处人影历乱。白俄小男孩——就是我在上面提到的在旅店里见到的那样的——驾着西式的马车，送客人，载货物，驰骋于长街之上。车极高大，马也极高大，小男孩短小的身躯，高踞马车之上，仿佛坐在楼上一般，大小极不协调。然而小车夫却巍然高坐，神气十足，马鞭响处，骏马飞驰，马蹄子敲在碎石子上，迸出火花一列，如群萤乱舞，渐远渐稀，再配上马嘶声和车轮声，汇成声光大合奏。我们外来人实在是闻所未闻、见所未见，不禁顾而乐之了。

哈尔滨就是这样一个地方。

谁来到哈尔滨，大概都不会不到松花江上去游览一番。我们当然也不甘落后，我们也去了。当时正值夏秋交替之际，气温可并不高。我们几个人租了一条船，放舟中流，在混混茫茫的江面上，真是一叶扁舟。远望铁桥一线，跨越江上，宛如一段没有颜色的彩虹。此时，江面平静，浪涛不兴，游人如鲫，喧声四起。我们都异常的兴奋，谈笑风生。回头看划船的两个小白俄男孩子，手持双桨，主划的竟是一个盲人，另一个明眼孩子掌舵，决定小船的航向。我们都非常吃惊。松花江一下子好像是不存在了，眼前只有这个白俄盲童。我们很想了解一下真情，但是我们跟他们"不明白"，只好自己猜度。事情是非常清楚的。这个盲童家里穷，没有办法，万般无奈，父母——如果有父母的话——才让自己心爱的儿子冒着性命的危险，干这种划船的营生。江阔水深，危机四伏，明眼人尚须随时警惕，战战兢兢，何况一个盲人！但是，这个盲童由于什么都看不见，心中只有手中的双桨，怡然自得，面含笑容。这时候，我心里不知道是什么滋味。环顾四周，风光如旧，但我心里却只有这一个盲童，什么游人，什么水波，什么铁桥，什么景物，统统都消失了。我自己思忖：盲童家里的父母兄妹等等，可能都在望眼欲穿地等他回家，拿他挣来的几个钱，买上个大"裂巴"，一家人好不挨饿。他家是什么时候逃到哈尔滨来的？我不清楚。他说不定还是沙皇时代的贵族，什么侯爵、伯爵。当日的荣华富贵，从年龄上来看，他大概享受不到。他说不定就出生于哈尔滨，他绝不会有什么"故国不堪回首月明中"的感慨……我浮想联翩，越想越多，越想越乱，我自己的念头，理不出一个头绪，索性横一横心，此时只可赏风光。我又抬起头来，看到松花江上，依旧游人如鲫，铁桥横空，好一派夏日的风光。

此时，太阳已经西斜，是我们应该回去的时候了。我们下了船，尽我们所能，多给两个划船的白俄小孩一些酒钱。看到他们满意的笑容，我们也满意了，觉得是做了一件好事。

回到旅店，我一直想着那个白俄小孩。就是在以后一直到今天，我仍然会不时想起那个小孩来。他以后的命运怎样了？经过了几十年的沧海桑田，他活在世上的可能性几乎没有了。我还是祝愿白俄们的东正教的上帝会加福给他！

六 过西伯利亚

我们在哈尔滨住了几天，登上了苏联经营的西伯利亚火车，时间是9月4日。

车上的卧铺，每间四个铺位。我们六个中国学生，住在两间屋内，其中一间有两个铺位，是别人睡的，经常变换旅客，都是苏联人。车上有餐车，听说价钱极贵，而且只收美元。因此，我们一上车，就要完全靠在哈尔滨带上来的那只篮子过日子了。

火车奔驰在松嫩大平原上。车外草原百里，一望无际。黄昏时分，一轮红日即将下落，这里不能讲太阳落山，因为根本没有山，只有草原。这时，在我眼中，草原蓦地变成了大海，火车成了轮船。只是这大海风平浪静，毫无波涛汹涌之状，然而气势却依然宏伟非凡，不亚于真正的大海。

第二天，车到了满洲里，是苏联与"满洲国"接壤的地方。火车停了下来，据说要停很长的时间。我们都下了车，接受苏联海关的检查。我绝没有想到，苏联官员竟检查得这样细致，又这样慢条斯理，这样万分认真。我们所有的行李，不管是大是小，是箱是筐，统统打开，一一检查，巨细不遗。我们躬身侍立，随时准备回答垂询。我们准备在火车上提开水用的一把极其平常又极其粗糙的铁壶，也未能幸免，而且受到加倍的垂青。这件东西，一目了然，然而苏联官员却像发现了奇迹，把水壶翻来覆去，推敲研讨，又碰又摸，又敲又打，还要看一看壶里面是否有"夹壁墙"。连那一个薄铁片似的壶盖，也难逃法网，敲了好几遍。这里只缺少一架显微镜，如果真有一架的话，不管是什么高度的，他们也绝不会弃置不用。我怒火填膺，真想发作。旁边一位同车的外国老年朋友，看到我这个情况，拍了拍我的肩膀，用英文说了句：Patience is the great virtue（忍耐是大美德）。我理解他的心意，相对会心一笑。把怒气硬是压了下去，恭候检查如故。大概当时苏联人把外国人都当成"可疑分子"，都有存心颠覆他们政权的嫌疑，所以不得不尔。

检查完毕，我的怒气已消。心里恢复了平静。我们几个人走出车站，到市内去闲逛。满洲里只是一个边城小镇，连个小城都算不上，只有几条街，很难说哪一条是大街。房子基本上都是用木板盖成的，同苏联的西伯利亚差不多，没有砖瓦，而多木材，就形成了这样的建筑特点。我们到一家木板房商店里去，买了几个甜酱菜罐头，是日本生产的，带上车去，可以佐餐。

再回到车上，天下大定，再不会有什么干扰了。车下面是横亘欧亚的万里西伯利亚大铁路。从此我们就要在这车上住上七八天。"人是地里仙，一天不见走一千"，我们现在一天绝不止走一千，我们要在风驰电掣中过日子了。

车上的生活，单调而又丰富多彩。每天吃喝拉撒睡，有条不紊，有简便之处，也有复杂之处。简便是吃东西不用再去操持，每人两个大篮子，饿了伸手拿出来就吃。复杂是喝开水极成问题，车上没有开水供应，凉水也不供应。每到一个大一点的车站，我们就轮流手持铁壶，飞奔下车，到车站上的开水供应处。拧开开水龙头，把铁壶灌满，再回到车上，分而喝之。

有一位同行的欧洲老太太、白发盈颠，行路龙钟，她显然没有自备铁壶；即使自备了，她也无法使用。我们的开水壶一提上车，她就颤巍巍地走了过来，手里拿着一个杯子，说着中国话："开开水！开开水！"我们心领神会，把她的杯子倒满开水，一笑而别。从此一天三顿饭，顿顿如此。看来她这个"老外"，这个外国"资产阶级"，并不比我们更有钱。她也不到餐车里去吃牛排、罗宋汤，没有大把地挥霍着美金。

说到牛排，我们虽然没有吃到，却是看到了。有一天，吃中饭的时候，忽然从餐车里走出来了一个俄国女餐车服务员，身材高大魁梧，肥胖有加，身穿白色大褂，头戴白布高帽子，至少有一尺高，帽顶几乎触到车厢的天花板；却足蹬高跟鞋，满面春风，而又威风凛凛，嘚嘚地走了过来，宛如一个大将军，八面威风。右手托着一个大盘子，里面摆满新出锅的炸牛排，肉香四溢，透人鼻官，确实有极大的诱惑力，让人馋涎欲滴。但是，一问价钱，却吓人一跳：每块三美元。我们这个车厢里。没有一个人肯出三美元一快朵颐的。这位女"大将军"，托着盘子，走了一趟又原盘托回。她是不是鄙视我们这些外国资产阶级呢？她是不是会在心里想：你们这些人个个赛过莎士比亚《威尼斯商人》中的吝啬鬼夏洛克呢？我不知道。这一阵香风过后，我们的肚子确已饿了，赶快拿出篮子，大啃其"裂巴"。

我们吃的问题大体上就是这个样子。你想了解俄国人怎样吃饭吗？他们同我们完全不一样，这是可想而知的。他们绝不会从中国的哈尔滨带一篮子食品来，而是就地取材。我在上面提到过，我们中国学生的两间车厢里，有两个铺位不属于我们，而是经常换人。有一天进来了一个红军军官，我们不懂苏联军官的肩章，不知道他是什么爵位。可是他颇为和蔼可亲，一走进车厢，用蓝色的眼睛环视了一下，笑着点了点头。我们也报之以微笑，但是跟他"不明白"，只能打手势来说话。他从怀里拿出来了一个身份证之类的小本子，里面有他的相片，他打着手势告诉我们，如果把这个证丢了，他用右手在自己脖子上做杀头状，那就是要杀头的。这个小本子神通广大。每到一个大站，他就拿着它走下车去，到什么地方领到一份"裂巴"，还有奶油、奶酪、香肠之类的东西，走回车厢，大嚼一顿。红军的供给制度大概就是这个样子。

车上的吃喝问题就是这样解决的。谈到拉撒，却成了天大的问题。一节列车住着四五十口子人，却只有两间厕所。经常是人满为患。我每天往往是很早就起来排队。有时候自己觉得已经够早了，但是推门一看，却已有人排成了长龙。赶紧加入队伍中，望眼欲穿地看着前面。你想一个人刷牙洗脸，再加上大小便，会用多少时间呀。如果再碰上一个患便秘的人，情况就会更加严重。自己肚子里的那些东西蠢蠢欲动，前面的队伍却不见缩短，这是什么滋味，一想就可以知道了。

但是，车上的生活也不全是困难，也有愉快的一面。我们六个中国学生一般都是挤坐在一间车厢里。虽然在清华大学时都是同学，但因行当不同，接触并不多。此时却被迫聚在一起，几乎都成推心置腹的朋友。我们闲坐无聊，便上天下地，胡侃一通。我们都是二十三四岁的大孩子，阅世未深，每个人眼前都是一个未知的世界，堆满了玫瑰花，闪耀着彩虹。我们的眼睛是亮的，心是透明的，说起话来，一无顾忌，二无隔

我的自述

阔，从来没有谈不来的时候，小小的车厢里，其乐融融。也有一时无话可谈的时候，我们就下象棋。物理学家王竹溪是此道高手。我们五个人，单个儿跟他下，一盘输，二盘输，三盘四盘，甚至更多的盘，反正总是输。后来我们联合起来跟他下，依然是输、输、输。哲学家乔冠华的哲学也帮不了他。在车上的八九天中，我们就没有胜过一局。

　　侃大山和下象棋觉得乏味了，我就凭窗向外看。万里长途，车外风光变化不算太大。一般都只有大森林，郁郁葱葱，好像是无边无际。林中的产品大概是非常丰富的。有一次，我在一个森林深处的车站下了车，到站台上去走走。看到一个苏联农民提着一篮子大松果来兜售，松果实在大得令人吃惊，非常可爱。平生从来没有见到过的，我抵抗不住诱惑，拿出了五角美元，买了一个。这是我在西伯利亚唯一的一次买东西，是无法忘记的。除了原始森林以外，还有大草原，不过似乎不多。留给我印象最深的是贝加尔湖。我们的火车绕行了这个湖的一多半，用了将近半天的时间。山洞一个接一个，不知道究竟钻过几个山洞。山上丛林密布，一翠到顶。铁路就修在岸边上，从火车上俯视湖水，了若指掌。湖水碧绿，靠岸处清可见底，渐到湖心，则转成深绿色，或者近乎黑色，下面深不可测。真是天下奇景，直到今天，我一闭眼睛，就能见到。

　　就这样，我们在车上，既有困难，又有乐趣，一转眼，就过去了八天，于9月14日晚间，到了莫斯科。

七　在赤都

莫斯科是当时全世界唯一的一个社会主义国家的首都，颇具神秘色彩，是世界上许多人向往的地方。我也颇感兴趣。

任何行车时间表上，都没有在这里停车两天的规定。然而据以前的旅行者说，列车到了莫斯科，总用种种借口停上一天。我想，原因是十分明显的。苏联当局想让我们这些人，领略一下社会主义的风采，沾一点社会主义的甘露，给我们洗一洗脑筋，让我们在大吃一惊之余，转变一下自己的世界观，在灰色上涂上一点红。

对我们青年来说，赤都不是没有吸引力的。我个人心里却有一点矛盾。我对外蒙古"独立"问题，很不理解。现在我自己到了苏联的首都，由于沿途的经历并没能给我留下什么好印象，如今要我们在赤都留上一天看一看，那就看一看吧。

火车一停，路局就宣布停车一天，修理车辆。接着来了一位女导游员。年轻貌美，白脸长身，穿着非常华贵时髦，涂着口红，染着指甲，一身珠光宝气。我确实大吃一惊。当时还没有"极左"这个词儿，我的思想却是"极左"的。我想象中的"普罗"小姐完全不是这个样子。我眼前这一位"普罗"，同资产阶级贵小姐究竟还有什么区别呢？她的灵魂也可能是红色的，但那我看不见。我看见的却让我大感不解，惘惘然看着这位搔首弄姿的俄国女郎。

我们这一群外国旅客被送上一辆大轿车，到莫斯科市内去观光。导游小姐用英文讲解。车子走到一个什么地方，眼前一片破旧的大楼。导游说，在第几个五年计划，这座楼将被拆掉，盖上新楼。这很好，难道说不好吗？车子到了另一个地方，导游又冷漠地说，在第几个五年计划，这片房子将被拆掉，盖成新楼。这仍然很好，难道说还不好吗？但是，接着到了第三个地方、第四个地方，导游说的仍然是那一套，只是神色更加冷漠，脸含冰霜，毫无表情。我们一座新楼也没有看到，只是学了一下苏联的五年计划。我疑团满腹：哪怕是给我们看一座新楼呢，这样不是会更好吗？难道这就叫社会主义吗？

这一位导游女郎最后把我们带到一幢富丽堂皇的大楼里面。据说这是十月革命前一位沙皇大臣的官邸，现在是国家旅游总局的招待所。大理石铺地，大理石砌墙，大理石柱子，五光十色，金碧辉煌。天花板上悬挂的玻璃大吊灯，至少有10米长。我仿佛置身于一个神话世界。这里的工作人员，年轻貌美的女郎居多数，个个唇红齿白，十指纤纤，指尖上闪着红光；个个珠光宝气，气度非凡。我刚从荒寒的西伯利亚来到这里，莽莽苍苍的原始森林的影子，还留在脑海中，一旦置身此地，不但像神话世界，简直像太虚幻境了。

其他旅客，有的留在这里吃午饭，花费美元，毫无可疑。我们几个中国学生，应中国驻莫斯科大使馆一位清华同学的邀请，到一家饭店里去吃饭。这家饭店也十分豪华，我生平第一次品尝到俄国名贵的鱼子酱。其他菜肴也都精美无比。特别是我们这一群在火车上啃了八天干"裂巴"的年轻人，见到这样的好饭，简直像饿鬼扑食一般，开怀畅吃。我们究竟吃了多少，谁也没去注意。反正这是我一生最精美、最难忘的一餐，足可以载入史册了。饭后算账，共付三百卢布，约二百美元。我们都非常感激这位老同学谢子敦先生。可惜以后，由于风云屡变，我竟没有同他再联系。他还活在人间吗?时间已经逝去半个多世纪，我现在虔心为他祝福!

晚上，我们又回到火车上。同车的外国旅客又聚会了。那一位在火车上索要"开开水"的老太太，还有那一位在满洲里海关上劝我忍耐的老头，都回来了。我问老头，他们在哪里吃的午饭。老头向我狡黠地挤了一挤眼睛，告诉我，他们吃了一顿非常精美而又非常便宜的饭。他看到我大感不解的神情，低声对我说，他们在哈尔滨时已经在黑市上，用美元换了卢布，同官价相差十几倍。在莫斯科，他们也有路子，能够用美元在黑市上换卢布。因此他们只需花上八个美元，便可以美美地"撮"上一顿。我恍然大悟:这些人都是旅行的老油子，神通广大，无孔不入。然而，事隔半个多世纪以后，那里依然黑市猖獗，这就不能不发人深省了。

一宿无话，夜里不知是在什么时候，火车又开动了。第二天下午，到了苏联与波兰接界的地方，叫斯托尔扑塞(Stol-pce)，在这里换乘波兰车。晚上过华沙。14日（?）晨4时进入德国境内。

在波兰境内行驶时，上下车的当然都是波兰人。这些人同俄国人有很大的不同，他们衣着比较华丽，态度比较活泼，而且有相当高的外语水平，很多人除了本国话以外，能讲俄语和德语，少数人能讲一点英语。这样一来，我们跟谁都能"明白"了，用不着再像在苏联一样，用手势来说话了。霎时间，车厢里就热闹了起来。波兰人显然对中国人也感兴趣。我们就乱七八糟地用德语和英语交谈起来。不知道是在什么时候，一个年纪很轻的波兰女孩子悄没声地走进了车厢。她圆圆的脸庞，两只圆圆的眼睛晶莹澄澈，天真无邪，环顾了一下四周，找了一个座位，坦然地坐了下来。我们几个中国学生都觉得很有趣，便搭讪着用英语同她交谈。没想到，她竟然会说英语，而且大大方方地回答我们的提问，一点扭捏的态度也没有。我们问她的名字。她说，叫 Wala。这有点像中文里面的"哇啦"。同行的谢家泽立刻大笑起来，嘴里"哇啦，哇啦"不止。小女孩子显然有点摸不着头脑，圆睁双目，瞪着小谢，脸上惊疑不定。后来我们越谈越热闹，小小的车厢里充满了笑语声。坐在我身旁的一位中年男子，看了看小女孩子，对我撇了撇嘴，露出一副鄙夷的神情。我大惑不解，我也没有看出，这个小女孩子身上究竟有什么值得鄙夷的地方。这一下子轮到我"丈二和尚摸不着头脑"了。小女孩子和其他中国学生都根本没有注意到这位中年人的撇嘴，依然谈笑不辍。这时车厢里更加热闹了，颇有点中国古书上所说的"履舄交错"的样子。我不记得，小女孩什么时候离开了车厢。萍水相聚，转瞬永别。这在人生中时刻都能遇到的情况，不值得大惊小怪。但是同这个波兰小女孩子的萍水相聚，我却怎么也不能忘怀，十年以后，我终于写成一篇散文《Wala》。

　　早晨8时，火车到了德国首都柏林。长达十日的长途火车旅行就在这里结束。

八　初抵柏林

柏林是我这一次万里长途旅行的目的地，是我的留学热的最后归宿，是我旧生命的结束，是我新生命的开始。在我眼中，柏林是一个无比美妙的地方。经过长途劳顿，跋山涉水，我终于来到了。我心里的感觉是异常复杂的，既有兴奋，又有好奇；既有兴会淋漓，又有忐忑不安。从当时不算太发达的中国，一下子来到这里，置身于高耸的楼房之中，漫步于宽敞的长街之上，自己宛如大海中的一滴水。

清华老同学赵九章等，到车站去迎接我们，为我们办理了一切应办的手续，使我们避免了许多麻烦，在离开家乡万里之外，感到故园的温暖。然而也有不太愉快的地方。我在上面提到的敦福堂，在柏林车站上，表演了他最后的一次特技：丢东西。这次丢的东西更是至关重要，丢的是护照。虽然我们同行者都已十分清楚，丢的东西终究会找回来的，但是我们也一时有点担起心来。敦公本人则是双目发直，满脸流汗，翻兜倒衣，搜索枯肠，在车站上的大混乱中，更增添了混乱。等我们办完手续，走出车站，敦公汗已流完，伸手就从裤兜中把那个在国外至关重要的护照掏了出来。他自己莞尔一笑，我们则是啼笑皆非。

老同学把我们先带到康德大街彼得公寓，把行李安顿好，又带我们到中国饭馆去吃饭。当时柏林的中国饭馆不是很多，据说只有三家。饭菜还可以，只是价钱太贵。除了大饭店以外，还有一家可以包饭的小馆子。男主人是中国北方人，女主人则是意大利人。两个人的德国话都非常蹩脚。只是服务极为热情周到，能蒸又白又大的中国馒头，菜也炒得很好，价钱又不太贵，所以中国留学生都趋之若鹜，生意非常好。我们初到的几个人却饶有兴趣地探讨另一个问题：店主夫妇二人怎样交流思想呢？都不懂彼此的语言，难道他们都是我上面提到的那一位国民党政府驻意大利大使的信徒，只使用"这个"一个词儿，就能涵盖宇宙、包罗天地吗？

这样的事确实与我们无关，不去管它也罢。我们的当务之急是找到一间房子。德国人是非常务实而又简朴的，他们不管是干什么的，一般说来，房子都十分宽敞，有卧室、起居室、客厅、厨房、厕所，有的还有一间客房。在这些房间之外，如果还有余房，则往往出租给外地的或外国的大学生，连待遇优厚的大学教授也不例外。出租的方式非常奇特，不是出租空房间，而是出租房间里的一切东西，桌椅沙发不在话下，连床上的被褥也包括在里面，租赁者不需要带任何行李，面巾、浴巾等等，都不需要。房间里的所有的服务工作，铺床叠被，给地板扫除打蜡，都由女主人包办。房客的皮鞋，睡觉前脱下来，放在房门外面，第二天一起床，女主人已经把鞋擦得闪光锃亮了。这些工作，教授夫人都要亲自下手，她们丝毫也没有什么下贱的感觉。德国人之爱清洁，闻名天下。女主人每天一个上午都在忙忙叨叨，擦这擦那，自己屋子里面不必说了，连外面的楼道，都天天打蜡；楼外的人行道，不但打扫，而且打上肥皂来洗刷。室内室外，楼内楼外，任何地方，都是洁无纤尘。

清华老同学汪殿华和他的德国夫人在夏洛滕堡区的魏玛

大街，为我们找到了一间房子，房东名叫罗斯瑙（Rosenau），看长相是一个犹太人。一提到找房子，人们往往会想到老舍早期的几部长篇小说中讲到中国人在英国伦敦找房子的情况，那是非常困难的。如果出租招贴上没有明说可以租给中国人，你就别去问，否则一定会碰钉子。在德国则没有这种情况。在柏林，你可以租到任何房子。只有少数过去中国学生住过的房子是例外。在这里你会受到白眼，遭到闭门羹。个中原因，一想便知，用不着我来啰唆了。

说到犹太人，我必须讲一讲当时犹太人在德国的处境，顺便讲一讲法西斯统治的情况。法西斯头子希特勒于1933年上台。我是1935年到德国的，我一直看到他恶贯满盈，自杀身亡，几乎与他的政权相始终。对德国法西斯政权，我是目击者，是有点发言权的。我初到的时候，柏林的纳粹味还不算太浓，当然已经有了一点。希特勒的相片到处悬挂，卐字旗也随处可见。人们见面时，不像以前那样说一声"早安""日安""晚安"等等，分手时也不说"再见"，而是右手一举，喊一声"希特勒万岁"便能表示一切。我们中国学生，不管在什么地方，到饭馆去吃饭，进商店去买东西，总是一仍旧贯，说我们的"早安"等等，出门时说"再见"。有的德国人，看我们是外国人，也用旧方式向我们表示敬意。但是，大多数人仍然喊他们的"万岁"。我们各行其是，互不干扰，并没有遇到什么不如意的事情。根据法西斯圣经——希特勒《我的奋斗》，犹太人和中国人都被列入劣等民族，是人类文化的破坏者，而金黄头发的"北方人"，则被法西斯认为是优秀民族，是人类文化的创造者。可惜的是，据个别人偷偷地告诉我，希特勒自己那一副尊容，他那满头的黑红相间的头发，一点也不"北方"，成为极大的讽刺。不管怎样，中国人在法西斯眼中，反正是劣等民族，同犹太人成为难兄难弟。

在这里，需要讲一点欧洲历史。欧洲许多国家仇视犹太人，由来久矣。有莎士比亚的名剧《威尼斯商人》可以为证。在中世纪，欧洲一些国家就发生过大规模屠杀犹太人的惨剧。在这方面，希特勒只是继承过去的衣钵，他并没有什么发明创造。如果有的话，那就是，他对犹太人进行了"科学的"定性分析。在他那一架政治化学天平上，他能够确定犹太人的"犹太性"，计有百分之百的犹太人，也就是祖父母和父母双方都是犹太人；二分之一犹太人，就是父母双方一方为犹太人；四分之一犹太人，就是祖父母或外祖父母一方为犹太人，其余都是德国人；八分之一等等，依此类推。这就是纳粹"民族政策"的理论根据。百分之百的犹太人必须迫害，决不手软；二分之一的稍逊；至于四分之一的则是处在政策的临界线上，可以暂时不动；八分之一以下则可以纳入人民内部，不以敌我矛盾论处了。我初到柏林的时候，此项政策大概刚进行了第一阶段，迫害还只限于全犹太人和一部分二分之一者，后来就愈演愈烈了。我的房东可能属于二分之一者，所以能暂时平安。希特勒们这一架特制的天平，能准确到什么程度，我是门外人，不敢多说。但是，德国人素以科学技术蜚声天下，天平想必是可靠的了。

至于德国普通老百姓怎样看待这迫害犹太人的事件，我初来乍到，不敢乱说。德国人总的来说是很可爱的，很淳朴老实的，他们毫无油滑之气，有时候看起来甚至有些笨手笨脚、呆头呆脑。比如说，你到商店里去买东西。店员有时候要找钱。你买了七十五分尼①的东西，付了一马克，若在中国，店员过去用算盘，今天用计算器，或者干脆口中念念有词：三五一十五，三六一十八，一口气说出了应该找的钱数：二十五分尼。德国店员什么也不用，他先说七十五分尼，把五分尼摆在桌子上，说一声八十分尼；然后再摆一个十分尼，说一声九十分尼；最后再摆一个十分尼，说一声一马克，于是完了，皆大欢喜。

我还遇到过一件小事，更能说明德国人的老实忠厚。根据我的日记，这件事情发生在9月17日。我的表坏了，走到大街上一个钟表店去修理，约定第二天去拿。可是我初到柏林，在高楼大厦的莽丛中，在车水马龙的喧闹中，我仿佛变成了初进大观园的刘姥姥，晕头转向，分不出东西南北。第二天，我出去取表的时候，影影绰绰，隐隐约约，记得是这个表店，迈步走了进去。那个店员老头，胖胖的身子，戴一副老花镜，同昨天见的那一个一模一样。我拿出了发票，递给他，他就到玻璃橱里去找我的表，没有。老头有点急了，额头上冒出了汗珠，从眼镜上面射出了目光，看着我，说："你明天再来一趟吧！"我回到家，心里直念叨这一件事。第二天又去了，表当然找不到。老头更急了，额头上冒出了更多的汗珠，手都有点发抖了。在玻璃橱里翻腾了半天，忽然灵光一闪，好像上帝佑护，他仔细看了看发票，说："这不是我的发票！"我于是也恍然大悟，是我找错了门。这一件小事我曾写过一篇散文《表

① 德国硬币单位,100分尼＝1马克

的喜剧》，收在我的散文集里。

这样的洋相我还出过不少次。我只说一次。德国人每天只吃一顿热餐，这就是中午。晚饭则只吃面包和香肠、干奶酪等，佐之以热茶。有一天，我到肉食店里去买了点香肠，准备回家去吃晚饭。晚上，我兴致勃勃地泡了一壶红茶，准备美美地吃上一顿。但是，一咬香肠，觉得不是味，原来里面的火腿肉全是生的。我大为气愤，愤愤不平："德国人竟这样戏弄外国人，简直太不像话了，真正岂有此理！"连在梦中，也觉得难咽下这一口气去。第二天一大早，我就到那个肉食店里去，摆出架势，要大兴问罪之师。一位女店员听了我的申诉，看了看我手中拿的香肠，起初有点大惑不解，继而大笑起来。她告诉我说："在德国，火腿都是生吃的，有时连肉也生吃。而且只有最好最新鲜的肉才能生吃。"我还有什么话好说呢？自己是一个地道的阿木林（上海话，傻瓜的意思）。

我到德国来，不是专门来吃香肠的，我是来念书的。要想念好书，必须先学好德语。我在清华学德语，虽然四年得了8个优，其实是张不开嘴的。来到柏林，必须补习德语口语，不再成为哑巴。远东协会的林德（Linde）和罗哈尔（Rochall）博士热心协助，带我到柏林大学的外国学院去，见到校长，他让我念了几句德文，认为满意，就让我参加柏林大学外国留学生德语班的最高班。从此我就成了柏林大学的学生，天天去上课。教授名叫赫姆（Höhm），我从来没有遇到这样好的外语教员。他发音之清晰，讲解之透彻，简直达到了神妙的程度。在9月20日的日记里，我写道："教授名 Höhm，真讲得太好了，好到不能说。我这是第一次听德文讲书，然而没有一句不

135

留德十年

能懂，并不是我的听的能力大，只是他说得太清楚了。"可见我当时的感受。我上课时，总和乔冠华在一起。我们每天乘城内火车到大学去上课。乐此不疲。

说到乔冠华，我要讲一讲我同他的关系，以及同其他中国留学生中我的熟人的关系，也谈一谈一般中国学生的情况。我同乔是清华同学，他是哲学系的，比我高两级。在校时，他经常腋下夹一册又厚又大的德文版黑格尔全集，昂首阔步，旁若无人，徜徉于清华园中。因为不是一个行道，我们虽认识，但并不熟，同被录取为交换研究生，才熟了起来。到了柏林以后，更是天天在一起，几乎形影不离。我们共同上课、吃饭、访友、游玩婉湖（Wansee）和动物园。我们都是书呆子，念念不忘逛旧书铺，颇买了几本好书。他颇有些才气，有一些古典文学的修养。我们很谈得来，有时候闲谈到深夜，有几次就睡在他那里。我们同敦福堂已经几乎断绝了往来，我们同他总有点格格不入。我们同一般的中国留学生也不往来，同这些人更是格格不入，毫无共同的语言。

当时在柏林的中国留学生，人数是相当多的。原因并不复杂。我前面谈到"镀金"问题，到德国来镀的金是24K 金，在中国社会上声誉卓著，是抢手货，所以有条件的中国青年趋之若鹜。这样的机会，大官儿们和大财主们是绝不会放过的，他们纷纷把子女派来，反正老子有的是民脂民膏，不愁供不起纨绔子弟们挥霍浪费。蒋介石、宋子文、孔祥熙、冯玉祥、戴传贤、居正，以及许许多多的国民党的大官，无不有子女或亲属在德国，而且几乎都聚集在柏林。因为这里有吃、有喝、有玩、有乐，既不用上学听课，也用不着说德国话。有一部分留德学生，只需要四句简单的德语，就能供几年之用。早晨起来，见到房东，说一声"早安"就甩手离家，到一个中国饭馆里，洗脸，吃早点，然后打上几圈麻将，就到了吃午饭的时候。午饭后，相约出游。晚饭时回到饭馆。深夜回家，见到房东，说一声"晚安"，一天就过去了。再学上一句"谢射"，加上一句"再见"，语言之功毕矣。我不能说这种人很多，但确实是有，这是事实，无法否认。

我同乔冠华曾到中国饭馆去吃过几次饭。一进门，高声说话的声音，吸溜呼噜喝汤的声音，吃饭吧唧嘴的声音，碗筷碰盘子的声音，汇成了一个大合奏，其势如暴风骤雨，迎面扑来。我仿佛又回到了中国。欧洲人吃饭，都是异常安静的，有时甚至正襟危坐，喝汤绝不许出声，吃饭吧唧嘴更是大忌。我不说，这就是天经地义，但是总能给人以文明的印象，未可厚非。我们的留学生把祖国的这一份"国粹"，带到了万里之外，无论如何，也让人觉得不舒服。再看一看一些国民党的"衙内"们那种狂傲自大、唯我独尊的神态。听一听他们谈话的内容：吃、喝、玩、乐，甚至玩女人、嫖娼妓等等。像我这样的乡下人实在有点受不了。他们眼睛里根本没有像我同乔冠华这样的穷学生。然而我们眼睛里又何尝有这一批卑鄙龌龊的纨绔子弟呢？我们从此再没有进这里中国饭馆的门。

但是，这些"留学生"的故事，却接二连三地向我们耳朵里涌，什么稀奇古怪的事情都有。很多留学生同德国人发生了纠葛，有的要法律解决。既然打官司，就需要律师。德国律师很容易找，但花费太大，于是有识之士应运而生。有一位老留学生，在柏林待得颇有年头了，对柏林的大街小巷、五行八作，都了如指掌，因此绰号叫"柏林土地"，真名反隐而不扬。此公急公好义，据说学的是法律，他公开扬言，要用自己的专业知识替中国留学生打官司，分文不取，连车马费都自己掏腰包。我好像是没有见到这一位英雄。对他我心里颇有矛盾，一方面钦佩他的义举，一方面又觉得十分奇怪。这个人难道说头脑是正常的吗？

柏林的中国留学生界，情况就是这个样子，10月17日的日记里，我写道：

> 在没有出国以前，我虽然也知道留学生的泄气，然而终究对他们存着敬畏的观念，觉得他们终究有神圣的地方，尤其是德国留学生，然而现在自己也成了留学生了。在柏林看到不知道有多少中国学生，每人手里提着照相机，一脸满不在乎的神气。谈话，不是怎样去跳舞，就是国内某某人做了科长了，某某做了司长了。不客气地说，我简直还没有看到一个像样的"人"。到今天我才真知道了留学生的真面目！

这都是原话，我一个字也没有改。从中可见我当时的真实感情。我曾动念头，写一本《新留西外史》。如果这一本书真能写成的话，我相信，它一定会是一部杰作，洛阳纸贵，不卜可知。可惜我在柏林待的时间太短，只有一个多月，致使这一部杰作没能写出来，真要为中国文坛惋惜。

我到德国来念书，柏林只是一个临时站，我还要到别的地方去的。但是，到哪里去呢？德国学术交换处的魏娜（Wiehner），最初打算把我派到东普鲁士的哥尼斯堡（Königsberg）大学去。德国最伟大的古典哲学家康德就在这里担任教授。这当然是一个十分令人神往的地方。但是这地方离柏林较远，比较偏僻，我人地生疏，表示不愿意去。最后，几经磋商，改派我到哥廷根（Göttingen）大学去，我同意了。我因此就想到，人的一生实在非常复杂，因果交互影响。我的老师吴宓先生有两句诗："世事纷纭果造因，错疑微似便成真。"这的确是很有见地的话，是参透了人生真谛才能道出的。如果我当年到了哥尼斯堡，那么我的人生道路就会同今天的截然不同。我不但认识不了西克（Sieg）教授和瓦尔德施米特（Waldschmidt）教授。就连梵文和巴利文也不会去学。这样一个季羡林今天会是什么样子呢？那只有天晓得了。

决定到哥廷根去，这算是大局已定，我心头的一块石头落了地。我到处打听哥廷根的情况，幸遇老学长乐森璕先生。他正在哥廷根大学读书，现在来柏林办事。他对我详细谈了哥廷根大学的情况。我心中的疑团尽释，大有耳聪目明之感。又在柏林待了一段时间，最后在大学开学前终于离开了柏林。我万万没有想到，此番一去就是七年，没有再回来过。我不喜欢柏林，也不喜欢这里那些成群结队的中国留学生。

九　哥廷根

我于1935年10月31日，从柏林到了哥廷根。原来只打算住两年，焉知一住就是十年整，住的时间之长，在我的一生中，仅次于济南和北京，成为我的第二故乡。

哥廷根是一个小城，人口只有十万，而流转迁移的大学生有时会到二三万人，是一个典型的大学城。大学已有几百年的历史，德国学术史和文学史上许多显赫的名字，都与这所大学有关。以他们的名字命名的街道，到处都是。让你一进城，就感到洋溢全城的文化气和学术气，仿佛是一个学术乐园、文化净土。

哥廷根素以风景秀丽闻名全德。东面山林密布，一年四季，绿草如茵。即使冬天下了雪，绿草埋在白雪下，依然翠绿如春。此地，冬天不冷，夏天不热，从来没遇到过大风。既无扇子，也无蚊帐，苍蝇、蚊子成了稀有动物。跳蚤、臭虫更是闻所未闻。街道洁净得邪行，你躺在马路上打滚，绝不会沾上任何一点尘土。家家的老太婆用肥皂刷洗人行道，已成为家常便饭。在城区中心，房子都是中世纪的建筑，至少四五层。人们置身其中，仿佛回到了中世纪去。古代的城墙仍然保留着，上面长满了参天的橡树。我在清华念书时，喜欢谈德国短命抒情诗人荷尔德林（Hölderlin）的诗歌，他似乎非常喜欢橡树，诗中经常提到它。可是我始终不知道橡树是什么样子。今天于无意中遇之，喜不自胜。此后，我常常到古城墙上来散步。在橡树的浓荫里，四面寂无人声，我一个人静坐沉思，成为哥廷根十年生活中最有诗意的一件事，至今忆念难忘。

我初到哥廷根时，人地生疏。老学长乐森玙先生到车站去接我，并且给我安排好了住房。房东姓欧朴尔（Oppel），老夫妇俩，只有一个儿子。儿子大了，到外城去上大学，就把他住的房间租给我。男房东是市政府的一个工程师，一个典型的德国人，老实得连话都不大肯说。女房东有五十来岁，是一个典型的德国家庭妇女，受过中等教育，能欣赏德国文学，喜欢德国古典音乐，趣味偏于保守，一提到爵士乐，就满脸鄙夷的神气，冷笑不止。她有德国妇女的一切优点：善良、正直，能体贴人，有同情心。但也有一些小小的不足之处，比如，她有一个最好的朋友，一个寡妇，两个人经常来往。有一回，她这位女友看到她新买的一顶帽子，喜欢得不得了，想照样买上一顶，她就大为不满，对我讲了她对这位女友的许多不满意的话。原来西方妇女——在某些方面，男人也一样——绝对不允许别人戴同样的帽子、穿同样的衣服。这一点我们中国人无论如何也是难以理解的。从这里可以看出，我这位女房东小市民习气颇浓。然而，瑕不掩瑜，她是我生平遇到的最好的妇女之一，善良得像慈母一般。

我就是在这样一个只有一对老夫妇的德国家庭里住了下来，同两位老人晨昏相聚，成为这个家庭的一员，一住就是十年，没有搬过一次家。我在这里先交代这个家庭的一般情况，细节以后还要谈到。

我初到哥廷根时的心情怎样呢?为了真实起见，我抄一段我到哥廷根后第二天的日记：

> 终于又来到哥廷根了。这以后，在不安定的漂泊生活里会有一段比较长一点的安定的生活。我平常是喜欢做梦的，而且我还自己把梦涂上种种的彩色。最初我做到德国来的梦，德国是我的天堂，是我的理想国。我幻想德国有金黄色的阳光。有 Wahr-

heit（真），有 Schönheit（美）。我终于把梦捉住了，我到了德国。然而得到的是失望和空虚。我的一切希望都泡影似的幻化了去。然而，立刻又有新的梦浮起来。我梦想，我在哥廷根，在这比较长一点的安定的生活里，我能读一点书，读点古代有过光荣而这光荣将永远不会消灭的文字。现在又终于到了哥廷根了。我不知道我能不能捉住这梦。其实又有谁能知道呢？

从这一段日记里可以看出，我当时眼前仍然是一片迷茫，还没有找到自己要走的道路。

十　道路终于找到了

在哥廷根，我要走的道路终于找到了，我指的是梵文的学习。这条道路，我已经走了将近六十年，今后还将走下去，直到不能走路的时候。

这条道路同哥廷根大学是分不开的，因此我在这里要讲讲大学。

我在上面已经对大学介绍了几句，因为，要想介绍哥廷根，就必须介绍大学。我们甚至可以说，哥廷根之所以成为哥廷根，就是因为有这一所大学。这所大学创建于中世纪，至今已有几百年的历史，是欧洲较为古老的大学之一。它共有五个学院：哲学院、理学院、法学院、神学院、医学院。一直没有一座统一的建筑，没有一座统一的大楼。各个学院分布在全城各个角落，研究所更是分散得很，许多大街小巷，都有大学的研究所。学生宿舍更没有大规模的。小部分学生住在各自的学生会中，绝大部分分住在老百姓家中。行政中心叫Aula，楼下是教学和行政部门。楼上是哥廷根科学院。文法学科上课的地方有两个：一个叫大讲堂（Auditorium），一个叫研究班大楼（Seminargebäude）。白天，大街上走的人中有一大部分是到各地上课的男女大学生。熙熙攘攘，煞是热闹。

在历史上，大学出过许多名人。德国最伟大的数学家高斯（Gauss），就是这个大学的教授。在高斯以后，这里还出过许多大数学家。从19世纪末起，一直到我去的时候，这里公认是世界数学中心。当时当代最伟大的数学家大卫·希尔伯特（David Hilbert）虽已退休，但还健在。他对中国学生特别友好。我曾在一家书店里遇到过他。他走上前来，跟我打招呼。除了数学以外，理科学科中的物理、化学、天文、气象、地质等，教授阵容都极强大。有几位诺贝尔奖获得者在这里任教。蜚声全球的化学家 A. 温道斯（Windaus）就是其中之一。

文科教授的阵容，同样也是强大的。在德国文学史和学术史上占有重要地位的格林兄弟，都在哥廷根大学待过。他们的童话流行全世界，在中国也可以说是家喻户晓。他们的大字典，一百多年以后才由许多德国专家编纂完成，成为德国语言研究中的一件大事。

哥廷根大学文理科的情况大体就是这样。

在这样一座面积虽不大但对我这样一个异域青年来说仍然像迷宫一样的大学城里，要想找到有关的机构，找到上课的地方，实际上是并不容易的，如果没有人协助、引路，那就会迷失方向。我三生有幸，找到了这样一个引路人，这就是章用。章用的父亲是鼎鼎大名的"老虎总长"章士钊。外祖父是在朝鲜统兵抗日的吴长庆。母亲是吴弱男，曾做过孙中山的秘书，名字见于钱基博的《现代中国文学史》。总之，他出身于世家大族、书香名门，但却同我在柏林见到的那些"衙内"完全不同，一点纨绔习气也没有。他毋宁说是有点孤高自赏，一身书生气。他家学渊源，对中国古典文献有湛深造诣，能写古文，作旧诗，却偏又喜爱数学，于是来到了哥廷根这个世界数学中心，读博士学位。我到的时候，他已经在这里住了五六年，老母吴弱男陪儿子住在这里。哥廷根中国留学生本来只有三四人。章用脾气孤傲，不同他们来往。我因从小喜好杂学，读过不少的中国古典诗词，对文学、艺术、宗教等有自己的一套看法。乐森璕先生介绍我认识了章用，经过几次短暂的谈话，简直可以说是一见如故，情投意合。他也许认为我同那些言语乏味、面目可憎的中国留学生迥乎不同，所以立即垂青，心心相印。他赠过一首诗：

我的自述

空谷足音一识君，
相期诗伯苦相薰。
体裁新旧同尝试，
胎息中西沐见闻。
胸宿赋才徕物与，
气嘘大笔发清芬。
千金敝帚敦轻重，
后世凭猜定小文。

可见他的心情。我也认为，像章用这样的人，在柏林中国饭馆里面是绝对找不到的，所以也很乐于同他亲近。章伯母有一次对我说："你来了以后，章用简直像变了一个人。他平常是绝对不去拜访人的，现在一到你家，就老是不回来。"我初到哥廷根，陪我奔波全城，到大学教务处，到研究所，到市政府，到医生家里，等等，注册选课，办理手续的，就是章用。他穿着那一身黑色的旧大衣，动摇着瘦削不高的身躯，陪我到处走。此情此景，至今宛然如在眼前。

他带我走熟了哥廷根的路，但我自己要走的道路还没能找到。

我在上面提到，初到哥廷根时，就有意学习古代文字。但这只是一种朦朦胧胧的想法，究竟要学习哪一种古文字，自己并不清楚。在柏林时，汪殿华曾劝我学习希腊文和拉丁文，认为这是当时祖国所需要的。到了哥廷根以后，同章用谈到这个问题，他劝我只读希腊文，如果兼读拉丁文，两年时间来不及。在德国中学里，要读八年拉丁文、六年希腊文。文科中学毕业的学生，个个精通这两种欧洲古典语言，我们中国学生完全无法同他们在这方面竞争。我经过初步考虑，听从了他的意见，第一学期选课，就以希腊文为主。德国大学是绝对自由的，只要中学毕业，就可以愿意入哪个大学就入哪个，不懂什么叫入学考试；入学以后，愿意入哪个系就入哪个；愿意改系，随时可改；愿意选多少课，选什么课，悉听尊便，学文科的可以选医学、神学的课，也可以只选一门课，或者选十门、八门。上课时，愿意上就上，不愿意上就走；迟到早退，完全自由。从来没有课堂考试。有的课开课时需要教授签字，这叫开课前的报到（Anmeldung），学生就拿课程登记簿（Studienbuch）请教授签；有的在结束时还需要教授签字，这叫课程结束时的教授签字（Abmeldung）。此时，学生与教授可以说是没有多少关系。有的学生，初入大学时，一学年或者甚至一学期换一个大学。经过几经转学，两三年以后，选中了自己满意的大学，满意的系科，这时才安定住下，同教授接触，请求参加他的研究班。经过一两个研究班，师生互相了解了，教授认为孺子可教，才给博士论文题目。再经过几年努力写作，教授满意了，就举行论文口试答辩，及格后，就能拿到博士学位。在德国，是教授说了算，什么院长、校长、部长都无权干预教授的决定。如果一个学生不想作论文，绝没有人强迫他。只要自己有钱，他可以十年八年地念下去。这就叫作"永恒的学生"（Ewiger Student），是一种全世界所无的稀有动物。

我就是在这样一种绝对自由的气氛中，在第一学期选了希腊文。另外又杂七杂八地选了许多课，每天上课6小时。我的用意是练习听德文，并不想学习什么东西。

我选课虽然以希腊文为主，但是学习情绪时高时低，始终并不坚定。第一堂课印象就不好。1935年12月5日日记中写道：

> 上了课，Rabbow 的声音太低，我简直听不懂。他也不问我，如坐针毡，难过极了。下了课走回家来的时候，痛苦啃着我的心——我在哥廷根做的唯一的美丽的梦，就是学希腊文。然而，照今天的样

子看来，学希腊文又成了一种绝大的痛苦。我岂不将要一无所成了吗？

日记中这样动摇的记载还有多处，可见信心之不坚。其间，我还自学了一段时间的拉丁文。最有趣的是，有一次自己居然想学古埃及文。心情之混乱可见一斑。

这都说明，我还没有找到要走的路。

至于梵文，我在国内读书时，就曾动过学习的念头。但当时国内没有人教梵文，所以愿望没有能实现。来到哥廷根，认识了一位学冶金学的中国留学生湖南人龙丕炎（范禹），他主攻科技，不知道为什么却学习过两个学期的梵文。我来到时，他已经不学了，就把自己用的施滕茨勒（Stenzler）著的一本梵文语法书送给了我。我同章用也谈过学梵文的问题，他鼓励我学。于是，在我选择道路徘徊踟蹰的混乱中，又增加了一层混乱。幸而这混乱只是暂时的，不久就从混乱的阴霾中流露出来了阳光。12月16日日记中写道：

我又想到我终于非读 Sanskrit（梵文）不行。中国文化受印度文化的影响太大了。我要对中印文化关系彻底研究一下，或能有所发明。在德国能把想学的几种文字学好，也就不虚此行了，尤其是 Sanskrit，回国后再想学，不但没有那样的机会，也没有那样的人。

第二天的日记中又写道：

我又想到 Sanskrit，我左想右想，觉得非学不行。

1936年1月2日的日记中写道：

　　仍然决意读 Sanskrit。自己兴趣之易变，使自己都有点吃惊了。决意读希腊文的时候，自己发誓而且希望这次不要再变了，而且自己也坚信不会再变了，但终于又变了。我现在仍然发誓而且希望不要再变了。再变下去，会一无所成的。不知道 Sehick-sal（命运）可能允许我这次坚定我的信念吗？

　　我这次的发誓和希望没有落空，命运允许我坚定了我的信念。

　　我毕生要走的道路终于找到了，我沿着这一条道路一走走了半个多世纪，一直走到现在，而且还要走下去。

　　哥廷根实际上是学习梵文最理想的地方。除了上面说到的城市幽静，风光旖旎之外，哥廷根大学有悠久的研究梵文和比较语言学的传统。19世纪上半叶研究《五卷书》的一个转译本《卡里来和迪木乃》的大家、比较文学史学的创建者本发伊（T. Benfey）就曾在这里任教。19世纪末弗朗茨·基尔霍恩（Franz Kielhorn）在此地任梵文教授。接替他的是海尔曼·奥尔登堡（Hermann Oldenberg）教授。奥尔登堡教授的继任人是读通吐火罗文残卷的大师西克教授。1935年，西克退休，瓦尔德施米特接掌梵文讲座。这正是我到哥廷根的时候。被印度学者誉为活着的最伟大的梵文家雅可布·瓦克尔纳格尔（Jakob Wackernagel）曾在比较语言学系任教。真可谓梵学天空，群星灿列。再加上大学图书馆，历史极久，规模极大，藏书极富，名声极高，梵文藏书甲德国，据说都是基尔霍恩从印度搜罗到的。这样的条件，在德国当时是无与伦比的。

我决心既下，1936年春季开始的那一学期，我选了梵文。4月2日，我到高斯－韦伯楼东方研究所去上第一课。这是一座非常古老的建筑。当年大数学家高斯和大物理学家韦伯（Weber）试验他们发明的电报，就在这座房子里，它因此名扬全球。楼下是埃及学研究室，巴比伦、亚述、阿拉伯文研究室。楼上是斯拉夫语研究室，波斯、土耳其语研究室和梵文研究室。梵文课就在研究室里上。这是瓦尔德施米特教授第一次上课，也是我第一次同他会面。他看起来非常年轻。他是柏林大学梵学大师海因里希·吕德斯（Heinrich Lüders）的学生，是研究新疆出土的梵文佛典残卷的专家，虽然年轻，已经在世界梵文学界颇有名声。可是选梵文课的却只有我一个学生，而且还是外国人。虽然只有一个学生，他仍然认真严肃地讲课，一直讲到四点才下课。这就是我梵文学习的开始。研究所有一个小图书室，册数不到一万，然而对一个初学者来说，却是应有尽有。最珍贵的是奥尔登堡的那一套上百册的德国和世界各国梵文学者寄给他的论文汇集，分门别类，装订成册，大小不等，语言各异。如果自己去搜集，那是无论如何也不会这样齐全的，因为有的杂志非常冷僻，到大图书馆都不一定能查到。在临街的一面墙上，在镜框里贴着德国梵文学家的照片，有三四十人之多。从中可见德国梵学之盛。这是德国学术界十分值得骄傲的地方。

我从此就天天到这个研究所来。

我从此就找到了我真正想走的道路。

十一　怀念母亲

我一生有两个母亲：一个是生我的那个母亲；一个是我的祖国母亲。

我对这两个母亲怀着同样崇高的敬意和同样真挚的爱慕。

我六岁离开我的生母，到城里去住。中间曾回故乡两次，都是奔丧，只在母亲身边待了几天，仍然回到城里。最后一别八年，在我读大学二年级的时候，母亲弃养，只活了四十多岁。我痛哭了几天，食不下咽，寝不安席。我真想随母亲于地下。我的愿望没能实现。从此我就成了没有母亲的孤儿。一个缺少母爱的孩子，是灵魂不全的人。我怀着不全的灵魂，抱终天之恨。一想到母亲，就泪流不止，数十年如一日。如今到了德国，来到哥廷根这一座孤寂的小城，不知道是为什么，母亲频来入梦。

我的祖国母亲，我这是第一次离开她。离开的时间只有短短几个月，不知道是为什么，我这个母亲也频来入梦。

为了保存当时真实的感情，避免用今天的情感篡改当时的感情，我现在不加叙述、不作描绘，只从初到哥廷根的日记中摘抄几段：

1935 年 11 月 16 日

不久外面就黑起来了。我觉得这黄昏的时候最有意思。我不开灯，只沉默地站在窗前，看暗夜渐渐织上天空，织上对面的屋顶，一切都沉在朦胧的薄暗中。我的心往往在沉静到不能再沉静的氛围里，活动起来。这活动是轻微的，我简直不知道有这样的活动。我想到故乡，故乡里的老朋友，心里有点酸酸的，有点凄凉。然而这凄凉却并不同普通的凄凉一样，是甜蜜的、浓浓的，有说不出的味道，浓浓地糊在心头。

11 月 18 日

从好几天以前，房东太太就向我说，她的儿子今天从学校回家来，她高兴得不得了……但儿子只是不来，她的神色有点沮丧。她又说，晚上还有一趟车，说不定他会来的。我看了她的神气，想到自己的在故乡地下卧着的母亲，我真想哭！我现在才知道，古今中外的母亲都是一样的！

11 月 20 日

我现在还真是想家，想故国，想故国里的朋友。我有时简直想得不能忍耐。

11 月 28 日

我仰在沙发上，听风声在窗外过路。风里夹着
雨。天色阴得如黑夜。心里思潮起伏，又想到故
国了。

12 月 6 日

近几天来，心情安定多了。以前我真觉得两年
太长；同时，在这里无论衣食住行哪一方面都感到
不舒服，所以这两年简直似乎无论如何也忍受不下
来了。

从初到哥廷根的日记里，我暂时引用这几段。实际上，类似的
地方还有不少，从这几段中也可见一斑了。总之，我不想在国
外待。一想到我的母亲和祖国母亲，就心潮腾涌，惶惶不可终
日，留在国外的念头连影儿都没有。几个月以后，在1936年7
月11日，我写了一篇散文，题目叫《寻梦》。开头一段是：

夜里梦到母亲，我哭着醒来。醒来再想捉住这
梦的时候，梦却早不知道飞到什么地方去了。

下面描绘在梦里见到母亲的情景。最后一段是：

天哪！连一个清清楚楚的梦都不给我吗？我怅
望灰天，在泪光里，幻出母亲的面影。

我在国内的时候，只怀念，也只有可能怀念一个母亲。现在到国外来了，在我的怀念中就增添了一个祖国母亲。这种怀念，在初到哥廷根的时候异常强烈，以后也没有断过。对这两位母亲的怀念，一直伴随着我度过了在德国的十年，在欧洲的十一年。

十二　两年生活

清华大学与德国学术交换处订的合同，规定学习期限为两年。我原来也只打算在德国住两年。在这期间，我的身份是学生。在德国十年中，这两年的学生生活可以算是一个阶段。

在这两年内，一般说来，生活是比较平静的，没有大风大浪，没有剧烈的震动。希特勒刚上台不几年，德国崇拜他如疯如狂。我认识一个女孩子，年轻貌美。有一次同她偶尔谈到希特勒，她脱口而出："如果我能同希特勒生一个孩子，是我莫大的光荣！"我真是大吃一惊，做梦也没有想到。我没有见过希特勒本人，只是常常从广播中听到他那疯狗的狂吠声。在德国人中，反对他的微乎其微。他手下那著名的两支队伍 SA（Sturm–Abteilung，冲锋队）和 SS（Schutz–Staffel，党卫军），在街上随时可见。前者穿黄制服，我们称之为"黄狗"；后者着黑制服，我们称之为"黑狗"。这黄黑二狗从来没有跟我们中国学生找过麻烦。进商店，会见朋友，你喊你的"希特勒万岁"，我喊我的"早安""日安""晚安"，各行其是，互不侵犯，井水不犯河水，倒也能和平共处。我们同一般德国人从来不谈政治。

实际上，在当时，无论是在中国，还是在德国，都是处在大风暴的前夕。两年以后，情况就大大地改变了。

这一点我是有所察觉的，不过是无能为力，只好能过一天平静的日子就过一天，苟全性命于乱世而已。

从表面上来看，市场还很繁荣，食品供应也极充足，限量制度还没有实行，只要有钱，什么都可以买到。我每天早晨在家里吃早点：小面包、牛奶、黄油、干奶酪，佐之以一壶红茶。然后到梵文研究所去，或上课，或学习。中午在外面饭馆里吃。吃完，仍然回到研究所，从来不懂什么睡午觉。下午也是或上课，或学习。晚上6点回家，房东老太太把他们中午吃的热饭菜留一份给我晚上吃。因此我就不必像德国人那样，晚饭只吃面包香肠喝茶了。

就这样，日子过得有条有理，蛮惬意的。

一到星期日，当时住在哥廷根的几个中国留学生，龙丕炎、田德望、王子昌、黄席棠、卢寿等，就不约而同地到城外山下一片叫作"席勒草坪"的绿草地去会面。这片草地终年绿草如茵，周围古木参天，东面靠山，山上也是树木繁茂，大森林长宽各几十里。山中颇有一些名胜，比如俾斯麦塔，高踞山巅，登临一望，全城尽收眼底。此外还有几处咖啡馆和饭店。我们在席勒草坪会面以后，有时也到山中去游逛，午饭就在山中吃。见到中国人，能说中国话，真觉得其乐无穷。往往是在闲谈笑话中忘记了时间的流逝。等到注意到时间时，已是暝色四合，月出于东山之上了。

至于学习，我仍然是全力以赴。我虽然原定只能留两年，但我仍然做参加博士考试的准备。根据德国的规定，考博士必须读三个系：一个主系，两个副系。我的主系是梵文、巴利文等所谓印度学（Indologie），这是大局已定。关键是在两个副系上，然而这件事又是颇伤脑筋的。当年我在国内患"留学热"而留学一事还渺茫如蓬莱三山的时候，我已经立下大誓：决不写有关中国的博士论文。鲁迅先生说过，有的中国留学生在国外用老子与庄子谋得了博士头衔，令洋人大吃一惊；然而回国后讲的却是康德、黑格尔。我鄙薄这种博士，决不步他们的后尘。现在到了德国，无论主系和副系决不同中国学沾边。我听说，有一个学自然科学的留学生，想投机取巧，选了汉学做副系。在口试的时候，汉学教授问的第一个问题是：中国的杜甫与英国的莎士比亚，谁先谁后？中国文学史长达几千年，同屈原等比起来，杜甫是偏后的，而在英国则莎士比亚已算较古的文学家。这位留学生大概就受这种印象的影响，开口便说："杜甫在后。"汉学教授说："你落第了！下面的问题不需要再提了。"

　　谈到口试，我想在这里补充两个小例子，以见德国口试的情况，以及教授的权威。19世纪末，德国医学泰斗微耳和（Virchow）有一次口试学生，他把一盘子猪肝摆在桌子上，问学生道："这是什么？"学生瞪目结舌，半天说不出话来。他哪里会想到教授会拿猪肝来呢。结果是口试落第。微耳和对他说："一个医学工作者一定要实事求是，眼前看到什么，就说是什么。连这点本领和勇气都没有，怎能当医生呢？"又一次，也是这位微耳和在口试，他指了指自己的衣服，问："这是什么颜色？"学生端详了一会儿，郑重答道："枢密顾问（德国成就卓著的教授的一种荣誉称号）先生，您的衣服曾经是褐色的。"微耳和大笑,立刻说: "你及格了!"因为他不大注意穿着,一身衣服穿了十几年,原来的褐色变成黑色了。这两个例子虽小,但是意义却极大。它告诉我们,德国教授是怎样处心积虑地培养学生实事求是不受任何外来影响干扰的观察问题的能力。

回头来谈我的副系问题。我坚决不选汉学,这已是定不可移的了。那么选什么呢?我考虑过英国语言学和德国语言学。后来,又考虑过阿拉伯文。我还真下功夫学了一年阿拉伯文。后来,又觉得不妥,决定放弃。最后选定了英国语言学与斯拉夫语言学。但斯拉夫语言学,不能只学一门俄文,我又加学了南斯拉夫文,从此天下大定。

斯拉夫语研究所也在高斯 – 韦伯楼里面。从那以后,我每天到研究所来,学习一整天。主要精力当然是用到学习梵文和巴利文上。梵文班原先只有我一个学生。大概从第三学期开始,来了两个德国学生:一个是历史系学生,一个是一位乡村牧师。前者在我来哥廷根以前已经跟西克教授学习过几个学期。等到我第二学年开始时,他来参加,没有另外开班,就在一个班上。我最初对他真是肃然起敬,他是老学生了。然而,过了不久,我就发现,他学习颇为吃力。尽管他在中学时学过希腊文和拉丁文,又懂英文和法文,但是对付这个语法规则烦琐到匪夷所思的程度的梵文,他却束手无策。在课堂上,只要老师一问,他就眼睛发直、口发呆,嗫嗫嚅嚅,说不出话来。一直到第二次世界大战爆发,他被征从军,他始终没能征服梵文,用我的话来说,就是他没有跳过龙门。

我自己学习梵文,也并非一帆风顺。这一种在现在世界上已知的语言中语法最复杂的古代语言，形态变化之丰富，同汉语截然相反。我当然会感到困难。但是，既然已经下定决心要学习，就必然要把它征服。在这两年内，我曾多次暗表决心：一定要跳过这个龙门。

十三　章用一家

我上面屡次提到章用，对他的家世也做了一点简要的介绍，现在集中谈他的一家。

章士钊下台以后，夫妇俩带着三个儿子到欧洲来留学，就定居在哥廷根。后来章士钊先回国，大儿子章可转赴意大利去就学，三儿子章因到英国去念书。只有二儿子章用留在哥廷根，陪伴母亲。我到哥廷根的时候，情况就是这样，母子在这里已经住了几年了。

他们租了一层楼，是在一座小洋楼的顶层，下面两层德国房东自己住。男房东一脸横肉，从来不见笑容，是一个令人见而生厌的人。他有一个退休的老母亲，看样子有七八十岁了，老态龙钟，路都走不全，孤身一人，住在二楼的一间小房子里。母子不在一起吃饭。我拜访章用时，有时候看到她的卧室门外地上摆着一份极其粗粝的饭菜，一点热气都没有，用中国话说就是"连狗都不吃的"。男房东确实养着一条大狼狗。他这条狗不但不吃这样的饭，据说非吃牛肉不行。牛肉吃多了，患了胃病，还要请狗大夫会诊。有一次，老太太病了，我到章家去，一连几天，看到同一份饭摆在房门口，清冷，寂寞，在等候着老太太享用，可惜这时候她大概连床都起不来了。

这是顺便提到的闲话，还是谈主题吧。

章老太太（我同龙丕炎管她叫"章伯母"）是英国留学生，英文蛮好的。她当孙中山的秘书，据说就是管英文的。她崇拜英国到了五体投地的程度。英国人的傲慢与偏见，她样样俱全。对英文的崇拜，也绝不下于英国人。英国人常以英文自傲。他们认为，口叼雪茄烟而能运用自如的语言，大千世界中只有英文。因此，在西方国家中，最不肯学外国语言的人，就是英国人。而其他国家的人则必须以学习英文为神圣职责。在这方面，章伯母是一个地地道道的英国人。她来德国几年，连一句"早安""晚安"都不会说。她每天必须出去买东西。无论有多大本领、多少偏见，她反正无法让德国店员都履行自己的神圣职责。无已，她就手持一本英德文小字典，想买什么东西，先找出英文，下面跟着就是德文，只需用手指头一指，店员就明白了。要买三个或者三斤，再伸出三个手指头。于是这一个买卖活动立即完成，不费吹灰之力，皆大欢喜。

她不肯说德国话，当然更不肯认德国字，德国的花体字母更成了她的眼中钉，这种字母与英法德等国通用的拉丁字母不同，认起来比较麻烦。法西斯锐意提倡花体字，以表示自己的意志超于一切的爱国主义。街名牌子多半改用了这种字母。因此，章伯母就遇到了更大的麻烦。再加上她识别方向记忆街名的能力低到惊人的水平，在哥廷根住了几年，依然不辨东西南北。有几次出门，走路比较远了一点，结果是找不回家来。

章伯母就是这样一个人。她虽然已年逾花甲，但是却幼稚而单纯，似乎有点不失其赤子之心。在别的方面也有同样的表现，她出身名门大族，自己是留英学生，做过孙中山的秘书，嫁的丈夫又是北洋政府的总长。很自然地养成一种恶性发展的门第优越感。别人也许有这种优越感，但总是想方设法来掩蔽起来，也许还做出一点谦恭下士的伪装。章伯母不懂这一套，她认为自己是"官家"，我们都是"民家"，官民悬隔，有如天壤，泾渭分明，不容混淆。她一开口就是："我们官家如何如何，你们民家又如何如何。"态度坦率泰然，毫不忸怩。我们听了，最初是吃一大惊，继之是觉得可笑。有时候也来点恶作剧，故意提高了声音说："你们官家也是用筷子吃饭，用茶杯喝茶吗？"她丝毫也觉察不出我们的用心，继续"官家""民家"嚷嚷不休。在这方面，她已修炼得超凡入圣，我辈凡人实在是束手无策。

　　她儿子章用是很聪明的人，对自己母亲这种举动当然是看不惯的。他是一个沉默寡言的人，又是一个很孝顺的人。他从不打断母亲的话。但是从他那紧蹙的眉头来看，他是很不愉快的。他经常好像是在考虑什么问题，也许是数学问题，也许是什么别的东西。平日家居，大概不大同母亲闲聊。老太太独处危楼，举目无亲，没有任何德国朋友，没有人可以说话，一定是寂寞得难以忍耐。所以一见我们这些"民家"，便喜笑颜开，嘴里连连说着："我告诉你一件大事！"连气都喘不上来。她所说"大事"，都是屁大的小事。她刺刺不休，话总说不完。但是她一不读书，二不看报，可谈的话题实在有限，往往是三句话过后就谈章士钊，谈章士钊同她结婚时的情景。章士钊当了大官，但是对待妻子，总以西方礼节为准。上汽车给她开车门，走路挽着她的胳臂，而且满嘴喊 Darling（亲爱的)不止。她自己如坐云端，认为自己是普天之下最幸福的妇女。但是，天有不测风云，有一天，她忽然发现真实情况完全不是这个样子，于是立刻从九天之上的云端坠了下来。适逢章士钊也下了台，于是夫妇同儿子们来到了哥廷根。

她谈的有关章士钊的情况，远远不止这一点。为了为贤者讳，我在这里就讲这一些。在将近两年的时间内，她讲丈夫的故事，不知讲了多少遍，有时候绘形绘声，讲得琐细生动之至。这对章用当然更是刺激。他虽然照常是沉默不语，然而眉头却蹙得更加厉害了。

就这样，章伯母欢迎我们到她家去，我自己也愿意去看一看这一位简单天真的老人。我的目的主要是去找章用，听他谈一些问题。他母亲说，我一去，章用就好像变了一个人，脸上有了笑容，话也多了起来。这时，老太太显然也高兴了起来，立刻拿点心，沏龙井茶，还多半要留我吃饭，嘴里一方面讲章士钊，一方面忙前忙后，忙得不可开交。我同章用谈论什么问题，也谈得兴致正浓。有几次，在这样谈话的间隙中，忽然听到楼外雷声如擂鼓。从楼顶上的小玻璃窗子里看出去，天空阴云翻滚，东面山上的丛林被乱云封住，迷蒙成一片，颇感大自然的威力。但是，我们谈兴不减，稍一注意，就听到大雨敲窗的声音。

这样美好的时光并不很长，可能只有1936年一个夏天。一转到1937年，章家的国内经济来源出了问题，无力供给在德、英、意三个国家的孩子读书和生活。他们决定，章用先回国去探听探听。章用走了以后，老太太孤身一人留在哥廷根，等候儿子的消息。此时，我同龙丕炎就承担了照看老太太的责任。我们三个人每天在饭馆里一起吃午饭。每天见面时，老太太照例气喘吁吁地说："我告诉你一件大事！"我们知道，绝没有什么大事。吃过午饭，送老太太回家，天天如此。后来，章用从国内来了信：经济问题无法解决，章用不能回来了，要老太太也立即回国。我们于是又帮她退房子，收拾东西，办护照，买车船票，忙成一团。就在这样的非常时期，老太太还并没有忘记了自己的"官家"身份。她照了相，要我们帮她挑选"标准像"，回国后好送给新闻记者。

　　老太太终于走了，章用一家在哥廷根长达六七年的生活也终于结束了。章用在德国苦读了六七年，最终也没有能再回德国来，没有能取得博士学位。从此以后，我同他们母子都没有能再见面。章用先在浙江大学教书，抗战军兴，到处播迁，在颠沛流离之中，他没有忘记我，也没有忘记写诗。时常有信给我，有时附上自己的诗。我现在还能记住一些他的诗，比如"常歌建德非吾土，岂意祁门来看山"等等。不记得是在哪一年了，他把自己生平写的不算太多的诗全部寄给了我。我不知道，他是怎样考虑的。难道他已经预感到自己肺病缠身，将不久于人世，因而尽早把自己的心血的结晶寄给可靠的朋友，传之其人吗？他的预感是正确的，不久他就在流离播迁中离开人世，只剩下我这个受他重托的人还活在人间。综观章用一生，他是一个寂寞的人，一个孤傲的人，一个落落寡合的人，一个短命的才人。他是把我这个同他仅仅有一年多交谊的人，看作自己唯一的知己的。此境可悲，此情可感！现在茫茫人世，芸芸众生，知道章用、想到章用的人，恐怕只有我一个了。我愈来愈感到，我也失去了一位难得的知己。然而人天悬隔，欲哭无泪，"上穷碧落下黄泉，两处茫茫皆不见"，恐怕我要抱恨终天了。悲夫！

十四　汉学研究所

章用一家走了，1937年到了，我的交换期满了，是我应该回国的时候了。然而，国内七七事变爆发，不久我的家乡山东济南就被日军占领，我断了退路，就同汉学研究所发生了关系。

这个所的历史我不清楚，我从来也没有想去研究过。汉学虽然也属于东方学的范畴，但并不在高斯－韦伯楼东方研究所内，而是在另外一个地方，在一座大楼里面。楼前有一个大草坪，盖满绿草，有许多株参天的古橡树。整个建筑显得古穆堂皇，颇有一点气派。一进楼门，有极其宽敞高大的过厅，楼梯也是极宽极高，是用木头建成的。这里不见什么人，但是打扫得也是油光锃亮。研究所在二楼，有七八间大房子，一间所长办公室，一间课堂，其余全是藏书室和阅览室。这里藏书之富颇令我吃惊。在这几间大房子里，书架从地板一直高达天花板，全整整齐齐地排满了书。中国书和日本出版的汉籍占绝大多数，也有几架西文书。里面颇有一些珍贵的古本，我记得有几种明版的小说，即使放在国内图书馆中，也得算作善本书。其中是否有海内孤本，因为我对此道并非行家里手，不敢乱说。这些书是怎样到哥廷根来的，我也没有打听。可能有一些是在中国的传教士带回去的。

所长是古斯塔夫·哈隆（Gustav Haloun）教授，是苏台德人，在感情上与其说他是德国人，毋宁说他是捷克人。他反对法西斯，自是意内事。我到哥廷根后不久，章用就带我来看过哈隆。在过去两年内，我们有一些来往，但不很密切。我交换期满的消息，传到了他的耳朵里，他主动跟我谈这个问题，问我愿意不愿意留下。我已是有家归不得，正愁没有办法，他的建议自然使我喜出望外，于是交换期一满，我立即受命为汉文讲师。原来我到汉学研究所来是做客，现在我也算是这里的主人了。

哈隆教授为人亲切和蔼，比我约长二十多岁。我到研究所后，我仍然是梵文研究所的博士生，我仍然天天到高斯-韦伯楼去学习，我的据点仍然在梵文研究所。但是，既然当了讲师，就有授课的任务，授课地点就在汉学研究所内，我到这里来的机会就多了起来，同哈隆和他夫人见面的机会也就多了起来。我们终于成了无话不谈的知心朋友，也可以说是忘年交吧。哈隆虽然不会说中国话，但汉学的基础是十分雄厚的。他对中国古代文献，比如《老子》《庄子》之类，是有很高的造诣的。甲骨文尤其是他的拿手好戏，讲起来头头是道，颇有一些极其精辟的见解。他对古代西域史地钻研很深，他的名作《月氏考》，蜚声国际士林。他非常关心图书室的建设。闻名欧洲的哥廷根大学图书馆，不收藏汉文典籍，所有的汉文书都集中在汉学研究所内。购买汉文书籍的钱好像也由他来支配。我曾经替他写过不少的信，给中国北平琉璃厂和隆福寺的许多旧书店，订购中国古籍。中国古籍也确实源源不断地越过千山万水，寄到研究所内。我曾特别从国内订购虎皮宣，给这些线装书写好书签，贴在上面。结果是整架的蓝封套上都贴上了黄色小条，黄蓝相映，闪出了异样的光芒，给这个研究所增添了无量光彩。

因为哈隆教授在国际汉学界广有名声，他同许多国家的权威汉学家都有来往。又由于哥廷根大学汉学研究所藏书丰富，所以招徕了不少外国汉学家来这里看书。我个人在汉学研究所藏书室里就见到了一些世界知名的汉学家。留给我印象最深的是英国汉学家阿瑟·韦利（Arthur Waley），他以翻译中国古典诗歌蜚声世界。他翻译的唐诗竟然被收入著名的《牛津英国诗选》。这一部《诗选》有点像中国的《唐诗三百首》之类的选本，被选入的诗都是久有定评的不朽名作。韦利翻译的中国唐诗，居然能置身其间，其价值概可想见了，韦利在英国文学界的地位也一清二楚了。

我在这里还见到了德国汉学家奥托·冯·梅兴-黑尔芬（Otto von Mänchen-Helfen）。他正在研究明朝的制漆工艺。有一天，他拿着一部本所的藏书，让我帮他翻译几段。我忘记了书名，只记得纸张印刷都异常古老，白色的宣纸已经变成了淡黄色，说不定就是明版书。我对制漆工艺毫无通解，勉强帮他翻译了一点，自己也不甚了了。但他却连连点头。他因为钻研已久，精于此道，所以一看就明白了。从那一次见面后，再没有见到他过。后来我在一本英国杂志上见到他的名字。此公大概久已移居新大陆，成了美籍德人了。

可能就在七七事变后一两年内，哈隆有一天突然告诉我，他要离开德国到英国剑桥大学去任汉学教授了。他在德国多年郁郁不得志，大学显然也不重视他，我从没有见到他同什么人来往过。他每天一大早同夫人从家中来到研究所。

夫人做点针线活，或看点闲书。他则伏案苦读，就这样一直到深夜才携手回家。在寂寞凄清中，夫妇俩相濡以沫，过的几乎是形单影只的生活。看到这情景，我心里充满了同情。临行前，我同田德望在市政府地下餐厅为他饯行。他以极其低沉的声调告诉我们，他在哥廷根这么多年，真正的朋友只有我们两个中国人！泪光在他眼里闪动。我此时似乎非常能理解他的心情。他被迫去国，丢下他惨淡经营的图书室，心里是什么滋味，难道还不值得我一洒同情之泪吗？后来，他从英国来信，约我到英国剑桥大学去任教。我回信应允。可是等到我于1946年回国后，亲老、家贫、子幼，我不忍心再离开他们了。我回信说明了情况，哈隆回信，表示理解。我再没有能见到他。他在好多年以前已经去世，岁数也不会太大。一直到现在，我每想到我这位真正的朋友，心内就悲痛不已。

十五　第二次世界大战爆发

一转眼，时间已经到了1939年。

在这以前的两年内，德国的邻国，每年春天一次，秋天一次，患一种奇特的病，称之为"侵略狂"或者"迫害狂"都是可以的，我没有学过医，不敢乱说。到了此时，德国报纸和广播电台就连篇累牍地报道，德国的东西南北四邻中有一个邻居迫害德国人了，挑起争端了，进行挑衅了，说得声泪俱下，气贯长虹。德国人心激动起来了。全国沸腾了。但是接着来的是德国出兵镇压别人，占领了邻居的领土，他们把这种行动叫作"抵抗"，到邻居家里去"抵抗"。德国法西斯有一句名言："谎言说上一千遍，就变成了真理。"这就是他们新闻政策的灵魂。连我最初都有点相信，德国人就不必说了。但是到了下半年，或者第二年的上半年，德国的某一个邻居又患病了，而且患的是同一种病，不由得我不起疑心。德国人聪明绝世，在政治上却幼稚天真如儿童。他们照例又激动起来了，全国又沸腾起来了。结果又有一个邻国倒了霉。

我预感到情况不妙。大有"山雨欲来风满楼"之势了。

事实证明，我的预感是正确的。

1939年9月1日，德国的东邻波兰犯了上面说的那种怪"病"，德国"被迫"出兵"抵抗"，没有用很多的时间，波兰的"病"就完全治好了，全国被德军占领。如此接二连三，许多邻国的"病"都被德国治好，国土被他们占领。等到法国的马其诺防线被突破，德军进占巴黎以后，德国的四邻的"病"都已完全被法西斯治好了，我预感，德国又要寻找新的"病人"了。这个"病人"不是别的国家，只能是苏联。

事实证明，我的预感又不幸而言中了。

1941年6月22日，我早晨一起来，女房东就告诉我，德国同苏联已经开了火。我的日记上写道："这一招早就料到，却没想到这样快。"这本来应该说是一件天大的事，但是德国人谁也不紧张。原因大概是，最近几年来，几乎每年两次出现这样的事，"司空见惯浑无事"了。我当然更不会紧张。前两天约好同德国朋友苹可斯（Pinks）和格洛斯（Gross）去郊游，照行不误。整整一天，我们乘车坐船，几次渡过小河，在旷野绿林中，步行了几十公里，唱歌，拉手风琴，野餐，玩了个不亦乐乎，尽欢而归，在灯火管制、街灯尽熄的情况下，在黑暗中摸索着走回了家。无论是对我，还是对德国朋友来说，今天早晨德苏宣战的消息，给我们没有留下任何印象。

第一次世界大战爆发时，我刚三岁，什么事情都不知道。后来读了一些关于这方面的书，看到战火蔓延之广，双方搏斗之激烈，伤亡人数之多，财产损失之重，我总想象，这样大的大事开始时一定是惊天地泣鬼神，上至三十三天，下达十八层地狱，无不震动，无不惊恐，才合乎情理。现在，我竟有幸亲身经历了规模比第一次世界大战要大得多、时间要长得多、伤亡要重得多的第二次世界大战的开端。可是万万没有想到，这一出人类历史上罕见的"大戏"，开端竟是这样平淡无奇。事后追思，真颇有点失望不过瘾的感觉了。

然而怪事还在后面。

战争既已打响，不管人们多么淡漠，总希望听到进一步的消息：是前进了呢？是后退了呢？是相持不下呢？然而任何消息都没有。23日没有，24日没有，25日没有，26日没有，27日仍然没有。到了28日，我在日记中写道："东战线的消息，一点都不肯定。我猜想，大概德军不十分得手。"隐含幸灾乐祸之意。然而，在整整沉默了一个礼拜之后，到了又一个礼拜日29日，广播却突如其来地活泼，一个早晨就播送了八个"特别广播"：德军已在苏联境内长驱直入，势如破竹，一个"特别广播"报告一个重大胜利。一直表现淡漠的德国人震动起来了，他们如疯了似的，山呼"万岁"。而我则气得内心暴跳如雷。一听"特别广播"，神经就极度紧张，浑身发抖，没有办法，就用双手堵住耳朵，心里数着一、二、三、四……数到一定的程度，心想广播恐已结束；然而一松手，广播喇叭怪叫如故。此时我心中热血沸腾，直冲脑海。晚上需要吃加倍的安眠药，才能勉强入睡。30日的日记里写道："住下去，恐怕不久就会进疯人院。"

我的失眠症从此进入严重的阶段了。

十六　完成学业　尝试回国

精神是苦闷的，形势是严峻的；但是我的学业仍然照常进行。

在我选定的三个系里，学习都算是顺利。主系梵文和巴利文，第一学期，瓦尔德施米特教授讲梵文语法，第二学期就念梵文原著《那罗传》，接着读迦梨陀娑的《云使》等。从第五学期起，就进入真正的 Seminar（讨论班），读中国新疆吐鲁番出土的梵文佛经残卷，这是瓦尔德施米特教授的拿手好戏，他的老师 H. 吕德斯（H. Lüders）和他自己都是这方面的权威。第六学期开始，他同我商量博士论文的题目，最后定为研究《大事》（*The Mahāvastu*）偈陀部分的动词变化。我从此就在上课教课之余，利用一切可利用的时间，啃那厚厚的三大册《大事》。第二次世界大战爆发后不久，我的教授被征从军。已经退休的西克教授，以垂暮之年，出来代替他上课。西克教授真正是诲人不倦，第一次上课他就对我郑重宣布：他要把自己毕生最专长的学问，统统地毫无保留地全部传授给我。一个是《梨俱吠陀》，一个是印度古典语法《大疏》，一个是《十王子传》，最后是吐火罗文，他是读通了吐火罗文的世界大师。就这样，在瓦尔德施米特教授从军期间，我就一方面写论文，一方面跟西克教授上课。学习是顺利的。

一个副系是英国语言学，我也照常上课，这些课也都是顺利的。

专就博士论文而论，这是学位考试至关重要的一项工作。教授看学生的能力，也主要是通过论文。德国大学对论文要求十分严格，题目一般都不大，但必须有新东西才能通过。有的中国留学生在德国已经待了六七年，学位始终拿不到，关键就在于论文。章用就是一个例子，一个姓叶的留学生也碰到了相同的命运。我的论文题目定下来以后，我积极写作，到了1940年，已经基本写好。瓦尔德施米特从军期间，西克也对我加以指导。他回家休假，我就把论文送给他看。我自己不会打字，帮我打字的是迈耶（Meyer）家的大女儿伊姆加德（Irmgard），一位非常美丽的女孩子。这一年的秋天，我天天晚上到她家去。因为梵文字母拉丁文转写，符号很多，穿靴戴帽，我必须坐在旁边，才不致出错。9月13日，论文打完。事前已经得到瓦尔德施米特的同意，10月9日，把论文交给文学院长戴希格雷贝尔（Deichgräber）教授。德国规矩，院长安排口试的日期，而院长则由最年轻的正教授来担任。戴希格雷贝尔是希腊文、拉丁文教授，是刚被提升为正教授的。按规矩本应该三个系同时口试。但是瓦尔德施米特正值休假回家，不能久等，英文教授勒德尔（Roeder）却有病住院，在1940年12月23日口试时，只有梵文和斯拉夫语言学，英文以后再补。我这一天的日记是这样写的：

早晨五点就醒来。心里只是想到口试，再也睡不着。七点起来，吃过早点，又胡乱看了一阵书，心里极慌。

九点半到大学办公处去。走在路上，像待决的囚徒。十点多开始口试。Prof. Waldschmidt（瓦尔德施米特教授）先问，只有 Prof. Deichgräber（戴希格雷贝尔教授）坐在旁边。Prof. Braun（布劳恩教授）随后才去。主科进行得异常顺利。但当 Prof. Braun 开始问的时候，他让我预备的全没问到。我心里大慌。他的问题极简单，简直都是常识。但我还不能思维，颇呈慌张之相。

十二点下来，心里极难过。此时，及格不及格倒不成问题了。

我考试考了一辈子，没想到在这最后一次考试时，自己竟会这样慌张。第二天的日记：

心绪极乱。自己的论文不但 Prof. Sieg、Prof. Waldschmidt 认为极好，就连 Prof. Krause 也认为难得，满以为可以做一个很好的考试；但昨天俄文口试实在不佳。我所知道的他全不问，问的全非我所预备的。到现在想起来，心里还极难过。

这可以说是昨天情绪的余波。但是当天晚上：

七点前到 Prof. Waldschmidt 家去，他请我过节

（羡林按：指圣诞节）。飘着雪花，但不冷。走在路上，心里只是想到昨天考试的结果，我一定要问他一问。一进门，他就向我恭喜，说我的论文是 sehr gut（优），印度学（Indologie）sehr gut，斯拉夫语言也是 sehr gut。这实在出我意料，心里对 Prof. Braun 产生了无穷的感激。

他的儿子先拉提琴，随后吃饭。吃完把圣诞树上的蜡烛都点上，喝酒，吃点心，胡乱谈一气。十点半回家，心里仍然想到考试的事情。

到了第二年1941年2月19日，勒德尔教授病愈出院，补英文口试，瓦尔德施米特教授也参加了，我又得了一个 sehr gut。连论文加口试，共得了四个 sehr gut。我没有给中国人丢脸，可以告慰我亲爱的祖国，也可以告慰母亲在天之灵了。博士考试一幕就此结束。

至于我的博士论文，当时颇引起了一点轰动。轰动主要来自 Prof. Krause（克劳泽教授）。他是一位蜚声世界的比较语言学家，是一位非凡的人物，自幼双目失明，但有惊人的记忆力，过耳不忘，像照相机那样准确无误。他能掌握几十种古今的语言，北欧几种语言他都能说。上课前，只需别人给他念一遍讲稿，他就能几乎是一字不差地讲上两个小时。他也跟西克教授学过吐火罗语，他的大著（《西吐火罗语语法》），被公认为能够跟西克、西克灵（Siegling）、舒尔策（Schulze）的吐火罗语语法媲美。他对我的博士论文中关于语尾——mathe 的一段附录，给予了极高的评价，因为据说在古希腊文中有类似的语尾，这种偶合对研究印欧语系比较语言学有突破性的意义。1941年1月14日我的日记中有下列一段话：

> Hartmann（哈特曼）去了。他先祝贺我的考试，又说：Prof. Krause 对我的论文赞不绝口，关于 Endung matha（动词语尾 matha）简直可以说是一个重要的发现。他立刻抄了出来，说不定从这里还可以得到有趣的发明。这些话伯恩克（Boehncke）小姐已经告诉过我。我虽然也觉得自己的论文并不坏，但并不以为有什么不得了。这样一来，自己也有点飘飘然起来了。

关于口试和论文就写这样多。因为这是我留德十年中比较重要的问题，所以写多了。

我为什么非要取得一个博士学位不行呢？其中原因有的同一般人一样，有的则可能迥乎不同。中国近代许多大学者，比如王国维、梁启超、陈寅恪、郭沫若、鲁迅等，都没有什么博士头衔，但都会在学术史上有地位的。这一点我是知道的。可这些人都是不平凡的天才，博士头衔对他们毫无用处。但我扪心自问，自己并不是这种人，我从不把自己估计过高，我甘愿当一个平凡的人，而一个平凡的人，如果没有金光闪闪的博士头衔，则在抢夺饭碗的搏斗中必然是个失败者。这可以说是动机之一，但是还有之二。我在国内时对某一些趾高气扬不可一世的留学生看不顺眼，窃以为他们也不过在外国炖了几年牛肉，一旦回国，在非留学生面前就摆起谱来了。但自己如果不也是留学生，则一表示不平，就会有人把自己看成一个吃不到葡萄而说葡萄酸的狐狸。我为了不当狐狸，必须出国，而且必须取得博士学位。这个动机，说起来十分可笑，然而却是真实的。多少年来，博士头衔就像一个幻影，飞翔在我的眼前，或近或远，或隐或显。有时候近在眼前，似乎一伸手就可以抓到。有时候又远在天边，可望而不可即。有时候熠熠闪光，有时候又晦暗不明，这使得我时而兴致淋漓，时而又垂头丧气。一个平凡人的心情就是如此。

现在多年的夙愿终于实现了。我立即又想到自己的国和家。山川信美非吾土，漂泊天涯胡不归。适逢1942年德国政府承认了南京汉奸汪记政府，国民党政府的公使馆被迫撤离，撤到瑞士去。我经过仔细考虑，决定离开德国，先到瑞士去，从那里再设法回国。我的初中同班同学张天麟那时住在柏林，我想去找他，看看有没有办法可想。决心既下，就到我认识的师友家去辞行。大家当然都觉得很惋惜，我心里也充满了离情别绪。最难过的一关是我的女房东。此时男房东已经故去，儿子结了婚，住在另外一个城市里。我是她身边唯一的一个亲人，她是拿我当儿子来看待的。回忆起来她丈夫逝世的那一个深夜，是我跑到大街上去叩门找医生，回家后又伴她守尸的。如今我一旦离开，五间房子里只剩下她孤身一人，冷冷清清，戚戚惨惨，她如何能忍受得了！她一听到我要走的消息，立刻放声痛哭。我一想到相处七年，风雨同舟，一旦诀别，何日再见？也不禁热泪盈眶了。

到了柏林以后才知道，到瑞士去并不那么容易。即便到了那里，也难以立即回国。看来只能留在德国了。此时战争已经持续了三年。虽然小的轰炸已经有了一些，但真正大规模的猛烈的轰炸还没有开始。在柏林，除了食品短缺外，生活看上去还平平静静。大街上仍然是车水马龙行人熙攘，脸上看不出什么惊慌的神色。我抽空去拜访了大教育心理学家施普兰格尔（E. Spranger），又到普鲁士科学院去访问西克灵教授，他同西克教授共同读通了吐火罗文。我读他的书已经有些年头了，只是从未晤面。他看上去非常淳朴老实，木讷寡言。在战争声中仍然伏案苦读，是一个典型的德国学者。就这样，我在柏林住了几天，仍然回到了哥廷根，时间是1942年10月30日。

我一回到家，女房东仿佛凭空捡了一只金凤凰，喜出望外。我也仿佛有游子还家的感觉。回国既已无望，我只好随遇而安，丢掉一切不切实际的幻想，同德国共存亡，同女房东共休戚了。

我又恢复了七年来的刻板单调的生活。每天在家里吃过早点，就到高斯 - 韦伯楼梵文研究所去，在那里一直工作到中午。午饭照例在外面饭馆子里吃。吃完仍然回到研究所。我现在已经不再是学生，办完了退学手续，专任教员了。我不需要再到处跑着去上课，只是有时到汉学研究所去给德国学生上课。主要精力用在自己读书和写作上。我继续钻研佛教混合梵语，沿着我的博士论文所开辟的道路前进。除了肚子饿和间或有的空袭外，生活极有规律、极为平静。研究所对面就是大学图书馆，我需要的大量的有时甚至极为稀奇古怪的参考书，这里几乎都有，真是一个理想的学习和写作的环境。因此，我的写作成果是极为可观的。在博士后的五年内，我写了几篇相当长的论文，刊登在哥廷根科学院院刊上，自谓每一篇都有新的创见；直到今天，已经过了将近半个世纪，还不断有人引用。这是我毕生学术生活的黄金时期，从那以后再没有过了。

日子虽然过得顺利、平静，但也不能说一点波折都没有。德国法西斯政府承认了伪汪政府，这就影响到我们中国留学生的居留问题：护照到了期，到哪里去请求延长呢？这个护照算是哪一个国家的使馆签发的呢？这是一个事关重大又亟待解决的问题。我同张维等几个还留在哥廷根的中国留学生，严肃地商议了一下，决意到警察局去宣布自己为无国籍者。这在国际法上是可以允许的。所谓"无国籍者"就是对任何国家都没有任何义务，但同时也不受任何国家的保护。其中是有一点风险的，然而事已至此，只好走这一步了。从此我们就变成了像天空中的飞鸟一样的人，看上去非常自由自在，然而任何人都能伤害它。

事实上，并没有任何人伤害我们。在轰炸和饥饿的交相压迫下，我的日子过得还算是平静的。我每天又机械地走过那些我已经走了七年的街道，我熟悉每一座房子，熟悉每一棵树。即使闭上眼睛，我也绝不会走错了路。但是，一到礼拜天，就来了我难过的日子。我仍然习惯于一大清早就到席勒草坪去，脚步不由自主地向那个方向转。席勒草坪风光如故，面貌未改，仍然是绿树四合、芳草含翠。但是，此时我却是形单影只，当年那几个每周必碰头的中国朋友都已是天各一方，世事两茫茫了。

我感到凄清与孤独。

十七　大轰炸

然而来了大轰炸。

战争已经持续了三四年。最初一二年，英美苏的飞机也曾飞临柏林上空，投掷炸弹，但那时技术水平还相当低，炸弹只能炸坏高层楼房的最上一二层，下面炸不透。因此每一座高楼都有的地下室就成了全楼的防空洞，固若金汤，人们待在里面不必担忧。即使上面中了弹，地下室也只是摇晃一下而已。德国法西斯头子都是说谎专家、牛皮大王，这一件事他们也不放过。他们在广播里、报纸上，嘲弄又加吹嘘，说盟军的飞机是纸糊的，炸弹是木制的，德国的空防系统则是铜墙铁壁。政治上比较天真的德国人民，哗然和唱，全国一片欢腾。

然而曾几何时，盟军的轰炸能力陡然增强。飞来的次数越来越多，每一次飞机的数目也越增越多。不但白天来，夜里也能来。炸弹穿透力量日益提高，由穿透一两层提高到穿透七八层，最后十几层楼也抵挡不住。炸弹由楼顶穿透到地下室，然后爆炸。此时的地下室就再无安全可言了。我离开柏林不久，英国飞机白天从西向东飞，美国飞机晚上从东向西飞，在柏林"铺起了地毯"。所谓"铺地毯"是此时新兴的一个名词，意思是，飞机排成了行列，每隔若干米丢一颗炸弹，前后左右，不留空隙，就像客厅里铺地毯一样。到了此时，法西斯头子王顾左右而言他，以前的牛皮仿佛根本没有吹过，而老实的德国人民也奉陪健忘，再也不提什么纸糊木制了。

哥廷根是个小城，最初盟国飞机没有光临。到了后来，大城市已经炸遍，有的是接二连三地炸，小城市于是也蒙垂青。哥廷根总共被炸过两次，都是极小规模的，铺地毯的光荣没有"享受"到。这里的人民普遍大意，全城没有修筑一个像样的防空洞，一有警报就往地下室里钻。灯光管制还是相当严的。每天晚上，在全城一片黑暗中，不时有"Licht aus"（灭灯）的呼声喊起，回荡在夜空中，还颇有点诗意哩。有一夜，英国飞机光临了，我根本无动于衷，拥被高卧。后来听到炸弹声就在不远处，楼顶上的窗子已被震碎。我一看不妙，连忙狼狈下楼，钻入地下室里。心里自己念叨着：以后要多加小心了。

第二天早起进城，听到大街小巷都是清扫碎玻璃的哗啦哗啦声。原来是英国飞机开了一个不大不小的玩笑：他们投下的是气爆弹，目的不在伤人，而在震碎全城的玻璃。他们只在东西城门处各投一颗这样的炸弹，全城的玻璃大部分都被气流摧毁了。

万没有想到，我在此时竟碰到一件怪事。我正在哗啦声中沿街前进，走到兵营操场附近，从远处看到一个老头，弯腰屈背，在仔细看什么。他手里没有拿着笤帚之类的东西，不像是扫玻璃的。走到跟前，我才认清，原来是德国飞机制造之父、蜚声世界的流体力学权威普兰特尔（Prandtl）教授。我赶忙喊一声："早安，教授先生！"他抬头看到我，也说了声："早安！"他告诉我，他正在看操场周围的一段短墙，看炸弹爆炸引起的气流是怎样摧毁这一段短墙的。他嘴里自言自语："这真是难得的机会！我的流体力学试验室里是无论如何也装配不起来的。"我陡然一惊，立刻又肃然起敬。面对这样一位抵死忠于科学研究的老教授，我还能说些什么呢？

无独有偶。我听说，在南德慕尼黑城，在一天夜里，盟军大批飞机飞临城市上空，来"铺地毯"。正在轰炸高峰时，全城到处起火，人们纷纷从楼上往楼下地下室或防空洞里逃窜，急急如漏网之鱼；然而独有一个老头却反其道而行之，他是从楼下往楼顶上跑，也是健步如飞，急不可待。他是一位地球物理学教授。他认为，这是极其难得的做实验的机会，在实验室里无论如何也不会有这样的现场：全城震声冲天，地动山摇。头上飞机仍在盘旋，随时可能有炸弹掉在他的头上。然而他全然不顾，宁愿为科学而舍命。对于这样的学者，我又有什么话好说呢？

大轰炸就这样在全国展开。德国人民怎样反应呢？法西斯头子又怎样办呢？每次大轰炸之后，德国人在地下室或防空洞里蹲上半夜，饥寒交迫，担惊受怕，情绪当然不会高。他们天性不会说怪话，至于有否腹诽，我不敢说。此时，法西斯头子立即宣布，被炸城市的居民每人增加"特别分配"一份，咖啡豆若干粒，还有一点别的什么。外国人不在此例。不了解当时德国情况的人，无法想象德国人对咖啡偏爱之深。有一本杂志上有一幅漫画：一只白金戒指上面镶的不是宝石，不是金刚钻，而是一颗咖啡豆。可见咖啡身价之高。挨过一次炸，正当接近闹情绪的节骨眼上，忽然皇恩浩荡，几粒咖啡豆从天而降，一杯下肚，精神焕发，又大唱德国必胜的滥调了。

在哥廷根第一次被轰炸之后，我再也不敢麻痹大意了。只要警笛一响，我立即躲避。到了后来，英国飞机几乎天天来。用不着再在家里恭候防空警报了。我吃完早点，就带着一个装满稿子的皮包，走上山去，躲避空袭。另外还有几个中国留学生加入了这个队伍，各自携带着认为有价值的东西，走向山中。最奇特的是刘先志和滕菀君夫妇俩携带的东西，他们只提着一只篮子，里面装的一非稿子，二非食品，而是一只乌龟。提起此龟，大有来历，还必须解释几句。原来德国由于粮食奇缺，不知道从哪一个被占领的国家运来了一大批乌龟，供人食用。但是德国人吃东西是颇为保守的，对于这一批敢同兔子赛跑的勇士，有点见而生畏，哪里还敢往肚子里填！于是德国政府又大肆宣扬乌龟营养价值之高，引经据典，还不缺少统计图表，证明乌龟肉简直赛过仙丹醍醐。刘氏夫妇在柏林时买了这只乌龟。但看到它笨拙的躯体，灵活的小眼睛，一时慈上心头，不忍下刀，便把它养了起来，又从柏林带到哥廷根，陪我们天天上山，躲避炸弹。我们仰卧在绿草上，看空中英国飞机编队飞过哥廷根上空，一躺往往就是几个小时。在我们身旁绿草丛中，这一只乌龟瞪着小眼睛，迈着缓慢的步子，仿佛想同天空中飞驰的大东西，赛一个你输我赢一般。我们此时顾而乐之，仿佛现在不是乱世，而是乐园净土，天空中带着死亡威胁的飞机的嗡嗡声，霎时间变成了阆苑仙宫的"音乐"，我们忘掉了周围的一切，有点忘乎所以了。

十八　在饥饿地狱中

同轰炸并驾齐驱的是饥饿。

我初到德国的时候，供应十足充裕，要什么有什么，根本不知饥饿为何物。但是，法西斯头子侵略成性，其实法西斯的本质就是侵略，他们早就扬言：要大炮，不要奶油。在最初，德国人桌子上还摆着奶油，肚子里填满了火腿，根本不了解这句口号的真正意义。于是，全国翕然响应，仿佛他们真不想要奶油了。大概从1937年开始，逐渐实行了食品配给制度。最初限量的就是奶油，以后接着是肉类，最后是面包和土豆。到了1939年，希特勒悍然发动第二次世界大战，德国人的腰带就一紧再紧了。这一句口号得到了完满实现。

　　我虽生也不辰，在国内时还没有真正挨过饿。小时候家里穷，一年只能吃两三次白面，但是吃糠咽菜，肚子还是能勉强填饱的。现在到了德国，才真受了"洋罪"。这种"洋罪"是慢慢地感觉到的。我们中国人本来吃肉不多，我们所谓"主食"实际上是西方人的"副食"。黄油从前我们根本不吃。所以在德国人开始沉不住气的时候，我还优哉游哉，处之泰然。但是，到了我的"主食"面包和土豆限量供应的时候，我才感到有点不妙了。黄油失踪以后，取代它的是人造油。这玩意儿放在汤里面，还能呈现出几个油珠儿。但一用来煎东西，则在锅里吱吱几声，一缕轻烟，油就烟消云散了。在饭馆里吃饭时，要经过几次思想斗争，从战略观点和全局观点反复考虑之后，才请餐馆服务员（Herr Ober）"煎"掉一两肉票。倘在汤碗里能发现几滴油珠，则必大声唤起同桌者的注意，大家都乐不可支了。

　　最困难的问题是面包。少且不说，实质更可怕。完全不知道里面掺了什么东西。有人说是鱼粉，无从否认或证实。反正是只要放上一天，第二天便有腥臭味，而且吃了能在肚子里制造气体。在公共场合出虚恭，俗话就是放屁，在德国被认为是极不礼貌、有失体统的。然而肚子里带着这样的面包去看电影，则在影院里实在难以保持体统。我就曾在看电影时亲耳听到虚恭之声，此伏彼起，东西应和。我不敢耻笑别人。我自己也正在同肚子里过量的气体做殊死斗争，为了保持体面，想把它镇压下去，而终于还以失败告终。

但是也不缺少令人兴奋的事：我打破了纪录，是自己吃饭的纪录。有一天，我同一位德国女士骑自行车下乡，去帮助农民摘苹果。在当时，城里人谁要是同农民有一些联系，别人会垂涎三尺的，其重要意义绝不亚于今天的走后门。这一位女士同一户农民挂上了钩，我们就应邀下乡了。苹果树都不高，只要有一个短梯子就能照顾全树了。德国苹果品种极多，是本国的主要果品。我们摘了半天，工作结束时，农民送了我一篮子苹果，其中包括几个最优品种的；另外还有五六斤土豆。我大喜过望，跨上了自行车，有如列子御风而行，一路青山绿水看不尽，轻车已过数重山。到了家，把土豆全部煮上，蘸着积存下的白糖，一鼓作气，全吞进肚子，但仍然没有饱意。

"挨饿"这个词儿，人们说起来比较轻松，但这些人都是没有真正挨过饿的。我是真正经过饥饿炼狱的人，其中滋味实不足为外人道也。我非常佩服东西方的宗教家们，他们对人情世事真是了解到令人吃惊的程度，在他们的地狱里，饥饿是被列为最折磨人的项目之一。中国也是有地狱的，但却是舶来品，其来源是印度。谈到印度的地狱学，那真是博大精深，蔑以加矣。"死鬼"在梵文中叫 Preta，意思是"逝去的人"。到了中国译经和尚的笔下，就译成了"饿鬼"，可见"饥饿"在他们心目中占多么重要的地位。汉译佛典中，关于地狱的描绘比比皆是。《长阿含经》卷十九《地狱品》的描绘可能是有些代表性的。这里面说，共有八大地狱。第一大地狱名想，其中有十六小地狱：第一小地狱名曰黑沙，二名沸屎，三名五百钉，四名饥，五名渴，六名一铜釜，七名多铜釜，八名石磨，九名脓血，十名量火，十一名灰河，十二名铁丸，十三名斧，十四名豺狼，十五名剑树，十六名寒冰。地狱的内容，一看名称就能知道。饥饿在里面占了一个地位。这个饥饿地狱里是什么情况呢？《长阿含经》说：

> （饿鬼）到饥饿地狱。狱卒来问："汝等来此，欲何所求？"报言："我饿！"狱卒即捉扑热铁上，舒展其身，以铁钩钩口使开，以热铁丸着其口中，焦其唇舌，从咽至腹，通彻下过，无不焦烂。

这当然是印度宗教家的幻想。西方宗教家也有地狱幻想。在但丁的《神曲》里面也有地狱。第六篇，但丁在地狱中看到一个怪物，张开血盆大口，露出长牙；但丁的引导人俯下身子，在地上抓了一把泥土，对准怪物的嘴投了过去。怪物像狗一样猖猖狂吠，无非是想得到食物。现在嘴里有了东西，就默然无声了。西方的地狱内容实在太单薄，比起东方地狱来，大有小巫见大巫之势了。

为什么东西方宗教家都幻想地狱，而在地狱中又必须忍受饥饿的折磨呢？他们大概都认为饥饿最难忍受，恶人在地狱中必须尝一尝饥饿的滋味。这个问题我且置而不论。不管怎样，我当时实在是正处在饥饿地狱中，如果有人向我嘴里投掷热铁丸或者泥土，为了抑制住难忍的饥饿，我一定会毫不迟疑地不顾一切地把它们吞了下去，至于肚子烧焦不烧焦，就管不了那样多了。

我当时正在读俄文原文的果戈理的《钦差大臣》。在第二幕第一场里，我读到了奥西普躺在主人的床上独白的一段话：

> 现在旅馆老板说啦，前账没有付清就不开饭；可我们要是付不出钱呢？（叹口气）唉，我的天，哪怕有点菜汤喝喝也好呀。我现在恨不得要把整个世界都吞下肚子里去。

这写得何等好呀！果戈理一定挨过饿，不然的话，他无论如何也写不出要把整个世界都吞下去的话来。

长期挨饿的结果是，人们都逐渐瘦了下来。现在有人害怕肥胖，提倡什么减肥，往往费上极大的力量却不见效果。于是有人说："我就是喝白水，身体还是照样胖起来的。"这话现在也许是对的，但在当时却完全不是这样。我的男房东在战争激烈时因心脏病死去。他原本是一个大胖子，到死的时候，体重已经减轻了二三十公斤，成了一个瘦子了。我自己原来不胖，没有减肥的物质基础，但是饥饿在我身上也留下了伤痕：我失掉了饱的感觉大概有八年之久。后来到了瑞士，才慢慢恢复过来。此是后话，这里不提了。

十九　山中逸趣

置身饥饿地狱中，上面又有建造地狱时还不可能有的飞机的轰炸，我的日子比地狱中的饿鬼还要苦上十倍。

然而，打一个比喻说，在英雄交响乐的激昂慷慨的乐声中，也不缺少像莫扎特的小夜曲似的情景。

哥廷根的山林就是小夜曲。

哥廷根的山不是怪石嶙峋的高山，这里土多于石，但是却确又有山的气势。山顶上的俾斯麦塔高踞群山之巅，在云雾升腾时，在乱云中露出的塔顶，望之也颇有蓬莱仙山之概。

最引人入胜的不是山，而是林。这一片丛林究竟有多大，我住了十年也没能弄清楚，反正走几个小时也走不到尽头。林中主要是白杨和橡树，在中国常见的柳树、榆树、槐树等似乎没有见过。更引人入胜的是林中的草地。德国冬天不冷，草几乎是全年碧绿。冬天雪很多，在白雪覆盖下，青草也没有睡觉，只要把上面的雪一扒拉，青翠欲滴的草立即显露出来。每到冬春之交时，有白色的小花，德国人管它叫"雪钟儿"，破雪而出，成为报春的象征。再过不久，春天就真的来到了大地上，林中到处开满了繁花，一片锦绣世界了。

到了夏天，雨季来临，哥廷根的雨非常多，从来没听说有什么旱情。本来已经碧绿的草和树木，现在被雨水一浇，更显得浓翠逼人。整个山林，连同其中的草地，都绿成一片，绿色仿佛塞满了寰中，涂满了天地，到处是绿、绿、绿，其他的颜色仿佛一下子都消逝了。雨中的山林更别有一番风味。连绵不断的雨丝，同浓绿织在一起，形成一张神奇、迷茫的大网。我就常常孤身一人，不带什么伞，也不穿什么雨衣，在这一张覆盖天地的大网中，踽踽独行。除了周围的树木和脚底下的青草以外，仿佛什么东西都没有，我颇有佛祖释迦牟尼的感觉，"天上天下，唯我独尊"了。

一转入秋天，就到了哥廷根山林最美的季节。我曾在《忆章用》一文中描绘过哥城的秋色，受到了朋友的称赞，我索性抄在这里：

> 哥廷根的秋天是美的，美到神秘的境地，令人说不出，也根本想不到去说。有谁见过未来派的画没有？这小城东面的一片山林在秋天就是一幅未来派的画。你抬眼就看到一片耀眼的绚烂。只说黄色，就数不清有多少等级，从淡黄一直到接近棕色的深黄，参差地抹在一片秋林的梢上，里面杂了冬青树的浓绿，这里那里还点缀上一星星鲜红，给这惨淡的秋色涂上一片凄艳。

我想，看到上面这一段描绘，哥城的秋山景色就历历如在目前了。

一到冬天，山林经常为大雪所覆盖。由于温度不低，所以覆盖不会太久就融化了；又由于经常下雪，所以总是有雪覆盖着。上面的山林，一部分依然是绿的；雪下面的小草也仍旧碧绿。上下都有生命在运行着。哥廷根城的生命活力似乎从来没有停息过，即使是在冬天，情况也依然如此。等到冬天一转入春天，生命活力没有什么覆盖了，于是就彰明昭著地腾跃于天地之间了。

哥廷根的四时的情景就是这个样子。

从我来到哥城的第一天起，我就爱上了这山林。等到我堕入饥饿地狱，等到天上的飞机时时刻刻在散布死亡时，只要我一进入这山林，立刻在心中涌起一种安全感。山林确实不能把我的肚皮填饱，但是在饥饿时安全感又特别可贵。山林本身不懂什么饥饿，更用不着什么安全感。当全城人民饥肠辘辘，在英国飞机下心里忐忑不安的时候，山林却依旧郁郁葱葱，"依旧烟笼十里堤"。我真爱这样的山林，这里真成了我的世外桃源了。

我不知道有多少次，一个人到山林里来；也不知道有多少次，同中国留学生或德国朋友一起到山林里来。在我记忆中最难忘记的一次畅游，是同张维和陆士嘉在一起的。这一天，我们的兴致都特别高。我们边走，边谈，边玩，真正是忘路之远近。我们走呀，走呀，已经走到了我们往常走到的最远的界限；但在不知不觉之间就走越了过去，仍然一往直前。越走林越深，根本不见任何游人。路上的青苔越来越厚，是人迹少到的地方。周围一片寂静，只有我们的谈笑声在林中回荡，悠扬，遥远。远处在林深处听到柏叶上有窸窣的声音，抬眼一看，是几只受了惊的梅花鹿，瞪大了两只眼睛，看了我们一会儿，立即一溜烟似的逃到林子的更深处去了。我们最后走到了一个悬崖上，下临深谷，深谷的那一边仍然是无边无际的树林。我们无法走下去，也不想走下去，这里就是我们的天涯海角了。回头走的路上，遇到了雨。躲在大树下，避了一会儿雨。然而雨越下越大，我们只好再往前跑。出我们意料之外，竟然找到了一座木头凉亭，真是避雨的好地方。里面已经先坐着一个德国人。打了一声招呼，我们也就坐下，同是深林躲雨人，相逢何必曾相识。我们没有通名报姓，就上天下地胡谈一通，宛如故友相逢了。

这一次畅游始终留在我的记忆里，至今难忘。山中逸趣，当然不止这一桩。大大小小，琐琐碎碎的事情，还可以写出一大堆来。我现在一律免掉。我写这些东西的目的是想说明，就是在那种极其困难的环境中，人生乐趣仍然是有的。在任何情况下，人生也绝不会只有痛苦，这就是我悟出的禅机。

二十　烽火连八岁　家书抵亿金

逸趣虽然有，但环境日益险恶，也是不可否认的事实。

随着形势的日益险恶，我的怀乡之情也日益腾涌。这比刚到哥廷根时的怀念母亲之情，其剧烈的程度不可同日而语了。

这种怀乡之情并不是由于受了德国方面的什么刺激而产生的。正相反，看了德国人的沉着冷静的神态，使我颇感安慰。他们该干什么就干什么，看不出什么紧张。比如，就拿轰炸来说吧。我原以为，轰炸到了铺地毯的程度，已经是蔑以复加矣。然而不然。原来还有更高的层次。最初，敌机飞临德国上空时，总要拉响警笛的。警笛也有不同的层次，以敌机距离本城的远近来划分。敌机一飞走，警报立即解除。我们都绝对要听从警笛的指挥，不敢稍有违反。在这里也表现出德国人遵守纪律、热爱秩序的特点。但是，到了后来，东线战争毫无进展，德国从四面受到包围。防空能力一度吹嘘得像神话一般，现在则完全垮了台。敌机随时可以飞临上空，也不论白天和夜晚，愿意投弹则投弹；不愿意投弹，则以机关枪向地面扫射。警笛无法拉响，警报无法发出。因为一天二十四小时，时时刻刻都在警报中，警笛已经是英雄无用武之地了。到了此时，我们出门，先抬头看一看天空，天上有飞机，则到街道旁边的房檐下躲一躲。飞机一过，立即出来，该干什么干什么。常常听到人说，什么地方的村庄和牛被敌机上的机关枪扫射了，子弹比平常的枪弹要大得多。听到这些消息，再加上空中的机声，然而人们丝毫也不紧张，而有点处之泰然了。

再拿食品来说吧。日益短缺，这自在意料之中，不足为怪。奇怪的倒是德国人，他们也是处之泰然的，不但没有怪话，而且有时还颇有些幽默感。我曾在一张报纸上看到一幅漫画，画的是一家在吃饭。舅舅用叉子叉着一块兔子肉，嘴里连声称赞："真好吃呀!"而坐在对面的小外甥，则低头垂泪。这兔子显然是小孩豢养大的。从城里来的舅舅只知道肉好吃，全然不理解小孩的心情。德国人给人的印象是严肃、认真、淳朴，他们的彻底性是有口皆碑的。他们似乎不像英国人那样欣赏幽默。然而在食品缺乏到可怕的程度的时候，他们居然并不缺少幽默。我提到的这一幅漫画不是一个绝好的证明吗？

德国人这种对待轰炸和饥饿的超然泰然的态度，当然会感染了我。但是我身处异域，离开自己的祖国和亲人有千山万水之遥，比起德国人祖国和亲人就在眼前，当然感受完全不同。我是一个"老外"，是在异域受"洋罪"。自己的一些牢骚、一些想法，平常日子无法宣泄，自然而然地就在梦中表现出来。我不是庄子所谓的"至人无梦"的"至人"，我的梦非常多。我的一些希望在梦中肆无忌惮地得到了满足。我梦的最多的是祖国的食品。我这个人素无大志，在食品方面亦然。我从来没有梦到过什么燕窝、鱼翅、猴头、熊掌，这些东西本来就与我缘分不大。我做梦梦到最多的是吃炒花生米和锅饼（北京人叫"锅盔"）。这都是小时候常吃而直到今天耄耋之年仍然经常吃的东西。每天平旦醒来，想到梦中吃的东西，怀乡之情如大海怒涛，奔腾汹涌，无论如何也抑制不住。

此时，大学的情况也真让人触目伤心。大战爆发以后，有几年的时间，男生几乎都被征从军，只剩下了女生奔走于全城各研究所之间，哥廷根大学变成一个女子大学。无论走进哪一间教室或实验室，都是粉白黛绿，群雌粥粥，仿佛到了女儿国一般。等到战争越过了最高峰逐渐走向结束的时候，从东部俄国前线上送回来了大量的德国伤兵，一部分就来到了哥廷根。这时候，在大街上奔走于全城各研究所之间的，除了女生以外，就是缺胳膊断腿的挂着双拐或单拐，甚至乘坐轮椅的伤残大学生。在上课的大楼中，在洁净明亮的走廊上，拐杖触地的清脆声处处可闻。这种声音回荡在粉白黛绿之间，让人听了不知应当作何感想。德国的大音乐家还没有哪一个谱过拐声交响乐。我这个外乡人听了，真是欲哭无泪。

同德国伤兵差不多同时涌进哥廷根城的是苏联、波兰、法国等国的俘虏，人数也是很多的。既然是俘虏，最初当然有德国人看管。后来大概是由于俘虏太多，而派来看管的德国男人则又太少了，我看到好多俘虏自由自在地在大街上闲逛。我也曾在郊外农田里碰到过俄国俘虏，没有看管人员，他们就带了锅，在农田挖掘收割剩下的土豆，挖出来就地解决，找一些树枝，在锅里一煮，就狼吞虎咽地吃开了。他们显然是饿得够呛的。俘虏中是有等级的，苏联和法国俘虏级别似乎高一点，而波兰的战俘和平民，在法西斯眼中是亡国之民，受到严重的侮辱性的歧视，每个人衣襟上必须缝上一个写着 P字的布条，有如印度的不可接触者，让人一看就能够分别。法显《佛国记》中说是"击木以自异"，在现代德国是"挂条以自异"。有一天，我忽然在一个我每天必须走过的菜园子里，看到一个襟缝 P 字的波兰少女在那里干活，圆圆的面孔，大大的眼睛，非常像八九年前我在波兰火车上碰到的 Wala。难道真会是她吗?我不敢贸然搭话。从此我每天必然看到她在菜地里忙活。"同是天涯沦落人"，我首先想到的就是这一句话。我心里痛苦万端，又是欲哭无泪。经过长期酝酿，我写成了那一篇《Wala》，表达了我的沉痛心情。

我当时的心情就是这个样子。

此时，我同家里早已断了书信。祖国抗日战争的情况也几乎完全不清楚。偶尔从德国方面听到一点消息，由于日本是德国盟国，也是全部谎言。杜甫的诗说"烽火连三月，家书抵万金"，我想把它改为"烽火连八岁，家书抵亿金"，这样才真能符合我的情况。日日夜夜，不知道有多少事情揪住了我的心。祖国是什么样子了?家里又怎样了?叔父年事已高，家里的经济来源何在?婶母操持这样一个家，也真够她受的。德华带着两个孩子，日子不知是怎样过的?"可怜小儿女，未解忆长安。"我想，他们是能够忆长安的。他们大概知道，自己有一个爸爸在很远很远的地方。家里还有一条名叫"憨子"的小狗，在国内时，我每次从北京回家，一进门就听到汪汪的吠声；但一看到是我，立即摇起了尾巴，憨态可掬。这一切都是我时刻想念的。连院子里那两棵海棠花也时来入梦。这些东西都使我难以摆脱。真正是抑制不住的离愁别恨，数不尽的不眠之夜！

我特别经常想到母亲。初到哥廷根时思念母亲的情景，上面已经谈过了。当我同祖国和家庭完全断掉联系的时候，我思母之情日益剧烈。母亲入梦，司空见惯。但可恨的是，即使在梦中看到母亲的面影，也总是模模糊糊的。原因很简单，我的家乡是穷乡僻壤，母亲一生没照过一张相片。我脑海里那一点母亲的影子，是我在十几岁时离开她用眼睛摄取的，是极其不可靠的。可怜我这个失母的孤儿，连在梦中也难以见到母亲的真面目，老天爷不是对我太残酷了吗？

二一　我的老师们

在深切怀念我的两个不在眼前的母亲的同时，在我眼前那一些德国老师们，就越发显得亲切可爱了。

在德国老师中同我关系最密切的当然是我的 Doktor-Vater（博士父亲）瓦尔德施米特教授。我同他初次会面的情景，我在上面已经讲了一点。他给我的第一个印象是，他非常年轻。他的年龄确实不算太大，同我见面时，大概还不到40岁吧。他穿一身厚厚的西装，面孔是孩子似的面孔。我个人认为，他待人还是彬彬有礼的。德国教授多半都有点教授架子，这是他们的社会地位和经济地位所决定的，是不以人的意志为转移的。后来听说，在我以后的他的学生们都认为他很严厉。据说有一位女士把自己的博士论文递给他，他翻看了一会儿，一下子把论文摔到地下，愤怒地说道："Das ist aber alles Mist!（这全是垃圾，全是胡说八道!)"这位小姐从此耿耿于怀，最终离开了哥廷根。

我跟他学了十年，应该说，他从来没有对我发过脾气。他教学很有耐心，梵文语法抠得很细。不这样是不行的，一个字多一个字母或少一个字母，意义方面往往差别很大。我以后自己教学生，也学他的榜样，死抠语法。他的教学法是典型的德国式的。记得是德国19世纪的伟大东方语言学家埃瓦尔德（Ewald）说过一句话："教语言就如教游泳，把学生带到游泳池旁，把他往水里一推，不是学会游泳，就是淹死，后者的可能是微乎其微的。"瓦尔德施米特采用的就是这种教学法。第一二两堂，念一念字母。从第三堂起，就读练习，语法要自己去钻。我最初非常不习惯，准备一堂课，往往要用一天的时间。但是，一个学期四十多堂课，就读完了德国梵文学家施滕茨勒的教科书，学习了全部异常复杂的梵文文法，还念了大量的从梵文原典中选出来的练习。这个方法是十分成功的。

瓦尔德施米特教授的家庭，最初应该说是十分美满的。夫妇二人，一个上中学的十几岁的儿子。有一段时间，我帮助他翻译汉文佛典，常常到他家去，同他全家一同吃晚饭，然后工作到深夜。餐桌上没有什么人多讲话，安安静静。有一次他笑着对儿子说道："家里来了一个中国客人，你明天大概要在学校里吹嘘一番吧？"看来他家里的气氛是严肃有余，活泼不足。他夫人也是一个不大爱说话的人。

后来，大战一爆发，他自己被征从军，是一个什么军官。不久，他儿子也应征入伍。过了不太久，从1941年冬天起，东部战线胶着不进，相持不下，但战斗是异常激烈的。他们的儿子在北欧一个国家阵亡了。我现在已经忘记了，夫妇俩听到这个噩耗时反应如何。按理说，一个独生子幼年战死，他们的伤心可以想见。但是瓦尔德施米特教授是一个十分刚强的人，他在我面前从未表现出伤心的样子，他们夫妇也从未同我谈到此事。然而活泼不足的家庭气氛，从此更增添了寂寞冷清的成分，这是完全可以想象的了。

在瓦尔德施米特被征从军后的第一个冬天，他预订的大剧院的冬季演出票没有退掉，他自己不能观看演出，于是就派我陪伴他夫人观看，每周一次。我吃过晚饭，就去接师母，陪她到剧院。演出有歌剧，有音乐会，有钢琴独奏，有小提琴独奏，等等，演员都是外地或国外来的，都是赫赫有名的人物。剧场里灯火辉煌，灿如白昼；男士们服装笔挺，女士们珠光宝气，一片升平祥和气象。我不记得在演出时遇到空袭，因此不知道敌机飞临上空时场内的情况。但是散场后一走出大门，外面是完完全全另一个世界，顶天立地的黑暗，由于灯火管制，不见一缕光线。我要在这任何东西都看不到的黑暗中，送师母摸索着走很长的路到山下她的家中。一个人在深夜回家时，万籁俱寂，走在宁静的长街上，只听到自己脚步的声音，蹙然而喜。但此时正是乡愁最浓时。

我想到的第二位老师是西克（Sieg）教授。

他的家世，我并不清楚。到他家里，只见到老伴一人，是一个又瘦又小的慈祥的老人。子女或什么亲眷，从来没有见过。看来是一个非常孤寂清冷的家庭，尽管老夫妇情好极笃，相依为命。我见到他时，他已经早越过了古稀之年。他是我平生所遇到的中外各国的老师中对我最爱护、感情最深、期望最大的老师。一直到今天，只要一想到他，我的心就会立即剧烈地跳动，老泪立刻就流满全脸。他对我传授知识的情况，上面已经讲了一点，下面还要讲到。在这里我只讲我们师徒二人相互间感情深厚的一些情况。为了存真起见，我仍然把我当时的一些日记，一字不改地抄在下面：

> 1940 年 10 月 13 日
>
> 昨天买了一张 Prof. Sieg 的相片，放在桌子上，对着自己。这位老先生我真不知道应该怎样感激他。他简直有父亲或者祖父一般的慈祥。我一看到他的相片，心里就生出无穷的勇气，觉得自己对梵文应该拼命研究下去，不然简直对不住他。

> 1941 年 2 月 1 日
>
> 五点半出来，到 Prof. Sieg 家里去。他要替我交涉增薪，院长已答应。这真是意外的事。我真不知道应该怎样感谢这位老人家，他对我好得真是无微不至，我永远不会忘记！

原来他发现我生活太清苦，亲自找文学院长，要求增加我的薪水。其实我的薪水是足够用的，只因我枵腹买书，所以就显得清苦了。

1941年，我一度想设法离开德国回国。我在10月29日的日记里写道：

> 十一点半，prof. Sieg 去上课。下了课后，我同他谈到我要离开德国，他立刻兴奋起来，脸也红了，说话也有点震颤了。他说，他预备将来替我找一个固定的位置，好让我继续在德国住下去，万没想到我居然想走。他劝我无论如何不要走，他要替我设法同 Rektor（大学校长）说，让我得到津贴，好出去休养一下。他简直要流泪的样子。我本来心里还有点迟疑，现在又动摇起来了。一离开德国，谁知道哪一年再能回来，能不能回来？这位像自己父亲一般替自己操心的老人十有八九是不能再见了。我本来容易动感情。现在更制不住自己，很想哭上一场。

像这样的情况，日记里还有一些，我不再抄录了。仅仅这三则，我觉得，已经完全能显示出我们之间的关系了。还有一些情况，我在下面谈吐火罗文的学习时再谈，这里暂且打住。

我想到的第三位老师是斯拉夫语言学教授布劳恩（Braun）。他父亲生前在莱比锡大学担任斯拉夫语言学教授，他可以说是家学渊源，能流利地说许多斯拉夫语。我见他时，他年纪还轻，还不是讲座教授。由于年龄关系，他也被征从军，但根本没有上过前线，只是担任翻译，是最高级的翻译。苏联一些高级将领被德军俘虏，希特勒等法西斯头子要亲自审讯，想从中挖取超级秘密，担任翻译的就是布劳恩教授，其任务之重要可想而知。他每逢休假回家的时候，总高兴同我闲聊他当翻译时的一些花絮，很多是德军和苏军内部最高领导层的真实情况。他几次对我说，苏军的大炮特别厉害，德国难望其项背。这是德国方面从来没有透露过的极端机密，给我留下了深刻的印象。

他的家庭十分和美。他有一位年轻的夫人，两个男孩子，大的叫安德烈亚斯，有五六岁，小的叫斯蒂芬，只有两三岁。斯蒂芬对我特别友好，我一到他家，他就从远处飞跑过来，扑到我的怀里。他母亲教导我说："此时你应该抱住孩子身子转上两三圈，小孩子最喜欢这玩意儿！"教授夫人很和气，好像有点愣头愣脑，说话直爽，但有时候没有谱儿。

布劳恩教授的家离我住的地方很近，走两三分钟就能走到。因此，我常到他家里去玩。他有一幅中国古代的刺绣，上面绣着五个大字：时有溪山兴。他要我翻译出来。从此他对汉文产生了兴趣，自己买了一本汉德字典，念唐诗。他把每一个字都查出来，居然也能讲出一些意思。我给他改正，并讲一些语法常识。对汉语的语法结构，他觉得既极怪而又极有理，同他所熟悉的印欧语系语言迥乎不同。他认为，汉语没有形态变化，也可能是优点，它能给读者以极大的联想自由，不像印欧语言那样被形态变化死死地捆住。

他是一个多才多艺的人，擅长油画。有一天。他忽然建议要给我画像。我自然应允了，于是有比较长的一段时间，我天天到他家里去，端端正正地坐在那里，当模特儿。画完了以后，他问我的意见。我对画不是内行，但是觉得画得很像我，因此就很满意了。在科学研究方面，他也表现了他的才艺。他的文章和专著都不算太多，他也不搞德国学派的拿手好戏：语言考据之学。用中国的术语来说，他擅长义理。他有一本讲19世纪沙俄文学的书，就是专从义理方面着眼，把列夫·托尔斯泰和陀思妥耶夫斯基列为两座高峰而展开论述，极有独特的见解，思想深刻，观察细致，是一部不可多得的著作。可惜似乎没有引起多少注意。我都觉得有寂寞冷落之感。

　　总之，布劳恩教授在哥廷根大学是颇为不得志的。正教授没有份儿，哥廷根科学院院士更不沾边儿。有一度，他告诉我，斯特拉斯堡大学有一个正教授缺了人，他想去，而且把我也带了去。后来不知为什么，没有实现。一直到四十多年以后我重新访问西德时，我去看他，他才告诉我，他在哥廷根大学终于得到了一个正教授的讲座，他认为可以满意了。然而他已经老了，无复年轻时的潇洒英俊。我一进门他第一句话说的是："你晚来了一点，她已经在月前去世了！"我知道他指的是谁，我感到非常悲痛。安德烈亚斯和斯蒂芬都长大了，不在身边。老人看来也是冷清寂寞的。在西方社会中，失掉了实用价值的老人，大多如此。我欲无言了。去年听德国来人说，他已经去世。我谨以心香一瓣，祝愿他永远安息！

　　我想到的第四位德国老师是冯·格林（Von Grimm）博士。据说他是来自俄国的德国人，俄文等于是他的母语。在大学里，他是俄文讲师。大概是因为他从来没有发表过什么学术论文，所以连副教授的头衔都没有。在德国，不管你外语多么到家，只要没有学术著作，就不能成为教授。工龄长了，工资可能很高，名位却不能改变。这一点同中国是很不一样的。中国教授贬值，教授膨胀，由来久矣。这也算是中国的"特色"吧。反正冯·格林始终只是讲师。他教我俄文时已经白发苍苍，心里总好像是有一肚子气，终日郁郁寡欢。他只有一个老伴，他们就住在高斯-韦伯楼的三楼上，屋子极为简陋。老太太好像终年有病，不大下楼，但心眼极好，听说我患了神经衰弱症，夜里盗汗，特意送给我一个鸡蛋，补养身体。要知道，当时一个鸡蛋抵得上一个元宝，在饿急了的时候，鸡蛋能吃，而元宝则不能。这一番情意，我异常感激。冯·格林博士还亲自找到大学医院的内科主任沃尔夫（Wolf）教授，请他给我检查。我到了医院，沃尔夫教授仔仔细细地检查过以后，告诉我这只是神经衰弱，与肺病毫不相干。这一下子排除了我的一块心病，如获重生。这更增加了我对这两位孤苦伶仃的老人的感激。离开德国以后，没有能再见到他们，想他们早已离开人世了，却永远活在我的心中。

　　我回想起来的老师当然不限于以上四位，比如阿拉伯文教授冯·素顿（Von Soden），英文教授勒德尔（Roeder）和怀尔德（Wilde），哲学教授海泽（Heyse），艺术史教授菲茨图姆（Vitzthum）侯爵，德文教授麦伊（May），伊朗语教授欣茨（Hinz）等等，我都听过课或有过来往，他们待我亲切和蔼，我都永远不会忘记。我在这里就不一一叙述了。

二二　学习吐火罗文

我在上面曾讲到偶然性，我也经常想到偶然性。一个人一生中不能没有偶然性，偶然性能给人招灾，也能给人造福。

我学习吐火罗文，就与偶然性有关。

说句老实话，我到哥廷根以前，没有听说过什么吐火罗文。到了哥廷根以后，读通了吐火罗文的大师西克就在眼前，我也还没有想到学习吐火罗文。原因其实是很简单的。我要学三个系，已经选了那么多课程，学了那么多语言，已经是超负荷了。我是有自知之明的（有时候我觉得过了头），我学外语的才能不能说一点都没有，但是绝非语言天才。我不敢在超负荷上再超负荷。而且我还想到，我是中国人，到了外国，我就代表中国。我学习砸了锅，丢个人的脸是小事，丢国家的脸却是大事，绝不能掉以轻心。因此，我随时警告自己：自己的摊子已经铺得够大了，绝不能再扩大了。这就是我当时的想法。

但是，正如我在上面已经讲到的，第二次世界大战一爆发，瓦尔德施米特被征从军，西克出来代理他。老人家一定要把自己的拿手好戏统统传给我。他早已越过古稀之年，难道他不知道教书的辛苦吗？难道他不知道在家里颐养天年会更舒服吗？但又为什么这样自找苦吃呢？我猜想，除了个人感情因素之外，他是以学术为天下之公器，想把自己的绝学传授给我这个异域的青年，让印度学和吐火罗学在中国生根开花。难道这里面还有某一些极"左"的先生们所说的什么侵略的险恶用心吗?中国佛教史上有不少传法、传授衣钵的佳话,什么半夜里秘密传授,什么有其他弟子忌妒,等等,我当时都没有碰到,大概是因为时移事迁今非昔比了吧。倒是最近我碰到了一件类似这样的事情。说来话长,不讲也罢。

总之,西克教授提出了要教我吐火罗文,丝毫没有征询意见的意味,他也不留给我任何考虑的余地。他提出了意见,立刻安排时间,马上就要上课。我真是深深地被感动了,除了感激之外,还能有什么话说呢?我下定决心,扩大自己的摊子,"舍命陪君子"了。

能够到哥廷根来跟这一位世界权威学习吐火罗文,是世界上许多学者的共同愿望。多少人因为得不到这样的机会而自怨自艾。我现在是近水楼台,是为许多人所艳羡的。这一点我是非常清楚的。我要是不学,实在是难以理解的。正在西克给我开课的时候,比利时的一位治赫梯文的专家沃尔特·古勿勒(Walter Couvreur)来到哥廷根,想从西克教授治吐火罗文。时机正好,于是一个吐火罗文特别班就开办起来了。大学的课程表上并没有这样一门课,而且只有两个学生,还都是外国人,真是一个特别班。可是西克并不马虎。以他那耄耋之年,每周有几次从城东的家中穿过全城,走到高斯-韦伯楼来上课,精神矍铄,腰板挺直,不拿手杖,不戴眼镜,他本身简直就是一个奇迹。走这样远的路,却从来没有人陪他。他无儿无女,家里没有人陪,学校里当然更不管这些事。尊老的概念,在西方国家几乎根本没有。西方社会是实用主义的社会。一个人对社会有用,他就有价值;一旦没用,价值立消。没有人认为其中有什么不妥之处。因此西克教授对自己的处境也就安之若素，处之泰然了。

吐火罗文残卷只有中国新疆才有。原来世界上没有人懂这种语言，是西克和西克灵在比较语言学家 W. 舒尔策（W. Schulze）的帮助下读通了的。他们三人合著的吐火罗语语法，蜚声全球士林，是这门新学问的经典著作。但是，这一部长达518页的皇皇巨著，却绝非一般的入门之书，而是异常难读的。它就像是一片原始森林，艰险复杂，歧路极多，没有人引导，自己想钻进去，是极为困难的。读通这一种语言的大师，当然就是最理想的引路人。西克教吐火罗文，用的也是德国的传统方法，这一点我在上面已经谈到过。他根本不讲解语法，而是从直接读原文开始。我们一起头就读他同他的伙伴西克灵共同转写成拉丁字母、连同原卷影印本一起出版的吐火罗文残卷——西克经常称之为"精制品"（Prachtstück）的《福力太子因缘经》。我们自己在下面翻读文法，查索引，译生词；到了课堂上，我同古勿勒轮流译成德文，西克加以纠正。这工作是异常艰苦的。原文残卷残缺不全，没有一页是完整的，连一行完整的都没有，虽然是"精制品"，也只是相对而言，这里缺几个字，那里缺几个音节。不补足就抠不出意思，而补足也只能是以意为之，不一定有很大的把握。结果是西克先生讲得多，我们讲得少。读贝叶残卷，补足所缺的单词或者音节，一整套做法，我就是在吐火罗文课堂上学到的。我学习的兴趣日益浓烈，每周两次上课，我不但不以为苦，有时候甚至有望穿秋水之感了。

不知道什么原因，我回忆当时的情景，总是同积雪载途的漫长的冬天联系起来。有一天，下课以后，黄昏已经提前降临到人间，因为天阴，又由于灯火管制，大街上已经完全陷入一团黑暗中。我扶着老人走下楼梯，走出大门。十里长街积雪已深，阒无一人。周围静得令人发怵，脚下响起了我们踏雪的声音，眼中闪耀着积雪的银光，好像宇宙间就只剩下我们师徒二人。我怕老师摔倒，紧紧地扶住了他，就这样一直把他送到家。我生平可以回忆值得回忆的事情多如牛毛，但是这一件小事却牢牢地印在我的记忆里，每一回忆就感到一阵凄清中的温暖，成为我回忆的"保留节目"。然而至今已时移境迁，当时认为是细微小事，今生今世却绝无可能重演了。

同这一件小事相连的，还有一件小事。哥廷根大学的教授们有一个颇为古老的传统：星期六下午，约上二三同好，到山上林中去散步，边走边谈，谈的也多半是学术问题；有时候也有争论，甚至争得面红耳赤。此时大自然的旖旎风光，在这些教授心目中早已不复存在了，他们关心的还是自己的学问。不管怎样，这些教授在林中漫游倦了，也许找一个咖啡馆，坐下喝点什么，吃点什么，然后兴尽回城。有一个星期六的下午，我在山下散步，逢巧遇到西克先生和其他几位教授正要上山。我连忙向他们致敬。西克先生立刻把我叫到眼前，向其他几位介绍说："他刚通过博士论文答辩，是最优等。"言下颇有点得意之色。我真是既感且愧。我自己那一点学习成绩，实在是微不足道，然而老人竟这样赞誉，真使我不安了。中国唐诗中杨敬之诗："平生不解藏人善，到处逢人说项斯。""说项"传为美谈，不意于万里之外的异域见之。除了砥砺之外，我还有什么好说呢？

有一次，我发下宏愿大誓，要给老人增加点营养，给老人一点欢悦。要想做到这一点，只有从自己的少得可怜的食品分配中硬挤。我有一两个月没有吃奶油，忘记了是从哪里弄到的面粉和贵似金蛋的鸡蛋以及一斤白糖，到一个最有名的糕点店里，请他们烤一个蛋糕。这无疑是一件极其贵重的礼物，我像捧着一个宝盒一样把蛋糕捧到老教授家里。这显然有点出乎他意料，他的双手有点颤抖，叫来了老伴，共同接了过去，连"谢谢"二字都说不出来了。这当然会在我腹中饥饿之火上又加上了一把火。然而我心里是愉快的，成为我一生最愉快的回忆之一。

等到美国兵攻入哥廷根以后，炮声一停，我就到西克先生家去看他。他的住房附近落了一颗炮弹，是美军从城西向城东放的。他的夫人告诉我，炮弹爆炸时，他正伏案读有关吐火罗文的书籍，窗子上的玻璃全被炸碎，玻璃片落满了一桌子，他奇迹般地竟然没有受任何一点伤。我听了以后，真不禁后怕起来了。然而对这一位把研读吐火罗文置于性命之上的老人，我的崇敬之情在内心里像大海波涛一样汹涌澎湃起来。西克先生的个人成就，德国学者的辉煌成就，难道是没有原因的吗?从这一件小事中我们可以学习多少东西呢?同其他一些有关西克先生的小事一样，这一件也使我毕生难忘。

我拉拉杂杂地回忆了一些我学习吐火罗文的情况。我把这归之于偶然性。这是对的，但还有点不够全面。偶然性往往与必然性相结合。在这里有没有必然性呢?不管怎样，我总是学了这一种语言，而且把学到的知识带回到中国。尽管我始终没有把吐火罗文当作主业，它只是我的副业，中间还由于种种原因我几乎有三十年没有搞，只是由于另外一个偶然性我才又重理旧业；但是，这一种语言的研究在中国毕竟算生了根，开花结果是必然的结果。一想到这一点，我对我这一位像祖父般的老师的怀念之情和感激之情，便油然而生。

现在西克教授早已离开人世，我自己也年届耄耋，能工作的日子有限了。但是，一想我的老师西克先生，我的干劲儿就无限腾涌。中国的吐火罗学，再扩大一点说，中国的印度学，现在可以说是已经奠了基。我们有一批朝气蓬勃的中青年梵文学者，是金克木先生和我的学生和学生的学生，当然也可以说是西克教授和瓦尔德施米特教授学生的学生的学生。他们将肩负起繁荣这一门学问的重任，我深信不疑。一想到这一点，我虽老迈昏庸，又不禁有一股清新的朝气涌上心头。

二三　我的女房东

我在上面已经多次谈到我的女房东欧朴尔太太。

我在这里还要再集中来谈。

我不能不谈她。

我们共同生活了整整十年，共过安乐，也共过患难。在这漫长的时间内，她为我操了不知多少心，她确实像自己的母亲一样。回忆起她来，就像回忆一个甜美的梦。

她是一个平平常常的德国妇女。我初到的时候，她大概已有五十岁了，比我大二十五六岁。她没有多少惹人注意的特点，相貌平平常常，衣着平平常常，谈吐平平常常，爱好平平常常，总之是一个非常平常的人。

然而，同她相处的时间越久，便越觉得她在平常中有不平常的地方：她老实，她诚恳，她善良，她和蔼，她不会吹嘘，她不会撒谎。她也有一些小小的偏见与固执，但这些也都是平平常常的，没有什么越轨的地方。这只能增加她的人情味，而绝不能相反。同她相处，不必费心机、设提防，一切都自自然然，使人如处和暖的春风中。

　　她的生活是十分单调的、平凡的。她的天地实际上就只有她的家庭。中国有一句话说：妇女围着锅台转。德国没有什么锅台，只有煤气灶或电气灶。我的女房东也就是围着这样的灶转。每天一起床，先做早点，给她丈夫一份，给我一份。然后就是无尽无休地擦地板，擦楼道，擦大门外面马路旁边的人行道。地板和楼道天天打蜡，打磨得油光锃亮。楼门外的人行道，不光是扫，而且是用肥皂水洗。人坐在地上，绝不会沾上半点尘土。德国人爱清洁，闻名全球。德文里面有一个词儿 Putzteufel，指打扫房间的洁癖，或有这种洁癖的女人。Teufel 的意思是"魔鬼"，Putz 的意思是"打扫"。别的语言中好像没有完全相当的字。我看，我的女房东同许多德国妇女一样，就是一个不折不扣"清扫魔鬼"。

　　我在生活方面所有的需要，她一手包下来了。德国人生活习惯同中国人不同。早晨起床后，吃早点，然后去上班；11点左右，吃自己带去的一片黄油夹香肠或奶酪的面包；下午1点左右吃午饭。这是一天的主餐，吃的都是热汤热菜，主食是土豆。下午4点左右，喝一次茶，吃点饼干之类的东西。晚上7时左右吃晚饭，泡一壶茶或者咖啡，吃凉面包、香肠、火腿、干奶酪，等等。我是一个年轻的穷学生，一无时间，二无钱来摆这个谱儿。我还是中国老习惯，一日三餐。早点在家里吃，一壶茶，两片面包。午饭在外面馆子里或学生食堂里吃，都是热东西。晚上回家，女房东把他们中午吃的热餐给我留下一份。因此，我的晚餐也都是热汤热菜，同德国人不一样，这基本上是中国办法。这都是女房东在了解了中国人的吃饭习惯之后精心安排的。我每天在研究所里工作了一整天之后，回到家来，能够吃上一顿热乎乎的晚饭，心里当然是美滋滋的。对女房东这一番情意，我是由衷地感激的。

晚饭以后，我就在家里工作。到了晚上10点左右，女房东进屋来，把我的被子铺好，把被罩拿下来，放到沙发上。这工作其实是非常简单的，我自己尽可以做。但是，女房东却非做不可，当年她儿子住这一间屋子时，她就是天天这样做的。铺好床以后，她就站在那里，同我闲聊。她把一天的经历，原原本本，详详细细，都向我"汇报"。她见了什么人，买了什么东西，碰到了什么事情，到过什么地方，一一细说，有时还绘声绘形，说得眉飞色舞。我无话可答，只能洗耳恭听。她的一些婆婆妈妈的事情，我并不感兴趣，但是，我初到德国时，听说德语的能力都不强，每天晚上上半小时的"听力课"，对我大有帮助。我的女房东实际上成了我的不收费的义务教员。这一点我从来没有对她说，她也永远不会懂的。"汇报"完了以后，照例说一句："夜安！祝你愉快地安眠！"我也说同样的话，然后她退出，回到自己的房间里。我把皮鞋放在门外，明天早晨，她把鞋擦亮。我这一天的活动就算结束了，上床睡觉。

其余许多杂活，比如说洗衣服、洗床单、准备洗澡水，等等，无不由女房东去干。德国被子是鸭绒的，鸭绒没有被固定起来，在被套里面享有绝对的自由活动的权利。我初到德国时，很不习惯，睡下以后，在梦中翻两次身，鸭绒就都活动到被套的一边去，这里绒毛堆积如山，而另一边则只剩下两层薄布，当然就不能御寒，我往往被冻醒。我向女房东一讲，她笑得眼睛里直流泪。她于是细心教我使用鸭绒被的方法。我就像一个小孩子一样，在她的照顾下愉快地生活。

她的家庭看来是非常和睦的，丈夫忠厚老实，一个独生子不在家。老夫妇俩对儿子爱如掌上明珠。我记得，有一段时间，老头月月购买哥廷根的面包和香肠，打起包裹，送到邮局，寄给在达姆施塔特（Darmstadt）高工念书的儿子。老头腿有点毛病，走路一瘸一拐，很不灵便，虽然拿着手杖，仍然非常吃力。可他不辞辛苦，月月如此。后来老夫妇俩出去度假，顺便去看儿子。到儿子的住处大学生宿舍里去，一瞥间，他们看到老头千辛万苦寄来的面包和香肠却发了霉，干瘪瘪地躺在桌子下面。老头怎样想，不得而知。老太太回家后，在晚上向我"汇报"时，絮絮叨叨地讲到这件事，说她大为吃惊。但是，奇怪的是，老头还是照样拖着两条沉重的腿，把面包和香肠寄走。我不禁想到，"可怜天下父母心"，古今中外之所同。然而儿女对待父母的态度，东西方却不大相同了。章太太的男房东可以为证。我并不提倡愚忠愚孝。但是，即使把父母与子女之间的关系，化为一般人与人之间的关系，像房东儿子的做法不也是有点过分了吗？

女房东心里也是有不平的。

儿子结了婚，住在外城，生了一个小孙女。有一次，全家回家来探望父母。儿媳长得非常漂亮，衣着也十分摩登。但是，女房东对她好像并不热情，对小孙女也并不宠爱。儿媳是年轻人，对好多事情有点马大哈，从中也可以看出德国两代人之间的"代沟"。有一天，儿媳使用手纸过多，把马桶给堵塞。老太太非常不满意，拉着我到卫生间指给我看，脸上露出了许多怪物相，有愤怒，有轻蔑，有不满，有憎怨。此事她当然不能对儿子讲，连丈夫大概也没有敢讲，茫茫宇宙间她只有对我一个人诉说不平了。

女房东也是有偏见的。

关于戴帽子的偏见，我在上面已经谈过了，这里不再重复。她的偏见不只限于这一点，而且最突出的也不是这一件事。最突出的是宗教偏见。她自己信奉的是耶稣教，对天主教怀有莫名其妙的刻骨的仇恨。世界各地区各民族都毫无例外地有宗教偏见。这种偏见比任何其他偏见都更偏见。欧洲耶稣基督教新旧两派之间的偏见，也是异常突出的。我的女房东没有很高的文化，她的偏见也因而更固执。但她偏偏碰到一个天主教的好人。女房东每个月要雇人洗一次衣服、床单等等，承担这项工作的是一个天主教的修女，年纪比女房东还要大，总有六十多岁了。她没有财产，没有职业，就靠帮人洗衣服为生。人非常老实，一天说不了几句话，却是一个十分虔诚的信徒，每月的收入，除了维持极其简朴的生活以外，全都交给教堂。她大概希望百年之后能够在虚无缥缈的天堂里占一个角落吧。女房东经常对我说："特雷莎（Therese）忠诚得像黄金一样。"特雷莎是她的名字。但是，忠诚归忠诚，一提到宗教，女房东就愤愤不平，晚上向我"汇报"时，对她也时有微词，具体的例子却从来没有听说过。

我的女房东就是这样一个有不平，有偏见，有自己的与宇宙大局、世界大局和国家大局无关的小忧愁小烦恼，有这样那样的特点的平平常常的人，但却是一个心地善良、厚道、不会玩弄任何花招的平常人。

她的一生也是颇为坎坷的，走的并非都是阳关大道。据她自己说，第一次世界大战前，德国人家里普遍都有金子，她家里也一样。大战一结束，德国发了疯似的通货膨胀，把她一点点黄金都膨胀光了，成了无金阶级。到了第二次世界大战，她只是靠工资过日子。她对政治不感兴趣，她从来不赞扬希特勒，当然更不懂去反对他。由于种族偏见，犹太人她是反对的，但也说不上是"积极分子"，只是随大流而已。她在乡下没有关系户，食品同我一样短缺。在大战中间，她丈夫饿得从一个大胖子变成一个瘦子，终于离开了人世。老两口一生和睦相处，我从来没有听到他们俩拌过嘴、吵过架。老头一死，只剩下她孤零一人。儿子极少回来，屋子里空荡荡的。她心里是什么滋味，我不知道。从表面上来看，她只能同我这一个异邦的青年相依为命了。

战争到了接近尾声的时候，日子越来越难过，不但食品短缺，连燃料也无法弄到。哥廷根市政府俯顺民情，决定让居民到山上去砍伐树木。在这里也可以看到德国人办事之细致、之有条不紊、之遵守法纪。政府工作人员在茫茫的林海中划出了一个可以砍伐的地区，把区内的树逐一检查，可以砍伐者画上红圈。砍伐没有红圈的树，要受到处罚。女房东家里没有劳动力，我当仁不让，陪她上山，砍了一天树，运下山来，运到一个木匠家里，用机器截成短段，然后运回家来，贮存在地下室里，供取暖之用。由于那一个木匠态度非常坏，我看不下去，同他吵了一架。他过后到我家来，表示歉意。我觉得，这不过是小事一端，一笑置之而已。

我的女房东是一个平常人，当然不能免俗。当年德国社会中非常重视学衔，说话必须称呼对方的头衔。对方是教授，必须呼之为"教授先生"；对方是博士，必须呼之为"博士先生"。不这样，就显得有点不礼貌。女房东当然不会是例外。我通过了博士口试以后，当天晚上"汇报"时，她突然笑着问我："我从今以后是不是要叫你'博士先生'？"我真是大吃一惊，是我万万没有想到的。我连忙说："完全没有必要!"她也不再坚持，仍然照旧叫我"季先生"，我称她为"欧朴尔太太"，相安无事。

一想到我的母亲般的女房东，我就回忆联翩。在漫长的十年中，我们晨夕相处，从来没有任何矛盾。值得回忆的事情实在太多太多了，即使回忆困难时期的情景，这回忆也仍然是甜蜜的。这些回忆一时是写不完的，因此我也就不再写下去了。

离开德国以后，在瑞士停留期间，我曾给女房东写过几次信。回国以后，在北平，我费了千辛万苦，弄到了一罐美国咖啡，大喜若狂。我知道，她同许多德国人一样，嗜咖啡若命。我连忙跑到邮局，把邮包寄走，期望它能越过千山万水，送到老太太手中，让她在孤苦伶仃的生活中获得一点喜悦。我不记得收到了她的回信。到了20世纪50年代，"海外关系"成了十分危险的东西。我再也不敢写信给她，从此便云天渺茫，互不相闻。正如杜甫所说的，"明日隔山岳，世事两茫茫"了。

1983年，在离开哥廷根将近四十年之后，我又回到了我的第二故乡。我特意挤出时间，到我的故居去看了看。房子整洁如故，四十年漫长岁月的痕迹一点也看不出来。我走上三楼，我的住房门外的铜牌上已经换了名字。我也无从打听女房东的下落，她恐怕早已离开了人世，同她丈夫一起，静卧在公墓的一个角落里。我回首前尘，百感交集。人生本来就是这样，我有什么办法呢?我只有虔心祷祝她那在天之灵——如果有的话——永远安息。

二四　反希特勒的人们

出国前夕，清华的一位老师告诫我说，德国是法西斯专政的国家，一定要谨言慎行，对政治不要随便发表意见。

这些语重心长的话，我忆念不忘。

到了德国以后，排犹高潮已经接近尾声。老百姓绝大多数拥护希特勒，至少表面上是这样。我看不出压迫老百姓的情况。舆论当然是统一的"万众一心"。这不一定就是钳制的结果，老百姓有的是清清楚楚地拥护这一套，有的是糊里糊涂地拥护这一套，总之是拥护的。我上面曾经说到，我认识一个德国女孩子，她甚至想同希特勒生一个孩子。这是一个极端的例子。这话恐怕是出自内心的，但是不见得人人都是如此。至于德国人心里究竟是怎么想的，我这局外人就无从说起了。

希特勒的内政外交，我们可以存而不论，但是他那一套诬蔑中国人的理论，我们却不应该置之不理。他说，世界上只有他们所谓的"北方人"是文明的创造者，而中国人等则是文明的破坏者。这种胡说八道的谬论，引起了中国留学生的极大愤怒。但是，我们是寄人篱下，只有敢怒而不敢言了。

　　在我认识的德国人中间，确实也有激烈地反对希特勒的人。不过人数极少极少，而且为了自己的安全起见，都隐忍不露。我同德国人在一起，不管是多么要好的朋友，我都严守"莫谈国事"的座右铭。日子一久，他们也都看出了这一点。有的就主动跟我谈希特勒，先是谈，后是骂，最后是破口大骂。给我印象最深的是一个退休的法官，岁数比我大一倍还要多。我原来并不认识他，是一个中国学生先认识的。这位中国学生来历诡秘，看来像是蓝衣社之类，我们都不大乐意同他往来。但他却认识了这样一个反希特勒的法官。他的主子是崇拜希特勒的，从这一点来看，他实在是一个"不肖"之徒。不管怎样，我们也就认识了这一位退休法官。希特勒的所作所为，他无不激烈反对。我没到他家里去过，他好像是一个孤苦伶仃的老汉。只有同我们在一起时，才敢讲几句心里话，发泄一下满腹的牢骚。我看，这就成了这一位表情严肃的老人的最大乐趣了。

　　另外一个反希特勒的德国朋友，是一位大学医科的学生。我原来也并不认识他，是龙丕炎先认识的。他年纪还轻，不过二十来岁，同我自己差不多。同那位法官正相反，他热情洋溢，精力充沛，黑头发，黑眉毛，透露出机警聪明。他的家世我也不清楚，我也不清楚他反对希特勒的背景。反对希魔同路人，相逢何必曾相识。有了这一条，我们就走到一起来了。

在德国人民中，在大学的圈子里，反对希特勒的人，一定还有，但是绝不会太多。一般说起来，德国人在政治上并不敏感，而且有点迟钝。能认识这两个人，也就很不错了，我也很满意了。我们几个常在一起的中国学生，不常同他们往来。有时候，在星期天，我们相约到山上林中去散步。我们是醉翁之意不在酒，他们大概也一样。记得有几次在春天，风和日丽，林泛新绿，鸟语花香，寂静无人。我们坐在长椅上，在骀荡的春风中，大骂希特勒，也确实是人生一乐。林深人稀，不怕有人偷听，每个人都敢于放言高论，胸中郁垒，一朝涤尽。此时，虽然身边眼前美景如画，我们都视而不见了。

现在，法官恐怕早已逝世。从年龄上来看，医科学生还应活着。但是，哥城一别，从未通过音问，他的情况我完全茫然。可是我有时还会想到这一位异邦的朋友。人世变幻，盛会难再，不禁惘然了。

二五　伯恩克（Boehncke）一家

讲到反对希特勒的人，我不禁想到伯恩克一家。

所谓一家，只有母女二人。我先认识伯恩克小姐。原来我们可以算是同学，她年龄比我大几岁，是学习斯拉夫语言学的。我上面已经说过，斯拉夫语研究所也在高斯－韦伯楼里面，同梵文研究所共占一层楼。一走进二楼大房间的门，中间是伊朗语研究所，向左转是梵文研究所，向右转是斯拉夫语研究所。我天天到研究所来，伯恩克小姐虽然不是天天来，但也常来。我们共同跟冯·格林博士学俄文，因此就认识了。她有时请我到她家里去吃茶。我也介绍了张维和陆士嘉同她认识。她家里只有一个老母亲。父亲已经去世，据说生前是一个什么学的教授，在德国属于高薪阶层。因此经济情况是相当好的，自己住一层楼，家里摆设既富丽堂皇，又古色古香。风闻伯恩克小姐的父亲是四分之一或六分之一犹太人，已经越过了被屠杀被迫害的临界线，所以才能安然住下去。但是，既然有这样一层瓜葛，她们对希特勒抱有强烈的反感。这也就成了我们能谈得来的基础。

伯恩克小姐是高才生，会的语言很多。专就斯拉夫语而言，她就会俄文、捷克文、南斯拉夫文等等。这是她的主系，并不令人吃惊。至于她的两个副系是什么，我忘记了；也许当时就不知道，总之是说不出来了。她比我高几年，学习又非常优秀；因为是女孩子，没有被征从军。对她来说，才能和时间都是绰绰有余的。但是到了我通过博士口试时，她依然是一个大学生。以她的才华和勤奋，似乎不应该这样子。然而竟是这样子，个中隐秘我不清楚。

这位小姐长得不是太美，脾气大概有点孤高。因此，同她来往的人非常少。她早过了及笄之年，从来不见她有过男朋友，她自己也似乎不以为意。母女二人，形影相依，感情极其深厚诚挚。有一次，我在山上林中，看到她母女二人散步，使我顿悟了一层道理。"散步"这两个字似乎只适用于中国人，对德国人则完全不适用。只见她们母女二人并肩站定，母右女左，挽起胳膊，然后同出左脚，好像是在演兵场上，有无形的人喊着口令，步伐整齐，不容紊乱，目光直视，唰唰唰地走向前去，速度是竞走的速度，只听得脚下鞋声击地，转瞬就消逝在密林深处了。这同中国人的悠闲自在、慢慢腾腾，简直是风马牛不相及。其中乐趣我百思不解，只能怪我自己缘分太浅了。

这个问题先存而不论。我们认识了以后，除了在研究所见面外，伯恩克小姐也间或约我同张维夫妇到她家去吃茶吃饭。她母亲个儿不高，满面慈祥，谈吐风雅，雍容大方。看来她是有很高的文化素养的。欧洲古典文化，无论是音乐、绘画，还是文学、艺术，老太太样样精通，谈起来头头是道，娓娓动听，令人怡情增兴，乐此不疲。下厨房做饭，老太太也是行家里手。小姐只能在旁边端端盘子，打打下手。当时正是食品极端缺少的时期，有人请客都自带粮票。即使是这样，"巧妇难为无米之炊"，请一次客，自己也得节省几天，让本来已经饥饿的肚子再加码忍受更难忍的饥饿。这一位老太太就是在这样的情况下，亲手烹制出一桌颇为像样了的饭菜的。她简直像是玩魔术，变戏法。我们简直都成了神话中人，坐在桌旁，一恍惚，热气腾腾的美味佳肴已经整整齐齐地摆在桌子上。大家可以想象，我们这几个沦入饥饿地狱里的饿鬼，是如何的狼吞虎咽了。这一餐饭就成了我毕生难忘的一餐。

但是，我认为，最让我兴奋狂喜的还不是精美的饭菜，而是开怀畅谈，共同痛骂希特勒等法西斯头子。她们母女二人对法西斯的一切倒行逆施，无不痛恨。正如我在上面讲到的那样，有这种想法的德国人，只能忍气吞声，把自己的想法深埋在心里，绝不敢随意暴露。但是，一旦同我们在一起，她们就能够畅所欲言，一吐为快了。当时的日子，确实是非常难过的。张维、陆士嘉和我，我们几个中国人，除了忍受德国人普遍必须忍受的一切灾难之外，还有更多的灾难，我们还有家国之思。我们远处异域，生命朝不保夕。英美的飞机说不定什么时候一高兴下蛋，落在我们头上，则必将去见上帝或者阎王爷。肚子里饥肠辘辘，生命又没有安全感。我们虽然还不至于"此中日夕只以眼泪洗面"，但是精神绝不会愉快，是可想而知的。在这样的情况下，只有到了伯恩克家里，我才能暂时忘忧，仿佛找到了一个沙漠绿洲，一个安全岛，一个桃花源，一个避秦乡。因此，我们往往不顾外面响起的空袭警报，尽兴畅谈，忘记了时间的流逝，一直谈到深夜，才蓦地想起：应该回家了。一走出大门，外面漆黑一团，寂静无声，抬眼四望，不见半缕灯光，宇宙间仿佛只剩下我一个人，我一个人仿佛变成了我佛如来，承担人世间所有的灾难。

我离开德国以后，在瑞士时，曾给她母女二人写过一封信。回国以后，没有再联系。前些日子，见到张维，他告诉我说，他同她们经常有联系。后来伯恩克小姐嫁了一个瑞典人，母女搬到北欧去住。母亲九十多岁于前年去世，女儿仍在瑞典。今生还能见到她吗？希望可以说是微乎其微了。悲夫！

二六　迈耶（Meyer）一家

迈耶一家同我住在一条街上，相距不远。我现在已经记不清楚，我是怎样认识他们的。可能是由于田德望住在那里，我去看田，从而就认识了。田走后，又有中国留学生住在那里，三来两往，就成了熟人。

　　他们家有老夫妇俩和两个如花似玉的女儿。老头同我的男房东欧朴尔先生非常相像，两个人原来都是大胖子，后来饿瘦了。脾气简直是一模一样，老实巴交，不会说话，也很少说话。在人多的时候，呆坐在旁边，一言不发，脸上却总是挂着憨厚的微笑。这样的人，一看就知道，他绝不会撒谎骗人。他也是一个小职员，天天忙着上班干活。后来退休了，整天待在家里，不大出来活动。家庭中执掌大权的是他的太太。她同我的女房东年龄差不多，但是言谈举动，两人却不大一样。迈耶太太似乎更活泼，更能说会道，更善于应对进退，更擅长交际。据我所知，她待中国学生也是非常友好的。住在她家里的中国学生同她关系都处得非常好。她也是一个典型的德国妇女，家庭中一切杂活她都包了下来。她给中国学生做的事情，同我的女房东一模一样。我每次到她家去，总看到她忙忙碌碌，里里外外，连轴转。但她总是喜笑颜开，我从来没有看到她愁眉苦脸过。她们家是一个非常愉快美满的家庭。

　　我同她们家来往比较多，还有另外一个原因。在我写作博士论文的那几年中，我用德文写成稿子，在送给教授看之前，必须用打字机打成清稿；而我自己既没有打字机，也不会打字。因为屡次反复修改，打字量是非常大的。适逢迈耶家的大小姐伊姆加德（Irmgard）能打字，又自己有打字机，而且她还愿意帮我打。于是，有很长的一段时间，我几乎天天晚上到她家去。因为原稿改得太乱，而且论文内容稀奇古怪，对伊姆加德来说，简直像天书一般。因此，她打字时，我必须坐在旁边，以备咨询。这样往往工作到深夜，我才摸黑回家。

我考试完结以后，打论文的任务完全结束了，但是，在我仍然留在德国的四五年间，我自己又写了几篇论文，所以一直到我于1945年离开德国时，还经常到伊姆加德家里去打字。她家里有什么喜庆日子，招待客人吃点心、吃茶，我必被邀请参加。特别是在她生日的那一天，我一定去祝贺。她母亲安排座位时，总让我坐在她旁边。此时，留在哥廷根的中国学生越来越少。以前星期日总在席勒草坪会面的几个好友都已走了。我一个人形单影只，寂寞之感，时来袭人。我也乐得到迈耶家去享受一点友情之乐，在战争喧闹声中，寻得一点清静。这在当时是非常难能可贵的。至今记忆犹新，恍如昨日。

在这样的情况下，我离开迈耶一家，离开伊姆加德，心里是什么滋味，完全可以想象。1945年9月24日，我在日记里写道：

> 吃过晚饭，七点半到 Meyer 家去，同 Irmgard 打字。她劝我不要离开德国。她今天晚上特别活泼可爱。我真有点舍不得离开她。但又有什么办法？像我这样一个人不配爱她这样一个美丽的女孩子。

同年10月2日，在我离开哥廷根的前四天，我在日记里写道：

> 回到家来，吃过午饭，校阅稿子。三点到 Meyer 家，把稿子打完。Irmgard 只是依依不舍，令我不知怎样好。

日记是当时的真实记录，不是我今天的回想，是代表我当时的感情，不是今天的感情。我就是怀着这样的感情离开迈耶一家，离开伊姆加德的。到了瑞士，我同她通过几次信，回国以后，就断了音讯。说我不想她，那不是真话。1983年，我回到哥廷根时，曾打听过她，当然是杳如黄鹤。如果她还留在人间的话，恐怕也将近古稀之年了。而今我已垂垂老矣。世界上还能想到她的人恐怕不会太多。等到我不能想到她的时候，世界上能想到她的人，恐怕就没有了。

二七　纳粹的末日
——美国兵入城

我在上面多次讲到1945年美国兵占领哥廷根以后的事情，好像与时间顺序有违；但是为了把一件事情叙述完整，不得不尔。按顺序来说，现在是叙述美国兵进城的情况了。

时间到了1945年春末，战局急转直下。此时，德国方面已经谈不到什么抵抗，只有招架之功，没有还手之力，甚至连招架之功也没有了。一天二十四小时，都是警报期。老百姓盛传，英美飞机不带炸弹了。它们愿意什么时候飞来，就什么时候飞来，从飞机上用机枪扫射。有什么地方一辆牛车被扫中，牛被打得流出了肠子。如此等等，不一而足。但是，从表面上看起来，老百姓并没有惊慌失措，他们还是相当沉着的，只是显然有点麻木。

德国民族是异常勤奋智慧的民族，办事治学一丝不苟的彻底性名扬世界。他们在短短的一两百年内所创造的文化业绩，彪炳寰中。但是，在政治上，他们的水平却不高。我初到德国的时候，他们受法西斯头子的蛊惑，有点忘乎所以的样子，把自己的前途看成是一条阳关大道，只有玫瑰，没有荆棘。后来来了战争，对他们的想法，似乎没有任何影响。在长期的战争中，他们的情绪有时候昂扬奋发，有时候又低沉抑郁。到了英美和苏联的大军从东西两方面压境的时候，他们似乎感觉到，情况有点不妙了。但是，总起来看，他们的情绪还是平静的。前几年听了所谓"特别报道"而手舞足蹈的情景，现在完完全全看不到了。

在无言中，他们似乎在等待着什么。

他们等待的事情果然到了。这是一个天翻地覆的改变。为了保存当时的真实情况，为了反映我当时真实的思想感情，我干脆抄几天当时的日记，一字不改。这比我现在根据回忆去写，要真实得多，可靠得多了。我个人三天的经历，只能算是极小的一个点，但是一滴水中可以见大海，一颗沙砾中可以见宇宙，一个点中可以见全面，一切都由读者去意会了。

1945 年 4 月 6 日

昨晚到了那 Keller（指种鲜菌的山洞——美林注）里，坐下。他们（指到这里来避难的德国人）都睡起来。我无论如何也睡不着，里面又冷，坐着又无依靠。好久以后，来了 Entwarnung（解除空袭警报）。但他们都不走，所以我也只好陪着，腿冻得像冰，思绪万端，啼笑皆非。外面警笛又作怪，有几次只短短地响一声。于是人们就胡猜起来。有的说是 Alarm（警报），有的说不是。仔细倾耳一听，外面真有飞机。这样一直等到四点多，我们三个人才回到家来。一头躺倒，醒来已经快九点了。刚在吃早点，听到外面飞机声，而且是大的轰炸机。但立刻也就来了 Voralarm（前警报），紧跟着是 Alarm。我们又慌成一团，提了东西就飞跑出去。飞机声震得满山颤动。在那 Keller 外面站了会儿，又听到机声，人们都抢着往里挤。刚进门，哥廷根城就是一片炸弹声。心里想：今天终于轮到了。Keller 里仿佛打雷似的，连木头椅子都震动。有的人跪在地上，有的竟哭了起来。幸而只响了两阵就静了下来。十一点，我惦记着厨房里煮上的热水，就一个人出来回家来。不久也就来了 Vorentwarnung（前解除警报）。吃过早点，生好炉子。以纲（张维）来，立刻就走了。吃过午饭，躺下，没能睡着。又有一次 Voralarm。五点，刚要听消息，又听到飞机声，立刻就来了 Alarm。赶快出去到那 Deckungsgraben（掩体防空壕）外面站了会儿。警报解除，又回来。吃过晚饭，十点来了 Voralarm。自己不想出去；但天空里隔一会儿一架飞机飞过，隔一会儿又一架，一直延续了三个钟头。自己的神经仿佛要爆炸似的。这简直是万剐凌迟的罪。快到两点警报才解除。

4 月 7 日

早晨起来，吃过早点，进城去，想买一个面包。走了几家面包店，都没有。后来终于在拥挤之余在一家买到了。出来到伤兵医院去看 Storck，谈了一会儿就回家来。天空里盘旋着英美的侦察机。吃过午饭，又来了 Alarm，就出去向那 Pilzkeller（培植蘑菇的山洞）跑。幸而并不严重，不久也就来了 Vorentwarnung。我在太阳里坐了会儿，只是不敢回家来。一直等到五点多，觉得不会再有什么事情了，才慢慢回家来。刚坐下不久，就听到飞机声，赶快向楼下跑。外面已经响起了炸弹，然后才听到警笛。走到街上，抬头看到天空里成排的飞机。丢过一次炸弹，我就趁空向前跑一段。到了一个 Keller，去避了一次，又往上跑，终于跑到那 Pilzkeller。仍然是一批批炸弹向城里丢。我们所怕的 Grossangriff（大攻击）终于来了。好久以后，外面静下来。我们出来，看到西城车站一带大火，浓烟直升入天空。装弹药的车被击中，汽油车也被击中。大火里子弹声响成一片，真可以说是伟观。八点前回到家来。吃过晚饭，在黑暗里坐了半天，心里极度不安，像热锅上的蚂蚁，终于还是带了东西，上山到那 Pilzkeller 去。

4 月 8 日

Keller 里非常冷，围了毯子，坐在那里，只是睡不着。我心里很奇怪，为什么有这样许多人在里面，而且接二连三地往里挤。后来听说，党部已经布告，妇孺都要离开哥廷根。我心里一惊，当然更不会再睡着了。好歹盼到天明，仓促回家吃了点东西，往Keller里搬了一批书，又回去。远处炮声响得厉害。Keller里已经乱成一团。有的说，德国军队要守哥城；有的说，哥城预备投降。蓦地城里响起了五分钟长的警笛，表示敌人已经快进城来。我心里又一惊，自己的命运同哥城的命运，就要在短期内决定了。炮声也觉得挨近了。Keller前面仓皇跑着德国打散的军队。隔了好久，外面忽然静下来。有的人出去看，已经看到美国坦克车。里面更乱了，谁都不敢出来，怕美国兵开枪。结果我同一位德国太太出来，找到一个美国兵，告诉他这情形。回去通知大家，才陆续出来。我心里很高兴，自己不能制止自己了，跑到一个坦克车前面，同美国兵聊起来。我忘记了这还是战争状态，炮口对着我。回到家已经三点了。忽然想到士心夫妇。以为他们给炸弹炸坏了，因为他们那一带炸得很厉害，又始终没有得到他们的消息，所以饭也吃不下去。不久以纲带了太太同小孩子来。他们的房子被美国兵占据了。同他们谈了谈。心里乱成一团，又快乐，又兴奋，说不出应该怎样好。吃过晚饭，同以纲谈到夜深才睡。

哥廷根就这样被解放了。

上面就是我一个人在关键的三天内写的日记。是一幅简单而朴素的素描。

哥廷根城只是德国的一个点，而这个种植鲜蘑菇的山洞又只是哥廷根城的一个点，我在这个点中更是一个小小的点。这个小点中的众生相放大了来看，就能代表整个德国的情况。难道不是这样吗？

无论如何，这是一个极大的转折点。从此以后，哥廷根——我相信，德国其他地方也一样——在历史上揭开了新的一页。法西斯彻底完蛋了。他们横行霸道，倒行逆施，气焰万丈，不可一世，而今安在哉！德国普通老百姓对此反应不像我想得那样剧烈。他们很少谈论这个问题。他们好像是当头挨了一棒；似乎清楚，又似乎糊涂；似乎有所反思，又似乎没有；似乎有点在乎，又似乎根本不在乎。给我的总印象是茫然、木然、懵然、默然。一个极端有天才的民族，就这样在一夜之间糊里糊涂地、莫名其妙地沦为战败国，成了任人宰割的民族。不管德国人自己怎样想，我作为一个在德国住了十年对德国人民怀有深厚感情的外国人，真有点欲哭无泪了。

对我个人来说，人类历史上迄今最残酷的战争，就这样结束了，似乎有点不够意思。我在上面谈到第二次世界大战爆发时，曾经这样说过："可是万万没有想到，这一出人类历史上罕见的大戏，开端竟是这样平平淡淡。"今天大战结束了，结束得竟也是这样平平淡淡。难道历史上许多后代认为是惊天地泣鬼神的大战之类的事件，当时开始与结束都是这样平平淡淡吗？

但是，对哥廷根的德国人来说，不管他们的反应如何麻木，却绝非平平淡淡，对一部分人还有切肤之痛。在人类历史上，有许多战胜国进入战败国屠城的记载，中国就有不少。但是，美国军队进城以后，没有"屠城"，而且从表面上看起来，还似乎非常文明。我从来没有看到"山姆大叔"在大街上污辱德国人的事情。战胜国与战败国之间的关系，似乎颇为融洽。我也没有看到德国人敌视美国兵，搞什么破坏活动。我看到的倒是一些德国女孩子围着美国大兵转的情景，似乎有一些祥和之气了。

实际上并非完全如此。美国大兵也是有一本账的，他们不知从哪里弄到了一个"名单"，哥城的各类纳粹头子都榜上有名。美国兵就按图索骥，有一天就索到了我住房对门的施米特先生家里。他有一个女儿是纳粹女青年组织的一个 Gau（大区）的头子。先生不在家，他的胖太太慌了神，吓得浑身发抖，来敲门求援。我只好走过去，美国兵大概很感意外，问我是干什么的。我说是中国人，是"盟国"，来帮他当翻译的。美国兵没有再说话，我就当起翻译来。他没有问多少话，态度中正平和，一点没有凶狠的样子。反正胖太太的女儿已经躲了起来，当母亲的只说不知道。讯问也就结束了，从此美国大兵没有再来。

此外，美国兵还占用了一些民房。他们漂洋过海，不远万里而来。进了城，没有适当的营房，就占用德国居民的房子。凡是单独成楼、花园优美的房子，很多都被选中。我的老师瓦尔德施米特教授在城外山下新盖的一幢小楼，也没能逃过美国大兵的"优选"，他们夫妇俩被赶到不知什么地方去暂住，美国一群大兵则昂然住了进去。虽然只不过住了几天，就换防搬走，然而富丽堂皇、古色古香的陈设已经受到了一些破坏。有几把古典式的椅子，平常他们夫妇俩爱如珍宝，轻搬轻放，此时有的竟折断了腿。美国兵搬走后，我到他家里去看。教授先生指给我看，一脸苦笑，没有讲什么话，心中滋味，只能意会。教授夫人则不那么冷静，她告诉我，美国大兵夜里酗酒跳舞，通宵达旦，把楼板跺得震天价响。玲珑苗条的椅子腿焉得不断！老夫妇都没有口出恶言，说明他们很有涵养。然而亡国奴的滋味他们却深深地尝到了，恐怕大出他们的臆断吧。

被占的房子当然不止这一家。在比较紧张的那些日子里，我走在大街上，看街道两旁的比较漂亮的房子，临街的房间，只要开着窗子，就往往看到室内的窗台上，密密麻麻地、整整齐齐地排满了大皮靴的鞋底，不是平卧着，而是直立着。当然不是晒靴子，那样靴底不会是直立着。仔细一推究，靴底的后面会有靴子；靴子的后面会有脚丫子；脚丫子后面会有大小腿；大小腿后面会有躯体；到了最后，在躯体后面还会有脑袋，脑袋大概就枕在什么地方。然而此时，"删繁就简三秋树"，把从靴子到脑袋统统删掉了（只有表象如此，当然不会实际删掉），接触我的视线的就只有皮靴底。乍看之下，就先是一愣，忽然顿悟，对着这样洋洋大观的情景，我只有大笑了。

这是美国大兵在那里躺着休息，把脚放到了窗台上。美国兵个个年轻，有的长身玉立，十分英俊。但是总给人以吊儿郎当的印象。他们向军官敬礼，也不像德国兵那样认真严肃，总让人感到嬉皮笑脸，嘻嘻哈哈。据说，他们敬礼也并不十分严格，尉官只给校官以上的敬礼，同级不敬；兵对兵也不敬礼，不管是哪一等这些都同德国不同。此外，美国兵的大少爷作风和浪费习气，也十分令人吃惊。他们吃饭，罐头食品居多。一罐鸡鱼鸭肉，往往吃了不到一半，就任意往旁边一丢，成了垃圾。给汽车加油，一桶油往往灌不到一半，便不耐烦起来，大皮靴一踢，滚到旁边，桶里的油还汩汩地向外流着，闪出了一丝丝白色的光。更令人吃惊的是他们剪断通信电缆的豪举。美军进城以后，为了通信方便，需要架设电缆。又为了省事起见，自己不竖立电线杆，而是就把电缆挂在或搭在大街两旁的树枝上。最初只有屈指可数的几条，后来大概是由于机关增多，需要量随之大增，电缆的数目也日益增多，有的树枝上竟搭上了十几条几十条，压在一起，黑黑的一大堆。过了不久，美军有的撤走，不再需要电缆通信。按照我的想法，他们似乎应该把厚厚的一大摞电缆，从树枝上一一取下，卷起，运走，到别的地方再用。然而，确实让我大吃一惊，美国大兵不愿意费这个事，又不肯留给德国人使用。他们干脆把电缆在每一棵树上就地剪断。结果是街旁绿树又添奇景：每一棵树的枝头都累累垂垂悬挂着剪断的电缆。电缆，以及我上面谈到的罐头食品和汽油，都是从遥远的美国用飞机或轮船运来的。然而美国这个暴发户大国和它的大少爷士兵们，好像对这一点连想都没有想，他们似乎从来不讲什么节约，大手大脚，挥霍浪费。这同我们中国的传统教育大相径庭，我有什么话好说呢？

在上面我拉拉杂杂地写了美国兵进城和纳粹分子垮台的一些情况。这只是我个人，而且是一个外国个人眼中看到、心中想到的。我对德国这样一个伟大的民族素所崇奉，同时又痛恨纳粹分子的倒行逆施。我一方面万万没有想到，在我在德国住了十年之后，能够亲眼看到纳粹的崩溃。这真是三生有幸，去无遗憾了。在另一方面，对德国普通老百姓所受的屈辱又感到伤心。当年德法交恶，德国一时占了上风。法国大文豪阿·都德写了有名的小说《最后一课》，成为世界文学中宣扬爱国主义的名篇。到了今天，物换星移，德国处于下风。沧海桑田，世事变幻之迅速、之不定，令人吃惊。但是，德国竟没有哪一位文豪写出第二篇《最后一课》，是时间来不及呢，还是另有原因呢？又不禁令人感到遗憾了。

二八 盟 国

专就我个人以及其他中国留学生而论，我们是应该大大地庆祝一番的。我们从一些没有国籍的"流浪汉"一变而为胜利者盟国的一分子，地位真有天壤之别了。中国古人常以"阶下囚"和"座上客"来比喻这种情况。德国人从来没有把我当作阶下囚来对待，但是座上客现在我却真正变成了。

美国人进城以后不久，我就同张维找到了美国驻军的一个头头，大概是一个校官。我们亮出了我们的身份，立即受到了很好的招待。他同我们素昧平生，一无档案，二无线索；但是他异常和气，只简单地问了几句话，马上拿过来一张纸，唰，唰，唰，大笔一挥，说明我们是 DP（Displaced Person 即由于战争、政治迫害等被迫离开本国的人）。这当然不是事实，我们一进门就告诉他，我们是留学生，这一点他是清楚的。但是在他的笔下，我们却一变而成为 DP。他的用意何在，我们不清楚，我们也没有进行争辩。他叫我们拿着这一张条去找一个法国战俘的头。我们最初根本不知道这葫芦里卖的是什么药，我们遵命去了。原来是一个法国战俘聚居的地方。说老实话，我过去在哥廷根还从来没有注意到有法国战俘。我曾在大街上看到很多走来走去的俄国和波兰俘虏。这些人因为无衣可换，都仍然穿着各自的已经又脏又破的制服，所以一看便知。现在忽然出现了这样多的法国兵，实出我意外。要去探讨研究，我没有那个兴趣和时间，看来也无此必要。反正那个法国俘虏兵的头头连说加比画，用法语告诉我们，以后每天可以到那里去领牛肉。这一举动又出我意外，但是心里是高兴的。当年孔子在齐闻韶，三月不知肉味；我现在德国只闻机声，大概有三年不知肉味了。如今竟然从天上掉下来了新鲜牛肉，可以大快朵颐，焉得不喜！

但是，就在每天去领牛肉这样一个极其简单的活动，有时候也出点小的"花絮"。有一天我去领肉，领完要走，那一个头头样子的法国兵忽然对我说：

Demain deux jours（明日，两天）.

我好久没有听说法语了，一时如丈二和尚摸不着头脑，瞪大了眼睛，不了解他的意思。那个法国兵又重复说这三个字，口讲指画，显得有点着急。不知道从哪里来的灵感，我一下子明白过来了：明天来领两天的牛肉。我于是也用法语重复他的话，说了三个字：

Demain deux jours.

法国兵大笑不止，我拿着牛肉离开时，他还对我说了声
Au revoir（再见），皆大欢喜。

对当时的德国老百姓来说，鲜牛肉简直如宝贝一般。我的女房东也不例外。我一生没有独自吃喝不管别人的习惯，何况是对我那母亲一般的女房东。眼前夫丧子离，只有她孤身一人。我每天领来了牛肉，都由她来烹调。烹调完了，我们就共同享受。就这样过了一段颇为美好的日子。我同张维还拿着那张条子，到哥廷根市政府一个什么机构，领了一张照顾中国人饮食习惯特批大米的条子。从此以后，有吃又有喝，真正成为座上客了。

二九　优胜记略

日子过得还不就这样平淡。借用鲁迅《阿 Q 正传》中的一个提法，我们也还有"优胜记略"。"我们"指的仍然是张维和我。

有一天，不知从哪里传来了消息说，车站附近有一个美军进城时幸逃轰炸的德军罐头食品存贮仓库，里面堆满了牛肉和白糖罐头。现在被打开了，法国俘虏兵在里面忙活着，不知道要干什么。为了满足好奇心，我同张维就赶到那里，想看个究竟。从远处就看到仓库大门外挤满了德国人，男女老幼都有。大门敞开着，有法国兵把守，没有哪个德国人敢向前走一步，只是站在那里围观，好像赶集一样。

我们俩走了走，瞅了瞅，前门实在是无隙可乘，便绕到了后门来。这里冷冷清清，一个人都没有。围墙非常低，还有缺口。我们一点也没犹豫，立即翻身过墙，走到院子里。里面库房林立，大都是平房，看样子像是临时修筑的简易房子，不准备长期使用的。院子里到处都撒满了大米、白糖。据说，在美国兵进城时，俄国和波兰的俘虏兵在这里曾抢掠过一次，米和糖就是他们撒的。现在是美国当局派法国兵来整顿秩序，制止俄波大兵的抢劫。我们在院子里遇到了一个法国人，他领我们上楼去，楼梯上也是白花花一片，不知是盐是糖。他领我们到一间存放牛肉罐头的屋子里，里面罐头堆得像山一般。我们大喜过望。进去以后我正准备往带来的皮包里面装的时候，忽然来了一个穿着破烂军服的法国兵。他问我是干什么的，我连忙拿出随身携带的护照，递给他看。他翻看了一下护照，翻到有法文的那一页，忽然发现没有我的签字，好像捞到了稻草，瞪大了眼睛质问我。我翻到有英文的那一页，我的签名赫然具在，指给他看。他大概只懂法文，可是看到了我的签名，也就无话可说，把护照退还给我，示意我愿意拿什么，就拿什么；愿意拿多少，就拿多少，望望然而去之。我如释重负，把皮包塞满，怀里又抱满，跳出栅栏，走回家去。天热，路远，皮包又重，怀里抱着那些罐头，又不听调度，左滚右动。到家以后，已经汗流浃背了。

只是到了此时，我在喘息之余，才有余裕来检阅自己的战利品。我发现，抱回来的十几二十个罐头中，牛肉罐头居多数，也有一些白糖罐头。牛肉当然极佳，白糖亦殊不劣，在饥饿地狱里待久了的人，对他们来说，这一些无疑都是仙药醍醐，而且都是于无意中得之，其快乐概可想见了。我把这些东西分了分，女房东当然有一份，这不在话下。我的老师们和熟人都送去一份。在当时条件下，这简直比雪中送炭还要得人心，真是皆大欢喜了。

但是，我自己事后回想起来，却有一股抑制不住的后怕。在当时兵荒马乱，哥廷根根本没有政权的情况下，一切法律俱缺，一切道德准绳全无，我们贸然闯进令人羡煞的牛肉林中，法国兵手里是有枪的，我们懵然、木然，而他们却是清醒的。说不定哪一个兵一时心血来潮，一扳枪机，开上一枪，则后果如何不是一清二楚吗？我又焉得不后怕呢？

我的"优胜记略"就是如此。但愿这是我一生中唯一的一次，也是最后的一次。

三十　留在德国的中国人

战争结束了，"座上客"当上了，苦难到头了，回国有望了，好像阴暗的天空里突然露出来了几缕阳光。

我们在哥廷根的中国留学生，商议了一下，决定到瑞士去，然后从那里回国。当时这是唯一的一条通向祖国的道路。

哥廷根是一座小城，中国留学生人数从来没有多过。有一段时间，好像只有我一个人，置身日耳曼人中间，连自己的黄皮肤都忘记了。战争爆发以后，那些大城被轰炸得很厉害，陆续有几个中国学生来到这里，实际上是来避难的。各人学的科目不同，兴趣爱好不同，合得来的就来往，不然就各扫门前雪，间或一聚而已。在这些人中，我同张维、陆士嘉夫妇，以及刘先志、滕菀君夫妇最合得来，来往最多。商议一同到瑞士去的也就是我们几个人。

留下的几位中国学生，我同他们都不是很熟。有姓黄的学物理的两兄弟，是江西老表。还有姓程的也是学自然科学的两兄弟，好像是四川人。此外还有一个我在上面提到过的那一个姓张的神秘人物。此人从来也不是什么念书的人，我们都没有到他家里去过，不知道每天他的日子是怎样打发的。这几个人为什么还留下不走，我们从来也没有打听过。反正各有各的主意，各有各的想法，局外人是无须过问的。我们总之是要走了。我把我汉文讲师的位置让给了姓黄的哥哥。从此以后，同留在哥廷根的中国人再没有任何联系，"明日隔山岳，世事两茫茫"了。

我在这里又想到了哥廷根城以外的那一些中国人，不是留学生，而是一些小商贩，统称之为"青田商人"。顾名思义，就可以知道，他们是浙江青田人。浙江青田人怎样来到德国、来到欧洲的呢？我没有研究过他们的历史，只听说他们背后有一段苦难的历程。他们是刘伯温的老乡。可惜这一位上知天文下知地理神机妙算的半仙之人，没有想到青田这地方的风水竟是如此不佳。在旧社会的水深火热中土地所出养不活这里的人，人们被迫外出逃荒，背上一袋青田石雕刻的什么东西，沿途叫卖，有的竟横穿中国大地，经过中亚，走到西亚，然后转入欧洲。行程数万里，历经无数国家。当年这样来的华人，是要靠"重译"的。今天我们的青田老乡走这一条路，不知要吃多少苦头，经多少磨难。我实在说不出，甚至也想象不出。有的走海路，为了节省船费，让商人把自己锁在货箱里，再买通点关节，在大海中航行时，夜里偷偷打开，送点水和干粮，解解大小便，然后再锁起来。到了欧洲的马赛或什么地方登岸时，打开箱子，有的已经变成一具尸体。这是多么可怕可悲的情景！这一些幸存者到了目的地，就沿街叫卖，卖一些小东西，如领带之类，诡称是中国丝绸制成的。他们靠我们祖先能织绸的威名糊口度日，虽然领带上明明写着欧洲厂家的名字。他们一无护照，二无人保护；转徙欧洲各国，弄到什么护照，就叫护照上写的名字。所以他们往往是今天姓张，明天姓王；居无定处，行无定名。这护照是世袭的，一个人走了或者死了，另一个人就继承。在欧洲穿越国境时，也不走海关，随便找一条小路穿过，据说也有被边防兵开枪打死的。这样辛辛苦苦，积攒下一点钱，想方设法，带回青田老家。这些人誓死不忘故国，在欧洲同吉卜赛人并驾齐驱。

我原来并不认识青田商人，只是常常听人谈到而已。可是有一天，我忽然接到附近一座较大的城市卡塞尔地方法院的一个通知，命令我于某月某日某时，到法院里出庭当翻译。不去，则课以罚款100马克；去，则奖以翻译费50马克。我啼笑皆非。然而我知道，德国人是很认真守法的，只好遵命前往。到了才知道，被告就是青田商人。在法庭上，也须"重译"才行。被告不但不会说德国话，连中国普通话也不会说。于是又从他们中选出了一位能说普通话的，形成了一个翻译班子。审问才得以顺利进行。其实也没有什么了不起的事。这一位被告沿街叫卖，违反了德国规定，在货色和价钱方面又做了些手脚，一些德国爱管闲事的太太向法院告了状。有几个原告出了庭，指明了时间和地点，并且一致认为是那个人干的。那个人矢口否认，振振有词，说在德国人眼里，中国人长得都一样，有什么证据说一定是他呢?几个法官大眼瞪小眼，无词以对，扯了几句淡，就宣布退庭。一位警察告诉我说："你们这些老乡真让我们伤脑筋，我们真拿他们没有办法。我们是睁一只眼闭一只眼，没有人来告，我们就听之任之了，反正没有什么了不起的事。"我同他开玩笑，劝他两只眼都闭上。他听了大笑，同我握手而别。

我口袋里揣上了50马克，被一群青田商人簇拥着到了他们的住处。这是一间大房子，七八个人住在里面，基本都是地铺，谈不到什么设备，卫生条件更说不上，生活是非常简陋的。中国留学生一般都瞧不起他们，大使馆他们更视为一个衙门，除非万不得已，绝不沾边。今天竟然有我这样一个留学生，而且还是大学里的讲师，忽然光临，他们简直像捧到一个金凤凰，热情招待我吃饭。我推辞了几次，想走，但是为他们的热情感动，只好留下。他们拿出了面包和酒，还有不知从哪里弄来的猪蹄子，用中国办法煨得稀烂，香气四溢。我已经几个月不知肉味了，开怀饱餐了一顿。他们绝口不谈法庭上的事。我偶一问到，他们说，这都是家常便饭，小事一端，同他们德国人还能说实话吗？我听了，心里不知是什么滋味。这一批青田商人背井离乡，在异域奔波，不知道有多少危险，有多少困难，辛辛苦苦弄点钱寄回家去。不少人客死异乡，即使幸存下来，也是十年八年甚至几十年回不了家。他们基本上都不识字，我没有办法同他们交流感情。看了他们木然又欣然的情景，我直想流泪。

这样见过一次面，真如萍水相逢，他们却把我当成了朋友。我回到哥廷根以后，常常接到他们寄来的东西。有一年，大概是在圣诞节前，他们从汉堡给我寄来了50条高级领带。这玩意儿容易处理：分送师友。又有一年，仍然是在圣诞节前，他们给我了一大桶豆腐。在德国，只有汉堡有华人做豆

留德十年

腐。对欧洲人来说，豆腐是极为新奇的东西，嗜之者以为天下之绝，陌生者以为稀奇古怪。这一大桶豆腐落在我手里，真让我犯了难。一个人吃不了，而且我基本上不会烹调；送给别人，还需先做长篇大论的宣传鼓动工作，否则他们硬是不敢吃。处理的细节，我现在已经忘记了。总之，我对我这些淳朴温良又有点天真幼稚的青田朋友是非常感激的。

我上面已经说过，这些人的姓名是糊里糊涂的。我认识的几个人，我都不知道他们的真实姓名。姓名的更改完全以手中的那一份颇有问题的护照为转移。如今我要离开德国了，要离开他们了，不知道有多少老师好友需要我去回忆，我的记忆里塞得满满的，简直无法再容下什么人。然而我偏偏要想到这一些流落异域受苦受难的炎黄子孙，我的一群不知姓名的朋友。第二次世界大战我不知道他们是怎样度过的。他们现在还到处漂泊吗？今生今世，我恐怕再也无法听到他们的消息了。我遥望西天，内心在剧烈地颤抖。

三一 别哥廷根

是我要走的时候了。

是我离开德国的时候了。

是我离开哥廷根的时候了。

我在这座小城里已经住了整整十年了。

中国古代俗语说：千里凉棚，没有不散的筵席。人的一生就是这个样子。当年佛祖规定，浮屠不三宿桑下，害怕和尚在一棵桑树下连住三宿，就会产生留恋之情。这对和尚的修行不利。我在哥廷根住了不是三宿，而是三宿的一千二百倍。留恋之情，焉能免掉？好在我是一个俗人，从来也没有想当和尚，不想修仙学道，不想涅槃，西天无分，东土有根。留恋就让它留恋吧！但是留恋毕竟是有限期的。我是一个有国有家有父母有妻子的人，是我要走的时候了。

回忆十年前我初来时，如果有人告诉我，你必须在这里住上五年，我一定会跳起来的：五年还了得呀！五年是一千八百多天呀！然而现在，不但过了五年，而且是五年的两倍，我一点也没有感觉到有什么了不得。正如我在本书开头时说的那样，宛如一场缥缈的春梦，十年就飞去了。现在，如果有人告诉我：你必须在这里再住上十年。我不但不会跳起来，而且会愉快地接受下来的。

然而我必须走了。

是我要走的时候了。

当时要想从德国回国，实际上只有一条路，就是通过瑞士，那里有国民党政府的公使馆。张维和我于是就到处打听到瑞士去的办法。经多方探询，听说哥廷根有一家瑞士人。我们连忙专程拜访，是一位家庭妇女模样的中年妇人，人很和气。但是，她告诉我们，入境签证她管不了；要办，只能到汉诺威（Hannover）去。张维和我于是又搭乘公共汽车，长驱百余公里，赶到了这一地区的首府汉诺威。

汉诺威是附近最大最古的历史名城。我久仰大名，只是从没有来过。今天来到这里，我真正大吃一惊：这还算是一座城市吗？尽管从远处看，仍然是高楼林立；但是，走近一看，却只见废墟。剩下没有倒的一些断壁颓垣，看上去就像是古罗马留下来的斗兽场。马路还是有的，不过也布满了大大小小的弹坑。汽车有的已经恢复了行驶，不过数目也不是太多。引起我们注意的是马路两旁人行道上的情况。德国高楼建筑的格局，各大城市几乎都是一模一样：不管楼高多少层，最下面总有一个地下室，是名副其实地建筑在地下的。这里不能住人。住在楼上的人每家分得一二间，在里面贮存德国人每天必吃的土豆，以及苹果、瓶装的草莓酱、煤球、劈柴之类的东西。从来没有想到还会有别的用途的。战争一爆发，最初德国老百姓轻信法西斯头子的吹嘘，认为英美飞机都是纸糊的，绝不能飞越德国国境线这个雷池一步。大城市里根本没有修建真正的防空壕洞。后来，大出人们的意料，敌人纸糊的飞机变成钢铁的了，法西斯头子们的吹嘘变成了肥皂泡了。英美的炸弹就在自己头上爆炸，不得已就逃入地下室躲避空袭。这当然无济于事。英美的重磅炸弹有时候能穿透楼层，在地下室中向上爆炸，其结果可想而知。有时候分量稍轻的炸弹，在上面炸穿了一层两层或多一点层的楼房，就地爆炸，地下室幸免于难，然而结果却更可怕。上面的被炸的楼房倒塌下来，把地下室严密盖住。活在里面的人，呼天天不应，叫地地不灵，这是什么滋味，我没有亲身经历，不愿瞎说。然而谁想到这一点，会不不寒而栗呢？最初大概还会有自己的亲人费上九牛二虎的力量，费上不知多少天的努力，把地下室中受难者亲属的尸体挖掘出来，弄到墓地里去埋掉。可是时间一久，轰炸一频繁，原来在外面的亲属说不定自己也被埋在什么地方的地下室，等待别人去挖尸体了。他们哪有可能来挖别人的尸体呢？但是，到了上坟的日子，幸存下来的少数人又不甘不给亲人扫墓，而亲人的墓地就是地下室。于是马路两旁高楼断壁之下的地下室外垃圾堆旁，就摆满了原来应该摆在墓地上的花圈。我们来到汉诺威看到的就是这些花圈，这种景象在哥廷根是看不到的。最初我是大感不解。了解了原因以后，我又感到十分吃惊，感到可怕，感到悲哀。据说地窖里的老鼠，由于饱餐人肉，营养过分丰富，长到一尺多长。德国这样一个优秀伟大的民族，竟落到这个下场。我心里酸甜苦辣，万感交集，真想到什么地方去痛哭一场。

汉诺威的情况就是这个样子，这当然是狂轰滥炸时"铺地毯"的结果。但是，即使是地毯，也难免有点空隙。在这样的空隙中还幸存下少数大楼，里面还有房间勉强可以办公。于是在城里无房可住的人，晚上回到城外乡镇中的临时住处，白天就进城来办公。瑞士的驻汉诺威的代办处也设在这样一座楼房里。我们穿过无数的断壁残垣，找到办事处。因为我没有收到瑞士方面的正式邀请和批准，办事处说无法给我签发入境证。我算是空跑一趟，然而我却不但不后悔，而且还有点高兴，我于无意中得到一个机会，亲眼看一看所谓轰炸究竟真实情况如何；不然的话，我白白在德国住了十年，也自命经历过轰炸，哥廷根那一点轰炸，同汉诺威比起来，真如小巫见大巫，如没能看到真正的轰炸，将会抱恨终生了。

汉诺威是这样，其他比汉诺威更大的城市，比如柏林之类，被炸的情况略可推知。我后来听说，在柏林，一座大楼上面几层被炸倒以后，塌了下来，把地下室严严实实地埋了起来。地下室中有人在黑暗中赤手扒碎砖石，走运扒通了墙壁，爬到邻居的尚没有被炸的地下室中，钻了出来，重见天日，然而十个指头的上半截都已磨掉，血肉模糊了。没有这样走运的，则是扒而无成，只有呼叫。外面的人明明听到叫声，然而堆积如山的砖瓦碎石，一时无法清除。只能忍心听下去，最初叫声还高，后来则逐渐微弱，几天之后，一片寂静，结果可知。亲人们心里是什么滋味，他们是受到什么折磨，人们能想下去吗？有过这样一场经历，不入疯人院，则入医院。这样惨绝人寰的悲剧是号称"万物之灵"的人类自己亲手酿成的。难道不是这样的吗？

听到这些情况以后，我自然而然地就想到了原来的柏林，十年前和三年前我到过的柏林。十年前不必说了，就是在三年前，柏林是个什么样子呀！当时战争虽然已经爆发，柏林也已有过空袭，但是还没有被"铺地毯"，市面上仍然是繁华的，人们熙攘往来，还颇有一点劲头。然而转瞬之间，就几乎变成了一片废墟。这变化真是太大了。现在让我来描述这一个今昔对比的变化，我本非江郎，谈不到才尽，不过现在更加窘迫而已。在苦思冥想之余，我想出了一个偷巧的办法。我想借用中国古代辞赋大家的文章，从中选出两段，一表盛，一表衰，来做今昔对比。时隔将近两千年，地距超过数万里，情况当然是完全不一样的。然而气氛则是完全一致的，我现在迫切需要的正是描述这种气氛。借古人的生花妙笔，抒我今日盛衰之感怀。能想出这样移花接木的绝妙好法，我自己非常得意，不知是哪一路神仙在冥中点化，使我获得"顿悟"，我真想五体投地虔诚膜拜了。是否有文抄公的嫌疑呢？不，绝不。我是付出了劳动的，是我把旧酒装在新瓶中的，我是偷之无愧的。

下面先抄一段左太冲《蜀都赋》：

> 亚以少城，接乎其西。市廛所会，万商之渊。列隧百重，罗肆巨千。贿货山积，纤丽星繁。都人士女，玄服靓妆。贾贸墆鬻，舛错纵横。异物崛诡，奇于八方。

上面列举了一些奇货。从这短短的几句引文里，也可以看出蜀都的繁华。这样繁华的气氛，同柏林留给我的印象是完全符合的。

我再从鲍明远的《芜城赋》里引一段：

> 观基扃之固护，将万祀而一君。出入三代，五百余载，竟瓜剖而豆分。泽葵依井，荒葛罥途。坛罗虺蜮，阶斗麏鼯……通池既已夷，峻隅又已颓。直视千里外，唯见起黄埃。凝思寂听，心伤已摧。

这里写的是一座芜城，实际上鲍照是有所寄托的。被炸得一塌糊涂的柏林，从表面上来看，与此大不相同，然而人们从中得到的感受又何其相似！法西斯头子们何尝不想"万祀而一君"，然而结果如何呢？所谓"第三帝国"被"瓜剖而豆分"了。现在人们在柏林看到的是断壁颓垣，"直视千里外，唯见起黄埃"了。据德国朋友告诉我，不用说重建，就是清除现在的垃圾也要用上五十年的时间。德国人"凝思寂听，心伤已摧"，不是很自然的吗？我自己在德国住了这么多年，看到眼前这种情况，我心里是什么滋味，也就概可想见了。

然而是我要走的时候了。

是我离开德国的时候了。

是我离开哥廷根的时候了。

我的真正的故乡向我这游子招手了。

一想到要走，我的离情别绪立刻就逗上心头。我常对人说，哥廷根仿佛是我的第二故乡。我在这里住了十年，时间之长，仅次于济南和北京。这里的每一座建筑、每一条街，甚至一草一木，十年来和我同甘共苦，共同度过了将近四千个日日夜夜。我本来就喜欢它们的，现在一旦要离别，更觉得它们可亲可爱了。哥廷根是个小城，全城每一个角落似乎都留下了我的足迹，我仿佛踩过每一粒石头子，不知道有多少商店我曾出出进进。看到街上的每一个人都似曾相识。古城墙上高大的橡树、席勒草坪中芊绵的绿草、俾斯麦塔高耸入云的尖顶、大森林中惊逃的小鹿、初春从雪中探头出来的雪钟、晚秋群山顶上斑斓的红叶，等等，这许许多多纷然杂陈的东西，无不牵动我的情思。至于那一所古老的大学和我那一些尊敬的老师，更让我觉得难舍难分。最后但不是最小，还有我的女房东，现在也只得分手了。十年相处，多少风晨月夕，多少难以忘怀的往事，"当时只道是寻常"，现在却是可想而不可即，非常非常不寻常了。

然而我必须走了。

我那真正的故乡向我招手了。

我忽然想起了唐代诗人刘皂的《旅次朔方》那一首诗：

客舍并州数十霜，

归心日夜忆咸阳。

无端又度桑乾水，

却望并州是故乡。

别了，我的第二故乡哥廷根！

别了，德国！

什么时候我再能见到你们呢？

三二　赴瑞士

我于1945年10月6日离开哥廷根，乘吉普车奔赴瑞士。

哪里来的车呢？我在这里要追溯一下这一段故事。我在上面几次提到德国的交通已经完全被破坏，想到瑞士去，必须自己找车。我同张维于是又想到"盟军"。此时美国驻军还有一部分留在哥廷根，但是市政管理已经移交给英国。我们就去找所谓军政府，见到英军上尉沃特金斯（Watkins），他非常客气，答应帮忙。我们定好10月6日起程。到了这一天，来了一辆车，司机是一个法国人，一位美军少校陪我们去。据他自己说，他是想借这个机会去游一游瑞士。美国官兵只有在服役一定期间以后，才有权利到瑞士去逛，机会是并不很容易得到的。这位少校不想放弃这个机会，于是就同我们同行了。

离开哥廷根的共有六个中国人：张维一家三人，刘先志一家二人，加上我一人。

我们经过了一些紧张激动的场面，在车上安顿好，车子立即开动，驶上了举世闻名的国家高速公路。我回头看了哥廷根一眼，一句现成的唐诗立即从我嘴里流出："客树回看成故乡。"哥廷根的烟树入目清新，但是汽车越开越快，终于变成了一团模糊的阴影，完全消逝不见了。

我此时心里面已经完全没有余裕来酝酿离情别绪，公路两旁的青山绿水吸引住了我的全部注意力。德国全国树木茂密，此时正是金秋天气，虽经过六年的战火，但山林树木并没有受到损失，依然蓊郁茂盛。我以前在哥廷根每年都看到的斑斓繁复的秋林景色，如今依然呈现在我眼前，只不过随着汽车的行进而时时变换，让人看了怡情悦目。然而一旦进入一个比较大一点的城市，则又是一片断壁颓垣，让人看了伤心惨目。这种一会儿高兴一会儿又伤心的心情，如大海波涛，腾涌不定。我又信口吟出了两句诗：

无情最是原上树，依旧红霞染霜天。

从中可见我的心情之一斑。

因为我们离开哥廷根时已经快到中午了。我们的车子开到法兰克福时，天已经晚下来了，我们只能在这里住宿。也许陪我们的那一位美军少校一开始就打算在这里过夜的，因为这里是全德美军总部所在地，食宿条件都非常有利。我们住在一家专门为美国军官预备的旅馆里，名字叫四季旅馆。旅馆里管事的美国人非常和气，给我们安排了一顿多少年来没有吃过的丰盛的晚餐，大快朵颐。要知道，此时我们都是无钱阶级，美国钞票我们没有，德国钞票好像已经作废，我们是身无分文，而竟受到如此优待，真不能不由衷地感激。美国人好动成性，活泼有余，沉稳不足。这旅馆里也并不安静。然而我们的心情是愉快的，过了一个非常舒适的夜晚。

第二天一大早，我们就上车出发。我现在把1945年10月7日的日记抄在下面：

> 八点多开车，顺着 Reichsautobahn（国家公路）向南开。路上没经过多少城市，连乡村都很少。因为这条汽车路大半取直线。在 Mannheim（曼海姆）城里走迷了路，绕了半天弯子，才又开出城去。这座大城也只剩了断瓦残垣。从 Heidelberg（海德堡）旁边绕过，只看到远处一片青山。走进法国占领区，第一个令人注意的地方就是汽车渐渐少了。法国兵里面的真正法国人很少，大半是黑人，也有黄人。黄昏时候，到了德瑞边境。通过法国检查处，以为一帆风顺。到了瑞士边境，因为入境证成问题，交涉了半天，又回到德国 Lönach（勒纳赫），在一个专为法国军官预备的旅馆里住下。

这就是我在德国境内最后一天的情况。满以为"一帆风顺"，实际上却是一帆不顺，在边境上搁了浅，进退两难，我们心里之焦急，可以想见。

第二天早晨，我们又回到瑞士边境，同中国驻瑞士使馆以及我的初中同学张天麟通了电话。反正我们已经来到这里，义无反顾，想反顾也是不可能的。我们虽无釜可破，无舟可沉，也只能以破釜沉舟的精神，背水一战，再没有第二条出路了。我们总算走运，瑞士方面来了通知，放我们入境。我们这一群中国人当然兴高采烈。但是陪我们来的美国少校和给我们开车的法国司机，却无法进入瑞士。我们真觉得十分抱歉，觉得非常对不起他们。但又无能为力，只有把我们随身携带的一些中国小玩意儿送给他们，作为纪念，希望今后能长相思不相忘。我们自知这也不过是欺人之谈。人生相逢，有时真像是浮萍与流水，稍纵即逝。我们同这一位美国朋友和法国朋友，相聚不过两天，分手时颇有依依难舍之感，他们的面影会常留在我们的记忆中。

我们终于告别了德国，进入了瑞士。

三三　在弗里堡（Fribourg）

对于瑞士，我真可以说是久仰久仰了。我从很小的时候起，就看到了许多瑞士风景的照片或者图画。我大为吃惊，那里的山色湖光，颜色奇丽，青紫相间，斑斓如画，宛如阆苑仙境。我总怀疑，这些都是出自艺术家的创造，出自他们的幻想，世间根本不可能有这样匪夷所思奇丽如幻的自然风光。

今天我真的亲身来到了瑞士。初入境时，我只能坐在火车上，凭窗观赏。我又一次大为吃惊，吃惊的是，我亲眼看到的瑞士自然风光，其美妙、其神奇、其变幻莫测、其引人遐思，远远超过了我以前看到的照片或者图画。远山如黛，山巅积雪如银，倒影湖中，又氤氲成一团紫气，再衬托湖畔的浓碧，形成了一种神奇的仙境。我学了半辈子语言，说了半辈子话，读了半辈子中西名著，然而，到了今天，我学的语言，我说的话，我读的名著，哪一个也帮不了我。我要用嘴描绘眼前的美景，我说不出；我要用笔写出眼前的美景，我写不出。最后，万不得已，我只能乞灵于《世说新语》中的人物，徒唤"奈何"了。我现在完全领悟到，这绝非出自艺术家的创造、出自他们的幻想。不但如此，我只能说，他们的创造远远不够，他们的幻想也远远不足。中国古诗说："意态由来画不成，当时枉杀毛延寿。"瑞士山水的意态又岂是人世间凡人艺术家所能表现出的呢!我现在完全不怪那些艺术家了。

离开哥廷根时，我挨饿挨怕了，一旦被蛇咬，三年怕井绳，我的心情正是这样。我把我保存的几块黑面包，郑重地带在身上，以备路上不时之需。然而在路上虽然待了两天，面包竟没有用上。上了瑞士的火车，我觉得黑面包的历史使命已经完成，瑞士变成了它的"无用武之地"了，它没法用武了。我想遵照我们的"国法"（中国的办法也），从车窗里丢出去，让瑞士的蚂蚁——不知道它们肯不肯吃这种东西？——去会餐吧。于是我一方面凭窗欣赏窗外的青山绿水，一方面又低头看铁路两旁的地上，想找一个有点垃圾不太洁净的地方，为我的面包寻一个归宿之地。但是，我找呀，看呀，看呀，找呀，从边境直到瑞士首都伯尔尼，竟没有找到哪怕是一片有点垃圾有点纸片的地方。我非常"失望"，也非常吃惊，手里攥着那块德国黑面包，下了火车。

在车站上，有我的老朋友张天麟、牛西园和他们的小儿子张文，以及使馆里的什么人，来迎接我们。我们到了张家，休息了一会儿，就到中国驻瑞士公使馆去报到。见到了政务参赞王家鸿博士，他是留德老前辈，所以谈话就比较融洽、投机。他把10月份的救济费发给我们，谈了谈国内的情况。他大概同哥廷根那位姓张的一样，身上有点"蓝气"。这与我们无关，我们不去管它。国民党政府指令瑞士使馆，竭尽全力，救济沦落在欧洲的中国留学生，其用意当然如司马昭之心，人皆知之。这个我们也不去管它，我们是感激的。使馆为了省钱，把我们介绍到离伯尔尼不远的弗里堡的一所天主教设立的公寓里去住。对此我们也都没有异议，反正能有地方住，我们就很满足了。

当天晚上，我们就乘车来到弗里堡。

我们住的公寓叫圣·朱斯坦公寓，已经有几个中国学生住在这里，都是老住户。其中一位是天主教神父，另外三位有的信天主教，有的也不信。他们几位都到车站去迎接我们。从此我就在这里做了几个月的寓公。

弗里堡是一座非常小的城市。人口只有几万人，却有一所颇为知名的天主教大学，还有一个藏书颇富的图书馆，也可以算是文化城了。瑞士是一个山国，弗里堡更是山国中的一个山城。城里面地势还算是比较平坦，但是一出城，有的地方就有悬崖峭壁，有的高达几十米或者更高。在相距几十米上百米的两个悬崖之间，往往修上一条铁索桥，汽车和行人都能从上面通过。行人走动时，桥都摇摇晃晃；汽车走过，则全桥震动，大有地动山摇之势。从桥上往下看，好像是从飞机上往下看一样，令人头昏目眩。

这地方的居民绝大多数是讲法语的。但是我在农村里看到一些古老的建筑，雕刻在柱子或窗子上的却是德文。我猜想，这地方原是德语区，后来不知由于什么原因，说德语的人迁走了，说法语的人迁了进来。瑞士本来就是一个多民族国家，官方语言就有德文、法文、意大利文三种，因此瑞士人多半都能掌握几种语言。又因为瑞士是世界花园，是旅游胜地，英文在这里也流行。在首都伯尔尼大街上卖鲜花的老太婆也都能讲几种语言，这都不算是什么新鲜事儿。

在我住的公寓里，也能看出这种多语言、多民族的现象。公寓的老板是讲法语的沙利爱神父。而管理公寓的则是一位讲德语的奥地利神父。此人个子极高，很懂得幽默。一见面他就说："年幼长身体的时候，偶一不小心，忘记了停止长，所以就长得这么高！"在天主教里面，男神父有很大的自由，除了不许结婚以外，其他人世间的饮食娱乐，他都能享受，特别是酒，欧洲许多天主教寺院都能酿造极好的酒。相对之下，对于修女则颇多限制，行动有不少的不自由。

既然是天主教开办的公寓，里面有一些生活习惯颇带宗教色彩。最突出的是每顿饭前必祷告。我非教徒，但必须吃饭，所以每次就餐前，吃饭的人都站在餐桌前，口中念念有词，我不知道他们念的是什么，但也只能奉陪肃立。好在时间极短，等教徒们感谢完了上帝，我这个非教徒也可以叼光狼吞虎咽了。

公寓老板沙利爱神父大概很有点活动能力。我到后不久，他就被梵蒂冈教廷任命为瑞士三省大主教。为了求实存真起见，我现在把当时写的日记摘抄几段：

留德十年

1945 年 11 月 21 日

吃过早点就出去。因为今天是新主教 Charriere
（沙利爱）就职的日子，在主教府前面站了半天，看
到穿红衣的主教们一个个上汽车走了。到百货店去
买了一只小皮箱就回来。同冯、黄谈了谈。十一点
一同出去到城里去看游行。一直到十二点才听到远
处音乐响，不久就看到兵士和警察，后面跟着学生，
一队队过了不知有多久，再后面是神父、政府大员、
各省主教。最后是教皇代表、沙主教，穿了奇奇怪
怪的衣服，像北平的喇嘛穿了彩色的衣服在跳舞捉
鬼。快到一点，典礼才完成。

一个多月以后，在1945年12月25日，我又参观了沙大主教第一
次主持大弥撒。我从那一天的日记中摘抄一段：

今天沙主教第一次主持大弥撒，我们到了
St. Nicolas 大教堂，里面的人已经不少了。停了不
久，仪式也就开始了。一群神父把沙主教接进去，
奏乐、唱歌、磕头，种种花样。后来沙主教下了祭
坛，到一个大笼子似的小屋子里向信众讲道。讲完，
又上祭坛。大弥撒才真正开始，仍然是鞠躬、唱歌、
磕头，种种花样，一直到十一点半才完。

以上是我这样一个教外人士对瑞士天主教的一点具体的印象
和回忆。在这以前或以后，我都同天主教没有任何接触。同住

在圣·朱斯坦公寓的一位田神父，同我长谈过几次关于宗教信仰和上帝的问题，看样子是想"发展"我入教。可惜我是一个没有任何宗教细胞，也可以说没有任何宗教需要的俗人，辜负了他的一片美意。新中国成立后，我在北京见到他，他已经脱下僧装换俗装，成家立业了。我们没有再长谈，没有问他究竟是怎么一回事，也不便问他。我只慨叹人生变化之剧烈了。

在弗里堡我还有很多值得回忆的事，其中最突出的是认识了几个德国和奥国学者，当然都是说德语的。首先要提到的是弗里茨·克恩（Fritz Kern）教授。他原来是德国一所大学——记得是波恩大学——的历史教授，思想进步，反对纳粹，在祖国待不下去了，被迫逃来瑞士。但是在这里无法找到一个大学教席，瑞士又是米珠薪桂的地方，他的夫人在无可奈何的情况下，到弗里堡附近一个乡村神父家里去当保姆。这位神父脾气极怪，又极坏，村人给他起了一个绰号，叫Tempête（暴风雨），具体形象地说明了他的特点，脾气一发，简直如暴风骤雨。在这样一个主人家里当保姆，会是什么滋味，一想就会明白。然而为了糊口养家，在德国一般都不工作的教授夫人，到了瑞士，在人屋檐下，焉得不低头，也只有忍辱吞声了。教授年纪已经过了五十，但是精力充沛，为人豪爽，充分表现出日耳曼人的特点。我们萍水相逢，可以说是一见如故。有一段时间，我们俩几乎天天见面，共同翻译《论语》和《中庸》。他有一个极其庞大的写作计划，要写一部长达几十卷的《世界历史》，把中西各国的历史、文化等等从比较历史学和比较文化学的观点上彻底地探讨一番。研究中国的经典也是为这个庞大计划服务的。他的学风常常让我想到德国历史上那一些 Universalgenie（多学科巨匠）。我有时候跟他开玩笑，说他幻想过多，他一笑置之。他有时候说我太 Kritisch（批判严格），我当然也不以为忤。由此可见我们之间关系之融洽。他夫妇俩都非常关心我的生活。我在德国十年，没有钱买一件好大衣，到瑞士时正值冬天，我身上穿的仍然是十一年前在中国买的大衣，既单薄，又破烂。他们讥笑称之为 Mäntelchen（小大衣）。教授夫人看到我的衣服破了，给我缝补过几次，还给我织过一件毛衣。这一切在我这个背井离乡漂泊异域十年多的游子心中产生什么情感，大家一想就可以知道，用不着我再讲了。在1945年11月20日的日记里，有下面一段话：

> Prof. Kern（克恩教授）劝我无论如何要留下。我同他认识才不久，但我们之间却发生了几乎超过师生以上的感情，对他不免留恋。他也舍不得我走。我只是多情善感，当然有痛苦。不知为什么上天把我造成这样一个人？

可见我同他们感情之深。他们夫妇成了我毕生难忘的人。我回国后还通过几次信，后来就"世事两茫茫"了。至今我每次想到他们，心里就激动、怀念，又是快乐，又是痛苦，简直是酸甜苦辣，说不清是什么滋味了。

其次我想到的是几位奥国学者 W. 施米特（Schmidt）、科伯斯（Koppers）等，都是天主教神父。他们都是人类学家，是所谓维也纳学派的领导人。第二次世界大战爆发，奥国很早被德国纳粹吞并，为了躲避凶焰，他们逃来瑞士，在弗里堡附近一个叫作弗鲁瓦德维尔（Froideville）的小村里建立了根据地，有一个藏书相当丰富的图书馆。这一学派的许多重要人物也都来这里聚会，同时还接待外国学者，到这里来从事研究工作。我于1945年10月23日首次见到克恩教授，是在圣·朱斯坦公寓的主任诺伊维尔特（Neuwirth）的一次宴会上。第二次见面就是两天后在弗鲁瓦德维尔的这个研究所里。两次都见到了科伯斯教授，第二次见到施米特教授和一位日本学者名叫沼泽。施米特曾在中国北京辅仁大学教过书，他好像是人类学维也纳学派的首领，著作等身，对世界人类语言的分类有自己的一套体系，在世界学人中广有名声。我同这些人来往，感觉最深刻的是他们虽是神父，但并没有"上帝气"，研究其他宗教，也颇能持客观态度。我以为，他们算得上学者。

由于克恩教授的介绍，我还认识了一位瑞士银行家兼学者的萨拉赞（Sarasin）。他是一位亿万富翁，但是颇爱学问，对印度学尤其感兴趣，因此建立了一个有相当规模的印度学图书馆，欢迎学者使用他的图书。大概就是由于这个原因，克恩教授介绍我去拜访他。他住在巴塞尔，距弗里堡颇远。我辗转搭车，到了巴塞尔，克恩教授在那里等我。我们一同拜访了萨拉赞，看了看他收藏的图书。在世界花园中，有这样一块印度学的园地，颇为难得。他请我们喝茶，吃点心。然后告辞出来，到一个在中国住过多年的牧师名叫热尔策（Gelzer）的家里去，他请我们吃晚饭。离开他家时已经比较晚了，赶到车站，一打听，知道此时没有到弗里堡的直达通车。我没有法子，随便登上了一辆车。反正瑞士是一个极小的国家，上哪一趟车都能到达目的地。但是，我初来乍到，对瑞士并不熟悉。上了车以后，我不辨南北东西，晕头转向。车窗外一片黑暗，什么都看不见。但是，我知道，那些旖旎到神奇程度的山林湖泊，仍然是存在的，也许比白天还更要美丽，只是人们看不到而已。车厢内则是灯火通明，笑语不绝。我自己仿佛变成了漫游奇境的爱丽丝，不像是处在人的世界中，碰巧我邻座有一位讲德语的中年男子，我连他的姓名，国籍都没有来得及询问，便热烈地交谈起来，三言两语，仿佛就成了朋友。不知怎么一来，我就讲到了弗里堡的沙利爱神父已升任三省大主教。这一下子仿佛踏了我那新朋友的脚鸡眼，他立刻兴奋起来，自称是新教徒，对天主教破口大骂，简直是声震车顶。我什么教都不信，对天主教和新教更是一个局外人。我无从发表意见。他见我并不反对，于是更为兴奋。火车在瑞士全国转了大半夜之后，终于在弗里堡站停了车。我不知道我那位新朋友是到哪里去。他一定要跟我下车，走到一个旅馆里，硬是要请我喝酒。我不能喝酒，但是盛情难却，陪他喝了几杯，已经颇有醉意，脑袋里糊里糊涂地不知怎样回到了房间，纳头便睡。醒了一睁眼，"红日已高三丈透"，我那位朋友仿佛是见首不见尾的神龙，消逝到不知什么地方去了。我回到了圣·朱斯坦公寓，回想夜间的经历似有似无、似真似假，难道我是做了一个梦吗？

三四　同使馆的斗争

南京政府在瑞士设有公使馆。当时最高级的驻外代表机构好像就是公使馆。因为瑞士地处欧洲中心地带，又没有被卷入世界大战，所以这里的公使馆俨然就成了欧洲的外交代表。南京政府争取留学生回国，也就以瑞士作为集中地点。他们派来此地的外交人员级别也似乎特别高。驻瑞士使馆的武官曾一度是蒋介石手下的所谓"十三太保"之一，后来成为台湾当局"海军总司令"的显要人物。

我们在瑞士打交道的就是这个公使馆。

我们于10月9日到了瑞士，当晚就坐火车赶到弗里堡。第二天又回到伯尔尼，晚上参加了使馆举行的庆祝所谓双十节的宴会，到的留学生相当多，济济一堂，来自欧洲的许多国家，大有"八方风雨会中州"之势。我在饥饿地狱里已经待了不少年头，乍吃这样精美的中国饭菜，准备狼吞虎咽，大大地干它一场。然而德国医生告诉过我，人们饿久了，一旦得到充足的食物，自己会失掉饱的感觉，德国第一次世界大战以后就有不少人这样撑死的。我记住了这些话，随时警惕，不敢畅所欲吃，然而已经解馋不少了。

从这以后，我住在弗里堡，不常到使馆里去，但是逐渐从老留学生嘴里知道了使馆内部的一些情况。内部人员之间有矛盾，在国民党内部派系复杂的情况下，这是完全不可避免的。但是，使馆又与留学生有矛盾。详情不得而知，只听说有一次一些留学生到使馆里去闹，可能主要也是由于经济问题，大概闹得异常厉害，连电话线都剪断了。使馆里一位秘书之类的官员，从楼上拿着手枪往下跑，连瑞士警察也被召唤来了。由于国际惯例，中国使馆是属于中国的，瑞士人不能随便进去，因此请来的警察只能待在馆外作壁上观，好像中国旧小说里常讲到的情况。这场搏斗胜败如何，我没有兴趣去仔细打听。但是却对我们产生了影响：我们于必要时何不也来仿效一下呢？

这样的时机果然来了，起因也是经济问题。使馆里有一位参赞原是留德学生，对我们刚从德国来的几位学生特别表示好感。他大概同公使有点矛盾，唯恐天下不乱，总想看公使的笑话。有一天他偷偷告诉我们，南京政府又汇来了几十万美元，专用作救济留欧学生之用，怂恿我们赶快去要钱。我们年少气盛，而且美元也绝不会扎手，于是就到使馆去了。最初我们还是非常有礼貌的，讲话措辞也很注意。但是，一旦谈到了我们去的主要目的"要钱"，那位公使脸上就露出了许多怪物相，一味支吾，含糊其词。我在1945年11月17日的日记上写了我对他的印象：

> 这位公使是琉璃蛋，不成问题，恐怕已经长出腿来了。虎文说他说话不用大脑。我说他难得糊涂。

这应该说不是好印象。他一支吾，我们就来了火气。我们直截了当地告诉他，国内已经汇来了美元，这一点我们完全知道，瞒也瞒不住。此时，他脸上勃然变色，似乎有点出汗的样子，他下意识地拉开抽屉，斜着眼睛向里面瞧。我猜想，抽屉里不是藏的美钞，就是藏的账本。不管他瞧的是什么，都挽救不了他的困境。最后，他答应给我们美元。但有一个要求，希望我们不要告诉别的留学生，不要张扬。我们点头称是，拿了美钞，一走出使馆，我们逢人便说。这是一种什么心理呢？当时没有仔细分析。说是唯恐天下不乱吧，有点过分；恐怕只是想搞一点小小的恶作剧，不让那位公使太舒服了，如此而已。

在瑞士期间，我听了很多使馆的故事或者传说。有人告诉我，在一个瑞士人举办的什么会上，中国公使被邀参加并且讲话。按外交惯例，他应该用中文发言，让译员翻译成德语或者法语，二者都是瑞士国语。但是，我们的公使大人，大概想露一手，亲自用德文讲话。如果讲得好，讲得得体，也未可厚非。可是他没有准备好讲稿，德语又蹩脚，这样必然会出洋相的。特别是他在讲话中总是说"das，das，das"，瑞士人莫名其妙，大为惊愕。中国人士最初也是丈二和尚摸不着头脑，后来恍然顿悟：我们公使大人是在把中国讲话时一时想不起要讲什么话，只好连声说"这个，这个，这个"，翻译成了德文。这样的顿悟，西方人士是无论如何也不会有的。中国人有福了。

我还听人说，在使馆的一次招待会上，有一位使馆里的什么官员，同我们一样，鼻梁儿不高，却偏喜欢学西方高鼻梁儿人士，戴卡鼻单面眼镜，大概认为这样才有风度。无奈上帝给中国人创造了低鼻梁儿，卡鼻眼镜很难卡得住。于是这一位外交官只好皱起眉头，才能勉强把眼镜保留在鼻梁儿上。稍一疏忽，脸上一想露笑容，眼镜立即从鼻梁儿上滑落。就这样，整个晚上，这一位自命有风度的外交官，皱着眉头，进退应对于穿笔挺的燕尾服的男士们和浑身珠光宝气的女士们之间。真是难为了他！无独有偶，在同一个招待会上，我们的武官，大概是什么少将之类，把自己得到的一枚勋章别在军服的胸前，以显示威风。但是，这一枚小小的勋章偏不听话，偏要捣蛋，总把背面翻转向前。这当然会减少威风的分量，是我们的武官决不能允许的。于是，整个晚上，他就老注意这枚勋章，它一露出背面，他总要把它翻转过来。我个人没有这个眼福，我没有亲眼看到这一幕精彩的表演。你试闭眼想上一想：在一个庄严隆重的外交招待会上，作为主人的官员和武官，一个紧皱眉头，一个不停地翻转勋章。这是一种什么样的景象，你能不哑然失笑吗？

其余的传言还很多，我不再讲述了。

我们与之打交道的就是这样一个使馆。我真是大开了眼界，增长了见识。最重要的是，我们从中获得一个非常宝贵的经验：对付南京派出来的外交官，硬比软更有效果。我们交涉从瑞士到法国去的用费和交通工具时，就应用了这个经验，而且取得了成功。

三五　从瑞士到法国马赛

我们要求使馆：我们人乘坐火车，而我们的行李则用载重汽车从瑞士运到法国马赛。我们的条件一一实现。但是，我们的行李并不太多，装上载重几十吨重的大汽车，连一层都没有摆满，从远处看，几乎看不到上面有行李，空荡荡的，滑稽可笑。

然而我们却管不了那样多。行李一装上车，我们就逍遥自在，乘火车到日内瓦玩了几天，然后又上火车，驶向法国，时间是1946年2月2日。在过境的时候，海关检查颇严，因为当时从瑞士偷运手表到法国去，是极为赚钱的勾当。我们随身携带的几只箱子，如果一一打开，慢慢腾腾地检查，则"俟河之清，人寿几何"？连火车恐怕都要耽误了。我们中间的一个人，在紧张忙乱中，糊里糊涂地从口袋里摸出了一个瑞士法郎硬币，只是一个法郎，不值几个钱。我正大吃一惊地等待检查员发火的时候，然而却出现了奇迹，那个检查员把那个瑞士法郎放入自己的口袋，在我们所有的箱子上用粉笔画了一些"鬼画符"，我们就通过了。

我是第一次到法国来，当然是耳目为之一新。到了终点站马赛，我更注意到，这里街上的情景同瑞士完全不同。法国这个国家种族歧视比英美要轻得多。我在德国十年，没看见过一个德国妇女同一个黑人挽着臂在街上走路的。在法西斯统治下，那是绝对不可能的。到了瑞士，也没有见过。现在来到马赛，到处可以看到一对对的黑白夫妇，手挽手地在大街上溜达。我的精神一恍惚，满街都是梨花与黑炭的影像，黑白极其分明，我真是大开眼界了。法国人则是"司空见惯浑无事"，怡然自得。

我在这里生平第一次见海。我常嘲笑自己：一个生在山东半岛上、留洋十年而没有见过海的人，我恐怕是独一份儿了。现在我终于洗刷掉这个嘲笑，心里异常兴奋。而大海那种波涛汹涌、浑茫无际的形象，确使我振奋不已。"乾坤日夜浮"是杜甫描写洞庭湖的诗句。这位大诗人大概也没有见过海，否则他会把这样雄浑的诗句保留给大海的。

我们拿着美军在德国哥廷根开给我们的证明文件，到此地管理因战争而抛乡离井的人们的办事处去交涉。他们立刻给我们安排了住处，是一个大仓库，虽简陋但洁净，饭食也还可以。最让我们高兴的是，管理人员全是德国战俘，在说话方面再也不会发生 Demain deux jours 那样的笑话了。

但是，我们不能满足。我们要去找此地的南京派来的总领事馆。我们同这一批人打交道，已经有了瑞士的经验：硬比软强。我们如法炮制，果然神效非凡。我们离开了大仓库，搬进了一个旅馆。我们要求乘船回国，而且一定要头等舱。总领事条条答应，皆大欢喜。我们在马赛从1946年2月2日住到2月8日。事情办妥了，心情轻松了。我们天天到海边上去玩，在大街上买橘子、吃小馆，逍遥自在，快活似神仙。

三六　船上生活

我们终于在2月8日晚上上了船。船名叫 Nea Hellas，排水量一万七千吨，在当时算是很大的船。据说，这艘巨轮是英国所有，被法国租来运送法军到越南去镇压当地的老百姓的。所以，船上的管理和驾驶人员全是英国人，而乘客则几乎全是法国兵，穿便衣的乘客微乎其微，八名中国人在其中竟占了很大的比例。我们分住在两个房间里，里面的设备不能说是豪华，但是整洁、舒适，我们都很满意。船上的饭是非常丰富而美好的，我在日记里多次讲到这一点。总之，上船以后，一切都比较顺利。

　　但是也曾碰到过不顺利的事情。有一天，我们在最高层的甲板上观望海景。一位英国船员忽然走向我们，告诉我们说，只有头等舱的旅客才能走上最高层。我们大吃一惊，仿佛当头挨了一棒："驻马赛的中国总领事亲口答应我们买头等舱的船票的！"因为当时战争才结束不久，一切都未就绪，这一条船又是运兵的船，从船票上看不出等次。我们自认为是头等舱乘客，实际上并不是。马赛斗争我们自认为是胜利者，焉知那一位总领事是老狐狸，他轻而易举地就把我们这些"胜利者"蒙骗了。我们又气又笑，笑自己的幼稚，吃一堑长一智，我们又增加了一番阅历。但是，为了中国人的面子，最高层我们绝不能不上。我们自己要掏钱改为头等舱，目的就为了争这一口气，我们到船长办公室去交涉，不知道是哪里来的灵感，那位船长一笑，不要我们补钱，特批准我们能上最高层甲板，皆大欢喜。从此顺顺利利地在船上过了将近一个月。

　　但是，在顺利中也不会没有小小的麻烦。英国人是一个诚实严肃的民族，有过多的保守性，讲究礼节。到船上餐厅里去吃饭，特别是晚饭，必须穿上燕尾服。我们是一群穷学生，衣足蔽体而已，哪里来的什么这尾那尾的服装。但是规定又必须遵守，我们没有办法，又跑了去找船长。他允许我们，只需穿着整洁，打好领带，穿好皮鞋，就可以进餐厅了。我们感激他这一番盛情，"舍命陪君子"，尽上最大的努力打扮自己。最初，因为天气还不太热，穿上笔挺的西装，把天花板上的通气孔尽量转向自己，笔直地坐在餐桌前，喝汤不出声，刀叉不碰响，正正经经，规规矩矩，吃完一顿饭，已经是汗流浃背、筋疲力尽了，回到房间，连忙洗澡。这样忍耐了一些时候，船一进入红海，天气热得无法形容，穿着衬衫，不走不动，还是大汗直流，再想"舍命"也似乎无命可舍了。我们简直视餐厅为畏途，不敢进去吃饭。我们于是同餐厅交涉，改在房中用餐，这个小小的磨难才算克服。

船上当然不全是磨难，令人愉快的事情还是很多很多的。首先是冷眼旁观船上的法国兵。船上究竟有多少法国兵，我并不清楚，大概总有几千人，而且男女都有，当然女兵在数目上远远少于男兵。法国人是一个愉快、喜欢交际的民族。有人说，他们把心托在自己手上，随时随地交给对方。同他们打交道不像德国人和英国人那样难。一见面，说不上三句话，似乎就成了老朋友，船上年轻的男女法国兵都是这样。他们和她们都热情活泼，逗人喜爱。他们之间，搂搂抱抱，打打闹闹，没有人觉得很奇怪。只有在晚上，我们有时候会感到有点不方便。我们在甲板上散步，想让海风吹上一吹，饱览大海的夜景，这无疑也是一种难得的福气。可是在比较黑暗的角落里，有时候不小心会踩上躺在甲板上的人，不是一个，而是两个，当然是一男一女。从此，我们实在觉得非常抱歉，非常尴尬。而被踩者却大方得很，他们毫不在意，照躺不误。我们只好加速迈步，逃回自己的房间。房间内灯火通明，外面在甲板上黑暗中的遭遇，好像一下子消逝，只剩下零零碎碎的回忆的片断了。

我认识了一位法国青年军官。不知道他的军阶。瘦癯的身材，清瘦的面孔，一副和气的模样。他能说英语，我们就有了共同的语言。我们经常在甲板上碰头，交谈，一起散步，谈到各式各样的问题，彼此没有戒心，可以说是无话不谈。他常常用轻蔑的口吻讽刺法国军队，说官比兵多，大官比小官多。对晚上我们碰到的情况，他并不隐讳，但也并不赞成。就这样，我们在二十多天内，仿佛成了非常要好的朋友，他真仿佛把托在手掌上的心交给我了，我感到非常愉快。

至于法国兵同英国船员之间的关系，我看是非常融洽的。他们怎样接触，我没有看到，不敢瞎说。我亲眼看到的事情也有一些，其中给我印象最深的是法国兵与英国管理人员之间的拳击比赛。这种比赛几乎都放在晚上，在晚饭后，在轮船最前端的甲板上，摆下了战场，离船舷只有一两米远。船舷下面几十米的深处，浪花翻腾，汹涌澎湃之声洋洋乎盈耳。海水深碧，浩渺难测，里面鱼龙水怪正在潜伏，它们听到了船上的人声，看到了反映在海面上的灯影，大惊失色，愈潜愈深了，船上则灯火通明，人声鼎沸。英法两国的棒小伙子正在挥拳对击，龙腾虎跃，各不示弱。此时轮船仍然破浪前进，片刻不停。我们离开大陆百里千里，在一望无际的大海上，似乎是一个独立的小世界。我仿佛置身于一个童话或神话中，恍惚间又仿佛是在梦中，此情此景，无论如何也不像是在人间了。

我们的船还在红海里行驶。为什么叫"红海"呢？过去也曾有过这样的疑问，但是没有得到答案，这一次的航行却无意中把答案送给了我。2月19日的日记中有这样一段话：

今天天气真热，汗流不止。吃过午饭，想休息一会儿，但热得躺不下。到最高层甲板上去看，远处一片红浪，像一条血线。海水本来是黑绿的，只有这一条特别红，浪冲也冲不破。大概这就是"红海"名字的来源。我们今天也看到飞鱼。

我想，能亲眼看到这一条红线，是并不容易的。千里航程中只有几米宽不知有多长的一条红线，看到它是要有一点运气的。如果我不适逢此时走上最高层甲板，是不会看到的。我自认为是一个极有运气的人，简直有点飘飘然了。

另外一件事证明我们全船的人都是有运气的。当时第二次世界大战刚刚结束，海上的水雷还没有来得及清除多少，从地中海经过红海到印度洋，到处都是这样。我们这一艘船又是最早从欧洲开往亚洲的极少数的船之一。在我们这一条船之前，已经有几条船触雷沉没了。这情况我们最初虽然并不完全知道，但也有所感觉。为什么一开船我们就被集合到甲板上，戴上救生圈，排班演习呢?为什么我的日记中记载着天天要到甲板上去"站班"呢?其中必有原因。过马六甲海峡以后，一天早晨，船长告诉大家，夜里他一夜没有合眼，这里是水雷危险区，他生怕出什么问题。现在好了，最危险的地区已经抛在后面了。从此以后，他可以安心睡觉了。我们听了，都有点后怕。但是，后怕是幸福的;危险过了以后，才能有后怕，这是尽人皆知的常识。

我们感到很幸福。

在洋溢着幸福感时，我们到了目的地:西贡。

三七　西贡二月

我们于1946年3月7日抵达西贡，在船上过了将近一个月。

西贡并不直接濒海，轮船转入一条大河，要走很长一段路才来到。大河虽然仍然极宽阔，虽然仍然让人想到庄子的话，"秋水时至，百川灌河，泾流之大，两涘渚崖之间，不辨牛马"，但它毕竟已经不是大海了。我们过了那样多天的海上生活，不见大陆，船仿佛漂浮在天上。现在又在大河两岸看到了芦苇，蒹葭苍苍，一片青翠，我们仿佛又回到了人间，感觉到非常温暖，心里热热乎乎的。

但是，登上大陆，也并非事事温暖。下了船，在摩肩接踵人声喧闹的码头上，热闹过了一阵之后，我还没有忘记在船上结识的那一位法国青年军官朋友，我还想同他告别一声。我好不容易在万头攒动的法国官兵中发现了他，怀着一颗热烈的心，简直是跑上前去的，想同他握手。然而他却别转了头，眼睛看向别的地方，根本没有看我。我大吃一惊，仿佛当头挨了一棒，又像给人泼了一头凉水。我最初是愕然，继而又坦然，认为这是当然：现在到了他们的殖民地，他意识到了这一点，必须摆出殖民主义者的架势，才算够谱儿。在轮船上一度托在手掌上的心，现在又收回，装到腔子里去了。我并不生气，只觉得非常有趣而已。

西贡地处热带。我从来还没有在热带待过，熟悉热带风光这是第一次。我们来到的时候在当地算是春末夏初了，骄阳似火，椰树如林，到处蓊郁繁茂，浓翠扑人眉宇，仿佛有一股从地中心爆发出来的生命力，使这里的植物和动物都饱含着无量生机。说到动物，最使我这个北方人吃惊的是蝎虎子（壁虎）之多，墙上爬的到处都是这玩意儿。这种情景我以后只在西双版纳看到过。还有一种大蜥蜴，在不知名的树上爬上爬下，也是我从来没有见过的。我用小树枝打它，它立即变了颜色，从又灰又黄变得碧绿闪光，难道这就是所谓变色龙吗？

此时正是一年雨季开始的时候。据本地人说，每到雨季，每天必定下雨，多半是在下午。雨什么时候开始下，决定于雨季来临时第一天下雨的时间。如果这一天是下午两点开始下雨，则以后每天都是此时开始。暴雨降临前，丽日当空，阳光普照大地，一点下雨的迹象都没有。但是，说时迟，那时快，一转瞬间，彤云密布，天昏地暗，雷电交加，大雨倾盆似的泻下来了。其声势之浩大，简直可以惊天地泣鬼神。大马路上到处溅起了珍珠似的水花，椰子树也都被水冲洗。然而，时隔不久，大雨会蓦地停下，黑云退席，蓝天出台，又是一片阳光灿烂的大地了。

热带的天气必有与之相适应的热带的衣着，这在妇女衣装上更为明显。越南妇女的穿着非常有特点，有点类似中国的旗袍，但都是用白绸子缝制的。唯一的不同之处是开衩极大，几乎一直到腋下。裤子都是用黑绸子缝制的，上白下黑，或者里黑外白，又由于开衩大，所以容易飘动。年轻情女，迎着热带的微风款款走来，白色的旗袍和黑色的绸裤飘动招展，仿佛是黑白大理石雕成的女神像，不是兀立不动，而是满世界游动，真是奇妙的情景！她们身上散布出青春的活力，使整个街道都显得生气勃勃。这是一种东方美，西欧国家是找不到的，越南以外的东方国家也是找不到的。

在这样的热带，稻米一年可以收获三四次，因此大米极为便宜。据说这里没有乞丐，米便宜到每个人都能不费吹灰之力就能吃饱的程度。谋生既然这样容易，在大街上看到的人们颇为闲散，一点急迫的样子都没有。除了下雨以外，人们的活动都在户外。椰子树下，还有其他一些不知名的树下，人们懒洋洋地坐在那里，吸烟、吃茶，聊天，悠然自得。西方什么人有几句话说："世界上什么东西都害怕时间，时间唯独害怕东方人。"我一看到这些人，就想到这几句话，心中不禁暗暗叫绝。

在本地居民中，华人占了不少的比例。特别是在离西贡市中心不太远的堤岸，居民几乎全是华人。在这里的大街上和市场上，来往行走的人是中国人，商店的主人是中国人，挂在外面的招牌写的是中国字，买东西的主顾当然也是中国人。中国人在这里开办了许多小型的工厂，其中碾米厂占大多数。还有一些别的工厂，比如砖瓦厂之类。吃的东西自然是中国风味。有极大的酒楼，也有摆在集市上的小摊，一律广东菜肴。广东腊肉、腊肠等等，挂满了架子。名贵的烤乳猪更是到处都有。从前有人说，食在广州。我看，改为"食在西贡"，也符合实际情况。

这里有几所华人中学，至于小学则数目更多。有华人报纸，华人办的书店，当然也有华人作家，华人文化人。还有华人医院，医生和病人全是中国人。大概因为我们也属于文化人之列，所以来到不久，就同这里的文化人有了接触。他们非常尊敬我们这一批镀过金的留学生，请我们讲演，请我们给报纸写文章，当然也无数次地请我们吃饭，热情令人感动。

他们尊敬我们，可能还有另外一个原因。南京政府派来了一位总领事，下面还有一些领事和副领事，建立了一个规模庞大的总领事馆，管理越南华侨事宜。这实际上成了一个大衙门，继承了过去衙门的几乎所有的弊病。过去中国老百姓有两句话："八字衙门向南开，有理无钱莫进来。"这实在是非常精彩的总结。西贡总领事馆的详细情况，我不清楚，但是，住的日子一久，也就颇有所闻。有些华侨吃了亏，投诉无门，"天高皇帝远"，南京相距万里，他们也只能忍气吞声。我们这一批留学生一到，大概西贡华侨都认为，我们说不定有什么势力强大的后台，我们"有根"，否则怎能留洋镀金呢？于是颇有一些人把我们看成是"青天大老爷"，托我们到领馆里去说这说那。我们本无根无权，也不想干涉此地的内政，有时候见到领馆的官员，有意无意之间说上一点，居然也见了效。西贡华侨信任我们，把友谊送给我们，个别的有求于我们，愿意同我们来往，结果是我们旅店门庭若市、宴会无虚日了。

总领事馆招待我们颇为周到，但并不是一开始就是这样，中间也经过了一场斗争。我们总结了在瑞士同使馆斗争的经验，并且加以利用，证明是行之有效的。在瑞士是如此，在马赛是如此，我们相信，在西贡也将是如此。所以，我们一住进旅馆，就给了领馆一点颜色看。第一次吃饭，看到餐桌上摆的是竹筷。我们说："这不行，必须换象牙筷子！"这有点近于无理取闹，但是，第二次吃饭时，就一律是象牙筷子，在餐桌上闪闪射出白光了。我在这里引两段当时记的日记原文，证明我不是事后吹牛，瞎说一通。1946年3月13日日记中有这样的记载：

> 十点同他们到领事馆去见尹凤藻（总领事）。一直等到十一点，他才回去。一见面，态度非常不客气。我心里大火，向他顶了几句，他反而和气了。这种官僚真没有办法！

挨了一个月，在4月13日，日记中又有这样一段话：

> 早晨六点起来，吃过早点，同虎文、士心、萧到领事馆去，交涉订大中华的舱位。老尹又想狡赖，看我们来势不善，终于答应了。

这两段日记可以具体地说明当时的真实情况。从中我们能够得到很多启发，学习很多东西。

从空间距离上来看，祖国离开我们已经比在万里外的欧洲近得多了，我们也确实感觉到了祖国的气息。这里的华侨十分关心祖国的抗战，同世界其他各地的华侨一样，他们热爱祖国，与祖国的命运息息相关。此时抗战虽然已经胜利，但是在长达八年的浴血抗战中出现的许多新鲜事物，仍然在此地保留着。比如《义勇军进行曲》我就是第一次在西贡听到的。它振奋了我这个远方归来的游子的心，让我感到鼓舞，感到光荣，感到兴奋，感到骄傲。觉得从此可以挺起腰板来做人了。有一次，我在一个中学里讲演，偶尔提到了蒋介石的名字，全场忽的一声全体起立。我吓了一大跳，手足无所措。后来才知道，当时都是如此，也许是从国内传过来的。但是，后来我回到国内，并没有碰到这种情况，这对我至今还是一个谜。此外，从当地华侨嘴里说的普通话中，我还听到了一新词儿，比如"伤脑筋""搞"等等。都是我离开祖国时还没有出现过的。语言是随时变动的，这些词儿都是变动的产物。

这一些大大小小"新鲜事物"，都明确无误地告诉我说，我离祖国不远了，祖国就在我的身边了，我心里感到异常的前所未有的温暖。

三八 从西贡到香港

我们于1946年4月19日离开西贡，登上了一艘开往香港的船。这一条船相当小，不过一千多吨，还不到 Nea Hellas 的十分之一，设备也比较简陋。我们住的是头等舱，但里面并不豪华。至于二等舱、三等舱，以至于统舱，那就更不必说了。

我们的运气也不好，开船的第二天，就遇上了大风，是不是台风，我忘记了，反正风力大到了可怕的程度。我们这一条小船被吹得像海上的浮萍，随浪上下，一会儿仿佛吹上了三十三天，一会儿又仿佛吹下了十八层地狱。但见巨浪滔天，狂风如吼，波涛里面真如有鱼龙水怪翻腾滚动，瞬息万变。仿佛孙大圣正用那一根定海神针搅动龙宫，以致全海抖动。我本来就有晕船的毛病，现在更是呕吐不止，不但不能吃东西，而且胃里原有的那一点储备，也完完全全吐了出来，最后吐出来的只是绿颜色的水。我在舱里待不住了，因为随时都要吐。我干脆走到甲板上，把脑袋放在船舷上，全身躺在那里，吐起来方便。此时我神志还比较清楚，但见船上的桅杆上下摆动，有九十度的幅度。海水当然打上了甲板，但我顾不得那样多了，只是昏昏沉沉地半闭着眼，躺着不动。这场风暴延续了两天。船长说，有一夜，轮船开足了马力，破浪前进，但是一整夜，寸步未动。马力催进一步，暴风打退一步，二者相抵，等于原地踏步了。

风暴过后，我已经两天多滴水未进了。船上特别准备了鸡肉粥。当我喝完一碗粥的时候，觉得其味香美，异乎寻常，燕窝鱼翅难比其美，仙药醍醐庶几近之。这是我生平吃的最香最美的一碗粥，至今记忆犹新。此时，晴空万里，丽日中天，海平如镜，水波不兴。飞鱼在水面上飞驰，像飞鸟一样。远望一片浑茫，不见岛屿，离陆地就更远更远了。我真是顾而乐之，简直想手舞足蹈了。

我们的船于4月25日到了香港。南京政府在这里有一个外交特派员，相当于驻其他国家的公使或者大使。负责接待我们的就是这个特派员公署。他们派人到码头上去接我们，把我们送到一家客栈里。这家客栈设备极其简陋，根本没有像样的房间，同内地的鸡毛小店差不多。分给我们两间极小的房子，门外是一个长筒子房间，可以叫作一个"厅"吧，有二三十平方米，没有床，只有地铺，住着二三十个客人，有的像是小商贩，有的则是失业者。有人身上长疮，似乎是梅毒一类的东西。这些人根本不懂什么礼貌，也没有任何公德心，大声喧哗、随口吐痰、抽劣质香烟，把屋子弄得乌烟瘴气。香港地少人多，寸土寸金，能够找到这样一个住处，也就不容易了。因为我们要等到上海去的船，只能在这样的地方暂住了。

我久仰香港大名，从来没有来过，这次初到，颇有一点新奇之感，然而给我的印象却并不美妙。我在欧洲住了十年多，瑞士、法国、德国等国的大世面我都见过，亲身经历过。四十年代中叶的香港同今天的香港，有相同的地方，就是地少人多，但是不相同的地方却一目了然：那时的香港颇有点土气，没有一点文化的气息，找一个书店都异常困难。走在那几条大街上，街上的行人摩肩接踵，熙熙攘攘。头顶上那些鸽子窝似的房子中闹声极大，打麻将洗牌之声，有如悬河泻水，雷鸣般地倾泻下来；又像是暴风骤雨，扫过辽阔的大原。让我感觉到，自己确确实实是在人间，不容有任何幻想。在当时的香港这个人间里，自然景观，除了海景和夜景以外，几乎没有什么可看的。因为是山城，同重庆一样，一到夜里，万灯齐明，高高低低，上上下下，或大或小，或圆或方，有如天上的星星，并辉争光，使人们觉得这样一个人间还是蛮可爱的。

在这样一个人间里，斗争也是不可避免的。同在瑞士、马赛和西贡一样，这里斗争的对象也是外交代表。我们去见外交特派员郭德华，商谈到上海去的问题。同在西贡一样，船期难定，这就需要特派员大力支持。我们走进他那宽敞明亮的大办公室。他坐在巨大的办公桌后面，威仪俨然，戴着玳瑁框的眼镜，留着小胡子，面团团如富家翁，在那里摆起架子召见我们。我们一看，心里全明白了。俗话说"不打不成相识"，看样子需要给他一点颜色看。他不站起来，我们也没有在指定的椅子上就座，而是一屁股坐到他的办公桌上。立竿见影，他立刻站起身来，脸上也有了笑容。这样一来，乘船的问题就迎刃而解了。

我们心里一块石头落了地，在香港玩了几天，拜访了一些朋友，等候开船的日期。

三九　回到祖国的怀抱

在香港同南京政府的外交人员进行了"最后的斗争"以后，船票终于拿到手了。我们于1946年5月13日上了开往上海的船，走上了回到祖国怀抱的最后的历程，心里很激动。

船非常小，大概还不到一千吨，设备简陋到令人吃惊的程度。乘船回国的留学生中又增添了几个新面孔，因此我们更不寂寞了。此外还有几百个中国旅客挤在这一条小船上，根本谈不到什么铺位。在其他船上，统舱算是最低一级的。在这条船上，统舱之下还有甲板一级。到处都是包裹，有的整齐，有的凌乱，有的包裹里还飘出了咸鱼的臭味。到处都是人，每个人只能有容身之地。霸道者抢占地盘，有人出钱，就能得到。因此讨价还价之声，争吵喧哗之声，洋洋乎盈耳。好多人都抽烟，统舱里烟雾迷腾。这种烟雾，再混乱上人声，形成了一团乌烟瘴气的大合唱。小船破浪前进所激起的海涛声。同这大合唱相比，简直像小巫见大巫，有时候连听都听不见了。

我们住在头等舱和二等舱里的几个留学生，是船上的"特权阶级"。不管外面多么脏、多么乱，只要把门一关，舱内还能保持干净和安静。但是，有时我们也需要呼吸点新鲜空气，此时，我们必须走到甲板上去，只需走几步路就行。可这几步路就成了一个艰难的历程。在沙丁鱼的人丛里，小心翼翼地走出一条路是并不容易的。到了外面甲板上，我忽然在横躺竖卧的人丛中发现了那一位同我们一起上船的在比利时或法国留学的女生。只见她此时紧闭双眼，躺在那里，不吃不喝，不转不动。有人跨过她的身躯走路，她似乎不知不觉；有人不小心踩到她身上，她似乎不知不觉；有人提水水滴到她脸上，她仍然似乎不知不觉，连眉毛都不眨一眨。她是睡着了呢，抑或是醒着呢?我不得而知。她就这样一连躺了几天，一直躺到上海，我真是吃惊不小。我知道，她是学数学的，是一个非常虔诚的天主教徒。从她的表情来看，我总疑心，她当过修女。不管怎样，她心中一定有自己的上帝，否则她在船上的这一番功夫无论如何也是难以理解的。

　　我是一个俗人，心中没有上帝。我不想躺在那里一动不动。我要活动，我要吃要喝，我还要想。在这时候，祖国就在我前面，我想了很多很多。将近十一年的异域流离的生活就要结束了。这十一年的经历现在一幕一幕地又重新展现在我的眼前，万千思绪一时涌上心头。我多么希望向祖国母亲倾诉一番呀!但是，我能说些什么呢? 十一年前，少不更事，怀着一腔热情，毅然去国，一是为了救国，二是为了镀金。原定只有两年，咬一咬牙就能够挺过来的。但是，我生不逢时，战火连绵，两年一下子变成了十一年。其间所遭遇的苦难与艰辛，挫折与委屈，现在连回想都不愿意回想。试想一想，天天空着肚子，死神时时威胁着自己，英美的飞机无时不在头顶上盘旋，死神的降临只在分秒之间。遭万劫而幸免，实九死而一生。在长达几年的时间内，家中一点信息都没有。亲老、妻少、子幼。在故乡的黄土堆里躺着我的母亲。她如有灵，怎能不为爱子担心！所有这一切心灵感情上的磨难，我多么盼望能有一天向我的祖国母亲倾诉一番。现在祖国就在眼前，倾诉的时间来到了，然而我能倾诉些什么呢？

我不能像那位虔诚的天主教徒一样，躺在那里死死不动。我靠在船舷上，注目大海中翻滚的波涛，我心里面翻滚得比大海还要厉害。我在欧洲时曾几次幻想，当我见到祖国母亲时，我一定跪下来吻她、抚摩她，让热泪流个痛快。但是，我遇到了困难，我心中有了矛盾，我眼前有了阴影。在西贡时，我就断断续续从爱国的华侨口中听了一些关于南京政府的情况。到了香港以后，听得就更具体、更细致了。在抗战胜利以后，政府中的一些大员、中员和小员，靠裙带、靠后台、靠关系、靠交情、靠拉拢、靠贿赂，乘上飞机，满天飞着，到全国各地去"劫收"。他们"劫收"房子、"劫收"地产、"劫收"美元、"劫收"黄金、"劫收"物资、"劫收"仓库，连小老婆姨太太也一并"劫收"，闹得乌烟瘴气，民怨沸腾，其肮脏程度远非《官场现形记》所能比拟。所谓"祖国"，本来含有两部分：一是山川大地；一是人。山川大地永远是美的，是我完完全全应该爱的；但是这样的人，我能爱吗？我能对这样一批人倾诉什么呢？俗语说："孩儿不嫌娘丑，狗不嫌家贫。"我的娘一点也不丑。可是这一群"劫收"人员，你能说他们不丑吗？你能不嫌他们吗？

我心里的矛盾就是这样翻腾滚动。不知不觉，船就到了上海，时间是1946年5月19日。我在日记中写道：

上海，这真是中国地方了。自己去国十一年，以前自己还想象再见祖国时的心情。现在真正地见了，但觉得异常陌生，一点温热的感觉都没有。难道是自己变了么，还是祖国变了呢？

　　我怀着矛盾的心情踏上了祖国的土地，心里面喜怒哀乐，像是倒了酱缸一样，不知道是什么滋味。

　　十年一觉欧洲梦，赢得万斛别离情。

　　祖国母亲呀！不管怎样，我这个海外游子回来了。

余音袅袅

　　在德国整整十年，在瑞士、法国和西贡超过半年，这将近十一年的回忆就写完了。

　　写这样的回忆录，并不是轻松愉快的事情。我总共写过两遍。第一遍从1988年3月1日写到4月11日，只是一个草稿；第二遍从1991年1月13日写到5月11日，是完全写成的清稿；这第二稿几乎和第一稿完全不一样，不是抄，而是重写。我为什么要写这篇东西？为什么在相距三年之后又写成清稿？这一言难尽，不去说它也罢。

　　我只说一说写作的过程。这个写作的过程实际上就是回忆的过程，有日记为根据，回忆并不是瞎回忆。不管怎样，我必须把这十一年的生活再生活一遍，把我遇到的人都重新召唤到我的眼前，尽管有的早已长眠地下了；然而在我眼前，他们都仍然是活的。同这些人相联系的我的生活中，酸甜苦辣，五味俱全。我前后两次，在四十天和四个月内，要把十一年的五味重新品尝一遍。这滋味绝不是美好的。我咬紧了牙，生活过来了。但愿以后无须再把以前已经干枯了的快乐与痛苦重新回味。

这是不是意味着今后不再写回忆录了呢？差不多就是这个意思。我个人觉得，我那过去的生命比较平淡，一点英雄业绩也没有。天天舞笔弄墨，想要写的，都已经写完了。这仿佛是一块干橘皮，再也挤不出什么汁水来了。行年八十，能值得记述的东西只有两段，一个是留德十年，一个是十年的空前"浩劫"。后者我也在同一年，1988年，写成了一部草稿《牛棚杂忆》，长短同现在的《留德十年》差不多，这部草稿什么时候转成清稿，我还不敢说。也许很快，也许永远只是草稿，也很难说。总之，我这一生除了这两段以外，再没有什么值得思考回忆的酸甜苦辣去重新生活一遍的东西了。

写这一部《留德十年》，在最前面加了一个《楔子》，为了对称起见，我在最后又加了这样一条尾巴，叫作《余音袅袅》。我虽年届耄耋，看起来还不像就要走的样子。我还有很多事情要做，我还有不少酸甜苦辣要尝，我真希望这个余音能袅袅得更长一点。

                                        1991 年 5 月 11 日

追忆哈隆教授

1935年深秋，我来到了德国的哥廷根。

我曾有过一个公式：

$$天才 + 勤奋 + 机遇 = 成功$$

我十分强调机遇。我是从机遇缝里钻出来的，从山东穷乡僻壤钻到今天的我。

到了德国以后，我被德国学术交换处分配到哥廷根，而乔冠华则被分配到图宾根（Tübingen）。如果颠倒一下的话，则图宾根既无梵学，也无汉学。我在那里混上两年，一无所获，连回国的路费都无从筹措。我在这里真不能不感谢机遇对我的又一次垂青。

我到了哥廷根，真是如鱼得水。到了1936年春，我后来的导师 E. Waldschmidt 调来哥廷根担任梵学正教授。这就奠定了我一生研究的基础。梵文研究所设在东方研究所（都不是正式的名称）内，这个研究所坐落在大图书馆对面 Gauss-Weber-Haus 内。这是几百年前大数学家 Gauss 和他的同伴 Weber 鼓捣电话的地方。房子极老，一层是阿拉伯研究所、巴比伦亚述研究所、古代埃及文研究所。二层是梵文研究所、斯拉夫语研究所、伊朗研究所。三层最高层则住着俄文讲师 V. Grimm 夫妇。

大学另外有一个汉学研究所，不在 Gauss-Weber-Haus 内，而在离此地颇远的一个大院子中（的）大楼里。院子极大，有几株高大的古橡树矗立其间，上摩青天，气象万千。大楼极大，我不知道是做什么用的，楼中也很少碰到人。在二楼，有六七间大房子，四五间小房子，拨归汉学研究所使用。同 Gauss-Weber-Haus 比较起来宽敞多了。

汉学研究所没有正教授，有一位副教授兼主任，他就是 G. 哈隆（G. Haloun）教授，这个研究所和哈隆本人都不被大学所重视。他告诉我：他是苏台德人，不为正统的德国人所尊重。事实上也确实是这样的，我从来没有见过他同德国人有什么来往。哥廷根是德国的科学重镇，有一个科学院，院士们都是正教授中之佼佼者。这同他是不沾边的。在这里，他是孤独的、寂寞的。陪伴他出出进进汉学研究所，我只看到他夫人一个人。在汉学研究所他的办公室里，他夫人总是陪他坐在那里，手里摆弄着什么针线活，教授则埋首搞自己的研究工作，好像这里就是他们的家庭。他们好像是处在一个孤岛上，形影不离，相依为命。

哈隆教授对中国古籍是下过一番苦功的。尤其是对中国古代音韵学有湛深的研究。用拉丁字母来表示汉字的发音，西方有许多不同的方法。但是，他认为，这些方法都不能真正准确地表示出汉字独特的发音，因此，他自己重新制造了一个崭新的体系，他自己写文章时就使用这一套体系。

在我到达哥廷根以前若干年中，哈隆教授研究（的）中心问题，似与当时欧洲汉学新潮流相符合，重点研究古代中亚文明。他费了许多年的时间，写了一篇相当长的论文《论月支（化）问题》，发表在有名的《德国东方学会会刊》上，受到了国际汉学家广泛的关注。

哈隆教授能读中文书，但不会说中国话。看这个问题应该有一个历史的观点。几百年前，在欧洲传播一点汉语知识的多半是在中国从事传教活动的神甫和牧师。但是，他们虽然能说中国话，却不是汉学家。再晚一些时候，新一代汉学家成长起来了。他们精通汉语和一些少数民族的语文，但是能讲汉语者极少。比如鼎鼎大名的法国的伯希和（Paul Pelli-ot），我在清华念书时曾听过他一次报告，是用英语讲的。可见他汉话是不灵的。

20世纪30年代，我到了德国，汉学家不说汉语的情况并没有改变。哈隆教授决非例外。一直到比他再晚一代的年轻的汉学家，情况才开始改变。二战结束，到中国来去方便，年轻的汉学家便成群结队地来到了中国，从此欧洲汉学家不会讲汉语的情况便永远成为历史了。

我初到哥廷根时，中国留学生只有几个人，都是学理工的，对汉学不感兴趣。此时章士钊的妻子吴弱男（曾担任过孙中山的英文秘书）正带着三个儿子游学欧洲，只有次子章用留在哥廷根学习数学。他从幼年起就饱读诗书，能作诗。我们一见面，谈得非常痛快，他认为我是空谷足音。他母亲说，他平常不同中国留学生来往，认识我了以后，仿佛变了一个人，经常找我来闲聊。彼此如坐春风。章用同哈隆关系不太好。章曾帮助哈隆写过几封致北京一些旧书店买书的信。1935年深秋，我到了哥廷根，领我去见哈隆的记得就是章用。我同哈隆一见如故。对于哈隆教授这一代的欧洲汉学家，我有自己的实事求是的看法，他们的优缺点，我虽然不敢说是了如指掌，但是八九不离十。我们中国人首先应当尊敬他们，是他们把我国的文化传入欧美的，是他们在努力加强西方人对中国文化的了解。他们有了困难，帮助他们是我们的天职。我们没有任何理由小看他们，不尊重他们。

哈隆教授，除了自己进行研究工作以外，他最大的成绩就是努力创造了一个规模不小的汉学图书馆。他多方筹措资金，到中国北京去买书。我曾给他写过一些信给北京琉璃厂的某书店，还有东四𦚐缏堂等书店，按照他提出的书单，把书运往德国。哥廷根大学图书馆并不收藏汉文书籍，对此也毫无兴趣。哈隆的汉学图书馆占有五六间大房子和几间小房子。大房子中，书架上至天花板，估计有几万册。线装书最多，也有不少的日文书籍。记得还有几册明版的通俗小说，在中国也应该属于善本了。对我来讲，最有用的书极多，首先是《大正新修大藏经》一百册。这一部书是我做研究工作必不可少的。可惜在哥廷根只有 Prof. Waldschmidt 有一套，我无法使用。现在，汉学研究所竟然有一套，只供我一个人使用，真如天降洪福，绝处逢生。此外，这里还有一套长达百本的笔记丛刊。我没事时也常读一读，增加了一些乱七八糟的知识。在这样的情况下，我在哥廷根十年，绝大部分时间是在梵学研究所度过的，其余的时间则多半是在汉学研究所。

我对哈隆的汉学图书馆也可以说是做过一些贡献的。中国木板的旧书往往用蓝色的包皮装裹起来，外面看不到书的名字，这对读者非常不方便。我让国内把虎皮宣纸寄到德国，附上笔和墨。我对每一部这样的书都用宣纸写好书名，贴到书上，让读者一看就知道是什么书，非常方便，而且也美观。几个大书架上，仿佛飞满了黄色的蝴蝶，顿使不太明亮的大书库里也充满了盎然的生气。不但我自己觉得很满意，哈隆更是赞不绝口，有外宾来参观，他也怀着骄傲的神色向他们介绍，这种现象在别的汉学图书馆中也许是见不到的。

时间已经到了1937年，清华同德国的交换期满了，我再也拿不到每月120马克了。但这也并非绝路，既到了德国，总会有办法的，比如申请洪堡基金等等。但是，哈隆教授早已给我安排好了，我被聘为哥廷根大学汉语讲师，工资每月150马克。我的开课通知书赫然贴在大学教务处开课通知栏中，供全校上万名学生选择。在几年中确实有人报名学习汉语普通话，但过不了多久，一一都走光。在当时，汉语对德国用处不大。不管怎样，我反正已经是大学的成员之一。对我来说，在当时的政治环境下，这是非常有利的。

这时陆续有几个中国留学生来到哥廷根。他们中有的是考上了官费留学的，这在当时的中国，没有极强硬的后台是根本不可能的。据说，在两年内，他们每月可以拿到800马克。其余的留学生中有安徽大地主的子弟，有上海财阀的子女，平时财大气粗。但是，1939年二战一爆发，邮路梗阻，家里的钱寄不出来，立即显露出一副狼狈相。反观我这区区150马克，固若金汤，我毫无后顾之忧，每月到大学财务处去领我的工资。所有这一切，我当然必须感谢哈隆教授。

哈隆教授的汉学图书馆在德国在欧洲是名声昭著的。我到图书馆去的时候，时不时地会遇到一些德国汉学家或欧洲其他国家的汉学家来这里查阅书籍，准备写博士论文或其他著作。英国的翻译家 Arthur Waley，就是我在这里认识的。

时间大概是到了1938年，距二战爆发还有一年的时间。有一天，哈隆教授告诉我，他已接受英国剑桥大学的邀请去担任汉语讲座教授，对他对我这都是天大的喜事。我向他表示诚挚的祝贺。他说，他真舍不得离开他的汉学图书馆。但是，现在是不离开不行的时候了。他要我同他一起到剑桥去，在那里他为我谋得了一个汉学讲师的位置。我感谢他的美意，但是，我的博士论文还没有完成，此事只好以后再提。

他去国的前几天，我同当时在哥廷根的中国留学生田德望在市政府地下餐厅设宴为他饯行。我们都准时到达。那一天晚上，我看哈隆教授是真动了感情。他坐在那里，半天不说话，最后说："我在哥廷根十几年，没有交一个德国朋友，在去国之前，还是两个中国朋友来给我饯行。"说罢，真正流出了眼泪。从此以后，他携家走英伦。1939年二战爆发，我的剑桥梦也随之破灭。我再也没有见到过他。

在《站在胡适之先生墓前》那一篇文章里，我曾列举了平生有恩于我的师友，在德国，我只列了两位：Sieg 和 Waldschmidt。现在看来，不够了，应该加上哈隆教授，没有他的帮助，我在哥廷根是完成不了那样多的工作的。

2003 年 6 月 30 日于 301 医院

纪念一位德国学者西克灵教授

昨天晚上接到我的老师西克先生（Prof. Dr. Emil Sieg）从德国来的信，说西克灵教授（W. Siegling）已经于去年春天死去，看了我心里非常难过。生死本来是一种自然现象，值不得大惊小怪。但死也并不是没有差别。有的人死去了，对国家、对世界一点影响都没有。他们只是在他们亲族的回忆里还生存一个时期，终于也就渐渐被遗忘了。有的人的死却是对国家、对世界都是一大损失，连不认识他们的人都会觉到（得）悲哀，何况认识他们的朋友们呢？

西克灵这名字，对许多中国读者大概还不太生疏，虽然他一生所从事研究的学科可以说是很偏僻的。他是西克先生的学生，同他老师一样，他也是先研究梵文，然后才转到吐火罗语去的。转变点就在四十年前，当时德国的探险队在 Grünwedel 和 Von Le Coq 领导之下从中国的新疆发掘出来了无量珍贵的用各种文字写的残卷运到柏林去。德国学者虽然还不能读通这些文字，但他们却意识到这些残卷的重要。当时柏林大学的梵文正教授 Pischel 就召集了许多年轻的语言学者，尤其是梵文学者，来从事研究。西克和西克灵决心合作研究的就是后来定名为吐火罗语的一种语言。当时他们有的是幻想和精力，这种稍稍带有点冒险意味，有的时候简直近于猜谜式的研究工作，更提高了他们的兴趣。他们日夜地工作，前途充满了光明。在三十多年以后，西克先生每次谈起来还不禁眉飞色舞，仿佛他自己又走回青春里去，当时热烈的情景就可以想见了。

他们这合作一直继续了几十年，他们终于把吐火罗语读通。在这期间，他们发表的震惊学术界的许多文章和书，除了在第一次世界大战西克灵被征从军的一个期间外，都是用两个人的名字。西克灵小心谨慎，但没有什么创造的能力，同时又因为住在柏林，在普鲁士学士院（Preussischer Akademie der Wissenschaften）里做事情，所以他的工作就偏重在只是研究抄写 Brāhmi 字母。他把这些原来是用 Brāhmi 字母写成的残卷用拉丁字母写出来寄给西克，西克就根据这些拉丁字母写成的稿子来研究文法，确定字义。但我并不是说西克灵只懂字母而西克只懂文法，他们两方面都懂的，不过西克灵偏重字母而西克偏重文法而已。

两个人的个性也非常不一样。我已经说到西克灵小心谨慎，其实这两个形容词是不够的，他有时候小心到我们不能想象的地步。根据了许多别的文字，一个吐火罗字的字义明明是毫无疑问地可以确定了，但他偏怀疑，偏反对，无论如何也不承认。在这种情形下，西克先生看到写信已经没有效用，便只好自己坐上火车到柏林用三寸不烂之舌来说服他了。我常说，西克先生就像是火车头的蒸汽机，没有他火车当然不能走。但有时候走得太猛太快也会出毛病，这就用得着一个停车的闸。西克灵就是这样的一个让车停的闸。

他们俩合作第一次出版的大著是 *Tocharische Sprachreste*（1921），两本大书充分表现了这合作的成绩。在这书里他们还很少谈到文法，只不过把原来的 Brāhmi 字母改成拉丁字母，把每个应该分开来的字都分了而已。在1931年出版的 *Tocharische Grammatik* 里面，他们才把吐火罗语的文法系统地整理出来。这里除了他们两个人以外，他们还约上了大比较语言学家柏林大学教授舒尔策（Wilhelm Schulz）来合作。结果这一本五百多页的大著就成了欧洲学术界划时代的著作，一直到现在研究中亚古代语言和比较语言的学者还不能离开它。

写到这里，读者或者以为西克灵在这些工作上都没有什么不得了的贡献，因为我上面曾说到他的工作主要是在研究抄写 Brāhmi 字母。这种想法是错的。Brāhmi 字母并不像我们知道的这些字母一样，它是非常复杂的。有时候两个字母的区别非常细微，譬如说 t 同 n，稍一不小心，立刻就发生错误。法国的梵文学家莱维（Sytlvain Lévi）在别的方面的成绩不能不算大，但看他出版的吐火罗语 B（龟兹语）的残卷里有多少读错的地方，就可以知道只是读这字母也并不容易了。在这方面西克灵的造诣是非常惊人的，可以说是并世无二。

也是为了读 Brāhmi 字母的问题，我在1942年的春天到柏林去看西克灵。我在普鲁士学士院他的研究室里找到他，他正在那里埋首工作，桌子上摆的墙上挂的全是些 Brāhmi 字母的残卷，他就用他特有的蝇头般的小字一行一行地抄下来。在那以前，我就听说，只要有三个学生以上，他就一句话也说不出来了。所以他一生就只在学士院里工作，只有很短一个时间在柏林大学里教过吐火罗语，终于还是辞了职。见了面他给我的印象同传闻的一样，人很沉静，不大说话。问他问题，他却解释无遗。我从他那里学到了不少读 Brāhmi 字母的秘诀。我发现他外表虽冷静，但骨子里他却是个很热情的人，正像一切良好的德国人一样。

以（之）后，我离开柏林，回到哥廷根，战争愈来愈激烈，我也就再也没能到柏林去看他。战争结束后，自己居然还活着，听说他也没被炸死，心里觉得非常高兴。我也就带了这高兴在去年夏天里回了国来，一转眼就过了半年。在这期间，因为又接触了一个新环境，终天糊里糊涂的，连回忆的余裕都没有了。最近，心情方面渐渐安静下来，于是又回忆到以前的许多事情，在德国遇到的这许多师友的面影又不时在眼前晃动，想到以前过的那个幸福的时期，恨不能立刻再回到德国去。然而正在这时候，我接到西克先生的信，说西克灵已经去世了。即便我能立刻回到德国，师友里面已经少了一个了。对学术界，尤其是对我自己，这个损失是再也不能弥补的了。

我现在唯一的安慰就是在西克先生身上了。他今年已经八十多岁，但他的信上说，他的身体还很好。德国目前是既没有吃的穿的，也没有烧的。六七个人挤在一个小屋里，又以他这样的高龄，但他居然还照常工作。他四十年来（唯一的）一个合作者西克灵，比他小二十多岁的一个朋友，既然先他而死了，我只希望上苍还保佑他，让他再壮壮实实多活几年，把他们未完成的大作完成了，为学术、为他死去的朋友，我替他祝福。

1947 年 1 月 29 日于北平

Wala

　　总有一个女孩子的面影飘动在我的眼前：淡红的双腮，圆圆的大眼睛。这面影对我这样熟悉，却又这样生疏。每次当她浮起来的时候，我一点也不去理会；她只是这么摇摇曳曳地在我眼前浮动一会，蓦地又暗淡下去，终于消逝到不知什么地方去了。我的记忆也自然会随了这消逝去的影子追上去，一直追到六年前的波兰车上。

　　也是同现在一样的夏末秋初的天气，我在赤都游了一整天以后，脑海里装满了红红绿绿的花坛的影像，走上波德通车。我们七（六）个中国同学占据了一个车厢，谈笑得颇为热闹。大概快到华沙了吧，车里渐渐暗了下来，这时忽然走进一个年轻的女孩子来。我只觉得有一个秀挺的身影在我眼前一闪，还没等我细看的时候，她已经坐在我的对面。我的地理知识本来不高明，在国内的时候，对波兰我就不大清楚，对波兰的女孩子更模糊成一团。后来读到一位先生游波兰描写波兰女孩子的诗，当时的印象似乎很深，但不久就渐渐淡了下来，终于连一点痕迹都没有了。然而自己竟到了波兰，而且对面就坐了一个美丽的波兰女孩子：淡红的双腮，圆圆的大眼睛。

　　倘若在国内的话，七个男人同一个孤身的女孩子坐在一起，我们即使再道学，恐怕也会说一两句带着暗示的话，让女孩子红上一阵脸，我们好来欣赏娇羞含怒然而却又带笑的态度。然而现在却轮到我们红脸了。女孩子坦然地坐在那里，脸上挂着一丝微笑，把我们七个异邦的青年男子轮流看了一遍，似乎想要说话的样子。但我们都仿佛变成在老师跟前背不出书来的小学生，低了头，没有一个人敢说些什么。终于还是女孩子先开了口。她大概知道我们不能说波兰话，只用德文问我们会说哪一国话。我们七个中有一半没学过德文。我自己虽然学过，但也只是书本子里的东西。现在既然有人问到了，也只好勉强回答说自己会说德文。谈话也就开始了，而且还是愈来愈热闹。我们真觉得语言的功用有时候并不怎样大，静默或其他别的动作还能表达更多更复杂更深刻的思想。当时我们当然不能长篇大论地叙述什么，有的时候竟连意思都表达不出来，这时我们便相对一笑，在这一笑里，我们似乎互相了解了更多更深的东西。刚才她走进来的时候，先很小心地把一个坐垫放在座位上，然后坐下去。经过了也不知道多少时候，我蓦地发现这坐垫已经移到一位中国同学的身子下面去；然而他们两个人都没注意到，当时热闹的情形也可以想见了。

在满洲里的时候，我们曾经买了几瓶啤酒似的东西。一路上，每到一个大车站，我们就下去用铁壶提开水来喝，这几瓶东西却始终珍惜着没有打开。现在却仿佛蓦地有一个默契流过我们每个人的心中，一位同学匆匆忙忙地找出来一瓶打开，没有问别人，其余的人也都兴高采烈地帮忙找杯子，没有一个人有半点反对的意思。不用说，我们第一杯是捧给这位美丽的女孩子的。她用手接了，先不喝，问我这是什么。我本来不很知道这究竟是什么，反正不过是酒一类的东西，而且我脑子里关于这方面的德文字也就只有一个酒字，就顺口回答说："是酒。"她于是喝了一口，立刻抬起眼含着笑仿佛谴责似的问着我说："你说是酒？"这双眼睛这样大，这样亮，又这样圆，再加上玫瑰花似的微笑，这一切深深地压住了我的心，我本来没有意思辩解，现在更没话可说，其实也不能说什么话了。她没有再说什么，拿出她自己带来的饼干分给我们吃。我们又吃又喝，忘记了现在是在火车上，是在异域，忘记了我们是初相识的异国的青年男女，根本忘记了我们自己，忘记了一切。她皮包里带着许多相片，她一张一张地拿给我们看。我们也把我们身边带的书籍画片，甚至连我们的毕业证书都找出来给她看。小小的车厢里充满了融融的欣悦。一位同学忽然问她叫什么名字，她立刻毫不忸怩地把自己的名字写在我们的簿子上：Wala。一个多么美妙令人一听就神往的名字！

　　大概将近半夜了吧，我走到另外一个车厢里想去找一个地方睡一会。终于在一个角里找到一个位子，对面坐了一位大鼻子的中年人。才一出国，看到满车外国人，已经有点觉得生疏。再看了他这大鼻子，仿佛自己已经走进了一个童话的国土里来了，有说不出的感觉。这大鼻子仿佛有魔力，把我的眼睛吸住，我非看不行。我敢发誓，我一生还没有看到这样大的鼻子。他耳朵上又罩上了无线电收音机，衬上这生在脸正中的一块大肉，这一切合起来凑成一幅奇异的图案画，看了我再也忍不住笑起来。但他偏又高兴同我说话，说着破碎的英语，一手指着自己的头，一手指着远处坐着的 Wala，头摇了两摇，奇异的图案画上浮起一丝鄙夷的微笑。我抬起头来看了看 Wala，才发现她头上戴了一顶红红绿绿的小帽子。刚才我竟没有注意到，我的全部精神都让她的淡红的双腮同圆圆的大眼睛吸住了。现在忽然发现她头上的小帽子，只觉得更增加了她的妩媚。一直到现在我还不明白，这位中年人为何讨厌这一顶同她的秀美的面孔相得益彰的小帽子。

我现在已经忆不起来，我们怎样分的手。大概是我们，至少是我，坐着蒙蒙眬眬地睡了会儿，其间 Wala 就下了车。我当时醒了后确曾觉得非常值得惋惜，我们竟连一声再会都没能说，这美丽的女孩子就像神龙似的去了。我仿佛看了一个夏夜的流星。但后来自己到了德国，蓦地投到一个新的环境里去，整天让工作压得不能喘一口气。以前在国内的时候，无论是做学生，是教书，尽有余裕的时间让自己的幻想出去飞一飞，上至青天，下至黄泉，到种种奇幻的世界里去翱翔，想到许多荒唐的事情，摹绘给自己种种金色的幻影，然后再回到这个世界里来。现在每天对着自己的全是死板板的现实，自己再没有余裕把幻想放出去，Wala 的影子似乎已经从我的记忆里消逝了去，我再也想不到她了。这样就过去了六个年头。

前两天，一个细雨萧索的初秋的晚上，一位中国同学到我家里来闲谈。谈到附近一个菜园子里新近来了一个波兰女孩子在工作。这女孩子很年轻，长得又非常美丽，父母都很有钱。在波兰刚中学毕业，正要准备进大学的时候，德国军队冲进波兰。在听过几天飞机大炮以后，于是就来了大恐怖，到处是残暴与血光。在风声鹤唳的情况里过了一年，正在庆幸着自己还能活下去的时候，又被希特勒手下的穿黑衣服的两足走兽强迫装进一辆火车里运到德国来，终于被派到哥廷根来，在这个菜园子里做下女。她天天做着牛马的工作，受着牛马的待遇，一生还没有做过这样的苦工。出门的时候，衣襟上还要挂上一个绣着 P 字的黄布，表示她是波兰人，让德国人随时都能注意她的行动；而且也只能白天出门，晚上出去捉起来立刻入监狱。电影院戏院一类娱乐的地方是不许她去的。衣服票鞋票当然领不到，衣服鞋破了也只好将就着穿，所以她这样一个年轻又美丽的女孩子，衣服是破烂不堪的，脚下穿的又是木头鞋。工资少到令人吃惊。回家的希望简直更渺茫，只有天知道，她什么时候能再见到她的故乡，她的父母！我的朋友也不由得叹了一口气。

我的眼前电火似的一闪，立刻浮起 Wala 的面影，难道这个女孩子就是 Wala 么？但立刻我又自己否认，这不会是她的，天下不会有这样凑巧的事情。然而立刻又想到，这女孩子说不定就是 Wala，而且非是她不行；命运是非常古怪的，它有时候会安排下出人意料的事情。就这样，我的脑海里纷乱成一团，躺下无论如何也睡不着，伏在枕上听窗外雨声滴着落叶，一直到不知什么时候。

第二天早晨起来，到研究所去的时候，我就绕路到那菜园子去。这里我以前本来是常走的，一切我都很熟悉。但今天我看到这绿绿的菜畦，黄了叶子的苹果树，中间一座两层的小楼，我的眼前发亮，一切都暮地对我生疏起来，我仿佛第一次看到这许多东西，我简直失了神似的，觉得以前菜畦没有这样绿，苹果树的叶子也没有黄过，中间并没有这样一座小楼。但现在却清清楚楚地看到眼前有这样一座楼，小小的红窗子就对着黄了叶子的苹果林，小巧得古怪又可爱。我注视这窗口，每一刹那我都盼望着，蓦地会有一个女孩子的头探出来，而且这就是 Wala。在黄了叶子的苹果树下面，我也每一刹那都在盼望着，蓦地会有一个秀挺的少女的身影出现，而且这也就是 Wala。但我什么也没有看到。我带了一颗失望的心走到研究所，工作当然做不下去。黄昏回家的时候，我又绕路从这菜园子旁边走过，我直觉地觉得反正在离我住的地方不远的小楼里有一个 Wala 在；但我却没有一点愿望再看这小楼，再注视这窗口，只匆匆走过去，仿佛是一个被检阅的兵士。

　　以后，我每天要绕路到那菜园子附近去走上两趟。我什么也没看到，而且我也不希望看到什么，因我现在已经知道，这女孩子不会是 Wala 了。不看到，自己心里终究有一个极渺茫极不成希望的希望：说不定她就真是 Wala。怀了这渺茫的希望，回到家来，每当夜深人静的时候，就把幻想放出去，到种种奇幻的世界里去翱翔，想到许多荒唐的事情，给自己摹描种种金色的幻影。这幻想会自然而然地把我带到六年前的波兰车上。我瞪大了眼睛向眼前的空虚处看去，也自然而然地有一个这样熟悉然而又这样生疏的女孩子的面影摇摇曳曳地浮现起来：淡红的双腮，圆圆的大眼睛。

　　我每次想到的就是这似乎平平淡然而却又很深刻的诗句："同是天涯沦落人。"因为，我已经再不怀疑，即使这女孩子不是 Wala，但 Wala 的命运也不会同这女孩子有什么区别，或者还更坏。她也一定是在看过残暴与血光以后，被另外一个希特勒手下的穿黑衣服的两足走兽强迫装进一辆火车里拖到德国来，在另一块德国土地上，做着牛马的工作，受着牛马的待遇，出门的时候也同样要挂上一个 P 字黄牌，同样不能看到她的父母，她的故乡。但我自己的命运又有什么两样呢？不正是另一群兽类在千山万山外自己的故乡里散布残暴与火光吗？故乡的人们也同样做着牛马的工作，受着牛马的待遇，自己也同样不能见到自己的家属、自己的故乡。"同是天涯沦落人"，但是我们连"相逢"的机会都没有，我真希望我们这曾经一度"相识"者能够相对流一点泪，互相给一点安慰。但是，即使她现在有泪，也只好一个人独洒了，她又到什么地方能找到我呢？有时候，我曾经觉得世界小过，小到令人连呼吸都不自由；但现在我却觉得世界真正太大了。在茫茫的人海里，找寻她，不正像在大海里找寻一粒芥子么？我们大概终不能再会面了。

十年回顾

自己觉得德国10年的学术回忆好像是写完了。但是，仔细一想，又好像是没有写完，还缺少一个总结回顾，所以又加上了这一段。把它当作回忆的一部分，或者让它独立于回忆之外，都是可以的。

在我一生六十多年的学术研究的过程中，德国10年是至关重要的关键性的10年。我在上面已经提到过，如果我的学术研究有一个发轫期的话，真正的发轫不是在清华大学，而是在德国哥廷根大学。我也提到过，如果我不是由于一个非常偶然的机遇来到德国的话，我的一生将会完完全全是另一个样子。我今天究竟会在什么地方，还能不能活着，都是一个未知数。

但是，这个10年并不是一个简单的10年，有它辉煌成功的一面，也有它阴暗悲惨的一面。所有这一切都比较详细地写在我的《留德十年》一书中，读者如有兴趣，可参阅。因为我现在写的《自述》重点是在学术；在生活方面，如无必要，我不涉及。我在上面写的我在哥廷根10年的学术活动，主要以学术论文为经，写出了我的经验与教训。我现在想以读书为纲，写我读书的情况。我辈知识分子一辈子与书为伍，不是写书，就是读书，二者是并行的，是非并行不可的。

我已经活过了8个多10年，已经到了望九之年。但是，在读书条件和读书环境方面，哪一个10年也不能同哥廷根的10年相比。在生活方面，我是一个最枯燥乏味的人，所有的玩的东西，我几乎全不会，也几乎全无兴趣。我平生最羡慕两种人：一个是画家，一个是音乐家。而这两种艺术是最需天才的，没有天赋而勉强对付，绝无成就。可是造化小儿偏偏跟我开玩笑，只赋予我这方面的兴趣，而不赋予我那方面天才。《汉书·董仲舒传》说：

古人有言曰："临渊羡鱼，不如退而结网。"

我极想"退而结网"，可惜找不到结网用的绳子，一生只能做一个羡鱼者。我自己对我这种个性也并不满意。我常常把自己比作一盆花，只有枝干而没有绿叶，更谈不到有什么花。

在哥廷根的10年，我这种怪脾气发挥得淋漓尽致。哥廷根是一个小城，除了一个剧院和几个电影院以外，任何消遣的地方都没有。我又是一介穷书生，没有钱，其实也是没有时间冬夏两季到高山和海滨去旅游。我所有的仅仅是时间和书籍。学校从来不开什么会。有一些学生会偶尔举行晚会跳舞，我去了以后，也只能枯坐一旁，呆若木鸡。这里中国学生也极少，有一段时间，全城只有我一个中国人。这种孤独寂静的环境，正好给了我空前绝后的读书的机会。我在国内不是没有读过书，但是，从广度和深度两个方面来看，什么时候也比不上在哥廷根。

我读书有两个地方，分两大种类，一个是有关梵文、巴利文和吐火罗文等等的书籍，一个是汉文的书籍。我很少在家里读书，因为我没有钱买专业图书，家里这方面的书非常少。在家里，我只在晚上临睡前读一些德文的小说，Thomas Mann 的名著 *Buddenbrooks* 就是这样读完的。我早晨起床后在家里吃早点，早点极简单，只有两片面包、一点黄油和香肠。到了后来，第二次世界大战爆发后，首先在餐桌上消逝的是香肠，后来是黄油，最后只剩一片有鱼腥味的面包了。最初还有茶可喝，后来只能喝白开水了。早点后，我一般是到梵文研究所去，在那里一待就是一天，午饭在学生食堂或者饭馆里吃，吃完就回研究所。整整10年，不懂什么叫午睡，德国人也没有午睡的习惯。

我读梵文、巴利文、吐火罗文的书籍，一般都是在梵文研究所里。因此，我想先把梵文研究所图书收藏的情况介绍一下。哥廷根大学的各个研究所都有自己的图书室。梵文图书室起源于何时、何人，我当时就没有细问。可能是源于 Franz Kielhorn，他是哥廷根大学的第一个梵文教授。他在印度长年累月搜集到的一些极其珍贵的碑铭的拓片，都收藏在研究所对面的大学图书馆里。他的继任人 Hermann Oldenberg 在他逝世后把大部分藏书都卖给了或者赠给了梵文研究所。其中最珍贵的还不是已经出版的书籍，而是零篇的论文。当时 Oldenberg 是国际上赫赫有名的梵学大师，同全世界各国的同行们互通声气，对全世界梵文研究的情况了如指掌。广通声气的做法不外一是互相邀请讲学，二是互赠专著和单篇论文。专著易得，而单篇论文，由于国别太多，杂志太多，搜集颇为困难。只有像 Oldenberg 这样的大学者才有可能搜集比较完备。Oldenberg 把这些单篇论文都装订成册，看样子是按收到时间的先后顺序装订起来的，并没有分类。皇皇几十巨册，整整齐齐地排列书架上。我认为，这些零篇论文是梵文研究所的镇所之宝。除了这些宝贝以外，其他梵文、巴利文一般常用的书都应有尽有。其中也不乏名贵的版本，比如 Max Müller 校订出版的印度最古的典籍《梨俱吠陀》原刊本，Whitney 校订的《阿闼婆吠陀》原刊本。Boehtlingk 和 Roth 的被视为词典典范的《圣彼得堡梵德大词典》原本和缩短本，也都是难得的书籍。至于其他字典和工具书，无不应有尽有。

我每天几乎是一个人坐拥书城，"躲进小楼成一统"。我就是这些宝典的伙伴和主人，它们任我支配，其威风虽南面王不易也。整个 Gauss-Weber-Haus 平常总是非常寂静，里面的人不多，而德国人又不习惯于大声说话，干什么事都只静悄悄的。门外介于研究所与大学图书馆之间的马路，是通往车站的交通要道；但是哥廷根城还不见汽车，于是本应该喧阗的马路，也如"结庐在人境，而无车马喧"。这真是一个读书的最理想的地方。

除了礼拜天和假日外，我每天就到这里来。主要工作是同三大厚册的 Mahāvastu 拼命。一旦感到疲倦，就站起来，走到摆满了书的书架旁，信手抽出一本书来，或浏览，或仔细阅读。积时既久，我对当时世界上梵文、巴利文和佛教研究的情况，心中大体上有了一个轮廓。世界各国的有关著作，这里基本上都有。而且德国还有一种特殊的购书制度，除了大学图书馆有充足的购书经费之外，每一个研究所都有自己独立的购书经费，教授可以任意购买他认为有用的书，不管大学图书馆是否有复本。当 Waldschmidt 被征从军时，这个买书的权力就转到了我的手中。我愿意买什么书，就买什么书。书买回来以后，编目也不一定很科学，把性质相同或相类的书编排在一起就行了。借书是绝对自由的，有一个借书簿，自己写上借出书的书名、借出日期；归还时，写上一个归还日期就行了。从来没有人来管，可是也从来没有丢过书，不管是多么珍贵的版本。除了书籍以外，世界各国有关印度学和东方学的杂志，这里也应有尽有。总之，这是一个很不错的专业图书室。

　　我就是在这样的情况下畅游于书海之中。我读书粗略地可以分为两类：一类是细读的，一类是浏览的。细读的数目不可能太多。学梵文必须熟练地掌握语法。我上面提到的 Sten-zler 的《梵文基础读本》，虽有许多优点，但是毕竟还太简略；入门足够，深入却难。在这时候必须熟读 Kielhorn 的《梵文文法》，我在这一本书上下过苦功夫，读了不知多少遍。其次，我对 Oldenberg 的几本书，比如《佛陀》等等都从头到尾细读过。他的一些论文，比如分析 Mahāvastu 的文体的那一篇，为了写论文，我也都细读过。Whitney 和 Wackernagel 的梵文文法，Debruner 续 Wackernagel 的那一本书，以及 W. Geiger 的关于巴利文的著作，我都下过功夫。但是，我最服膺的还是我的太老师 Heinrich Lüders，他的书，我只要能得到，就一定仔细阅读。他的论文集 *Philologica Indica* 是一部很大的书，我从头到尾仔细读过一遍，有的文章读过多遍。像这样研究印度古代语言、宗教、文学、碑铭等的对一般人来说都是极为枯燥、深奥的文章，应该说是最乏味的东西。喜欢读这样文章的人恐怕极少极少，然而我却情有独钟。我最爱读中外两位大学者的文章，中国是陈寅恪先生，西方就是 Lüders 先生。这两位大师实有异曲同工之妙。他们为文，如剥春笋，一层层剥下去，愈剥愈细；面面俱到，巨细无遗；叙述不讲空话，论证必有根据；从来不引僻书以自炫，所引者多为常见书籍；别人视而不见的，他们偏能注意；表面上并不艰深玄奥，于平淡中却能见神奇；有时真如"山重水复疑无路"，转眼间"柳暗花明又一村"；迂回曲折，最后得出结论，让你顿时觉得豁然开朗，口服心服。人们一般读文学作品能得美感享受，身轻神怡。然而我读两位大师的论文时得到的美感享受，与读文学作品时所得到的迥乎不同，却似乎更深更高。也许有人会认为这是我个人的怪癖；我自己觉得，这确实是"癖"，然而毫无"怪"可言。"此中有真意，欲辨已忘言"，实不足为外人道也。

　　上面谈的是我读梵文著作方面的一些感受。但是，当时我读的书绝不限于梵文典籍。我在上面已经说到，哥廷根大学有一个汉学研究所。所内有一个比梵文研究所图书室大许多倍的汉文图书室。为什么比梵文图书室大这样多呢？原因是大学图书馆中没有收藏汉籍，所有的汉籍以及中国少数民族的语言，如藏文、蒙文、西夏文、女真文之类的典籍都收藏在汉学研究所中。这个所的图书室，由于 Gustav Haloun 教授的惨淡经营，大量从中国和日本购进汉文典籍，在欧洲颇有点名气。我曾在那里会见过许多世界知名的汉学家，比如英国的 Athur Waley 等等。汉学研究所所在的大楼比 Gauss-Weber-Haus 要大得多，也宏伟得多；房子极高极大。汉学研究所在二楼上，上面还有多少层，我不清楚。我始终也没有弄清楚，偌大一座大楼是做什么用的。10年之久，我不记得，除了打扫卫生的一位老太婆，还在这里见到过什么人。院子极大，有极高极粗的几棵古树，样子都有五六百年的树龄，地上绿草如茵。楼内楼外，干干净净，比梵文研究所更寂静，也更幽雅，真是读书的好地方。

我每个礼拜总来这里几次，有时是来上课，更多的是来看书。我看得最多的是日本出版的《大正新修大藏经》。有一段时间，我帮助 Waldschmidt 查阅佛典。他正写他那一部有名的关于释迦牟尼涅槃前游行的叙述的大著。他校刊新疆发现的佛经梵文残卷，也需要汉译佛典中的材料，特别是唐义净译的那几部数量极大的"根本说一切有部律"。至于我自己读的书，则范围广泛。十几万册汉籍，本本我都有兴趣。到了这里，就仿佛回到了祖国一般。我记得这里藏有几部明版的小说。是否是宇内孤本，因为我不通此道，我说不清楚。即使是的话，也都埋在深深的"矿井"中，永世难见天日了。自从

1937年 Gustav Haloun 教授离开哥廷根大学到英国剑桥大学去任汉学讲座教授以后，有很长一段时间，汉学研究所就由我一个人来管理。我每次来到这里，空荡荡的六七间大屋子就只有我一个人，万籁俱寂，静到能听到自己心跳的声音。在绝对的寂静中，我盘桓于成排的大书架之间，架上摆的是中国人民智慧的结晶，我心中充满了自豪感。我翻阅的书很多；但是我读得最多的还是一大套上百册的中国笔记丛刊，具体的书名已经忘记了。笔记是中国特有的一种著述体裁，内容包罗万象，上至宇宙，下至鸟兽虫鱼，以及身边琐事、零星感想，还有一些历史和科技的记述，利用得好，都是十分有用的资料。我读完了全套书，可惜我当时还没有研究糖史的念头，很多有用的资料白白地失掉了。及今思之，悔之晚矣。

我在哥廷根读梵、汉典籍，情况大体如此。

1997 年

重返哥廷根

　　我真是万万没有想到经过了三十五年的漫长岁月，我又回到这个离祖国几万里的小城里来了。

　　我坐在从汉堡到哥廷根的火车上，我简直不敢相信这是事实。难道是一个梦吗?我频频问着自己。这当然是非常可笑的，这毕竟就是事实。我脑海里印象历乱，面影纷呈。过去三十多年来没有想到的人，想到了；过去三十多年来没有想到的事，想到了。我那一些尊敬的老师，他们的笑容又呈现在我眼前。我那像母亲一般的女房东，她那慈祥的面容也呈现在我眼前。那个宛宛婴婴的女孩子伊姆加德，也在我眼前活动起来。那窄窄的街道，街道两旁的铺子，城东小山的密林，密林深处的小咖啡馆，黄叶丛中的小鹿，甚至冬末春初时分从白雪中钻出来的白色小花雪钟，还有很多别的东西，都一齐争先恐后地呈现到我眼前来。一霎时，影像纷乱，我心里也像开了锅似的激烈地动荡起来了。

　　火车一停，我飞也似的跳了下去，踏上了哥廷根的土地。忽然有一首诗涌现出来：

　　　　少小离家老大回，

重返哥廷根

乡音无改鬓毛衰。

儿童相见不相识，

笑问客从何处来。

　　怎么会涌现这样一首诗呢?我一时有点茫然、懵然。但又立刻意识到，这一座只有十来万人的异域小城，在我的心灵深处，早已成为我的第二故乡了。我曾在这里度过整整十年，是风华正茂的十年。我的足迹印遍了全城的每一寸土地。我曾在这里快乐过，苦恼过，追求过，幻灭过，动摇过，坚持过。这一座小城实际上决定了我一生要走的道路。这一切都不可避免地要在我的心灵上打上永不磨灭的烙印。我在下意识中把它看作第二故乡，不是非常自然的吗?

　　我今天重返第二故乡，心里面思绪万端，酸甜苦辣，一齐涌上心头。感情上有一种莫名其妙的重压，压得我喘不过气来，似欣慰、似惆怅、似追悔、似向往。小城几乎没有变。市政厅前广场上矗立的有名的抱鹅女郎的铜像，同三十五年前一模一样。一群鸽子仍然像从前一样在铜像周围徘徊，悠然自得。说不定什么时候一声呼哨，飞上了后面大礼拜堂的尖顶。我仿佛昨天才离开这里，今天又回来了。我们走下地下室，到地下餐厅去吃饭。里面陈设如旧，座位如旧，灯光如旧，气氛如旧。连那年轻的服务员也仿佛是当年的那一位。我仿佛昨天晚上才在这里吃过饭。广场周围的大小铺子都没有变。那几家著名的餐馆，什么"黑熊""少爷餐厅"等等，都还在原地。那两家书店也都还在原地。总之，我看到的一切都同原来一模一样。我真的离开这座小城已经三十五年了吗?

但是，正如中国古人所说的，江山如旧，人物全非。环境没有改变，然而人物却已经大大地改变了。我在火车上回忆到的那一些人，有的如果还活着的话年龄已经过了一百岁。这些人的生死存亡就用不着去问了。那些计算起来还没有这样老的人，我也不敢贸然去问，怕从被问者的嘴里听到我不愿意听的消息。我只绕着弯子问上那么一两句，得到的回答往往不得要领，模糊得很。这不能怪别人，因为我的问题就模糊不清。我现在非常欣赏这种模糊，模糊中包含着希望。可惜就连这种模糊也不能完全遮盖住事实。结果是：

访旧半为鬼，惊呼热中肠。

我只能在内心里用无声的声音来惊呼了。

在惊呼之余，我仍然坚持怀着沉重的心情去访旧。首先我要去看一看我住过整整十年的房子。我知道，我那母亲般的女房东欧朴尔太太早已离开了人世。但是房子却还存在，那一条整洁的街道依旧整洁如新。从前我经常看到一些老太太用肥皂来洗刷人行道，现在这人行道仍然像是刚才洗刷过似的，躺下去打一个滚，决不会沾上一点尘土。街拐角处那一家食品商店仍然开着，明亮的大玻璃窗子里面陈列着五光十色的食品。主人却不知道已经换了第几代了。我走到我住过的房子外面，抬头向上看，看到三楼我那一间房子的窗户，仍然同以前一样摆满了红红绿绿的花草，当然不是出自欧朴尔太太之手。我蓦地一阵恍惚，仿佛我昨晚才离开，今天又回家了。我推开大门，大步流星地跑上三楼。我没有用钥匙去开门，因为我意识到，现在里面住的是另外一家人了。从前这座房子的女主人恐怕早已安息在什么墓地里了，墓上大概也栽满了玫瑰花吧。我经常梦见这所房子，梦见房子的女主人，如今却是人去楼空了。我在这里度过的十年中，有愉快，有痛苦，经历过轰炸，忍受过饥饿。男房东逝世后，我多次陪着女房东去扫墓。我这个异邦的青年成了她身边唯一的亲人。无怪我离开时她号啕痛哭。我回国以后，最初若干年，还经常通信。后来时移事变，就断了联系。我曾痴心妄想，还想再见她一面。而今我确实又来到了哥廷根，然而她却再也见不到，永远永远地见不到了。

我徘徊在当年天天走过的街头，这里什么地方都有过我的足迹。家家门前的小草坪上依然绿草如茵。今年冬雪来得早了一点。10月中，就下了一场雪。白雪、碧草、红花，相映成趣。鲜艳的花朵赫然傲雪怒放，比春天和夏天似乎还要鲜艳。我在一篇短文《海棠花》里描绘的那海棠花，依然威严地站在那里。我忽然回忆起当年的冬天，日暮天阴，雪光照眼，我扶着我的吐火罗文和吠陀语老师西克教授，慢慢地走过十里行街。心里面感到凄清，但又感到温暖。回到祖国以后，每当下雪的时候，我便想到这一位像祖父一般的老人。回首前尘，已经有四十多年了。

我也没有忘记当年几乎每一个礼拜天都到的席勒草坪。它就在小山下面，是进山必由之路。当年我常同中国学生或者德国学生，在席勒草坪散步之后，就沿着弯曲的山径走上山去。曾登上俾斯麦塔，俯瞰哥廷根全城；曾在小咖啡馆里流连忘返；曾在大森林中茅亭下躲避暴雨；曾在深秋时分惊走觅食的小鹿，听它们脚踏落叶一路窸窸窣窣地逃走。甜蜜的回忆是写也写不完的，今天我又来到这里。碧草如旧，亭榭犹新，但是当年年轻的我已颓然一翁，而旧日游侣早已荡若云烟，有的离开了这个世界，有的远走高飞，到地球的另一半去了。此情此景，人非木石，能不感慨万端吗？

我在上面讲到江山如旧，人物全非。幸而还没有真正的全非。几十年来我昼思夜想最希望还能见到的人，最希望他们还能活着的人，我的"博士父亲"，瓦尔德施米特教授和夫人居然还都健在。教授已经是八十三岁高龄，夫人比他寿更高，是八十六岁。一别三十五年，今天重又会面，真有相见疑梦之感。老教授夫妇显然非常激动，我心里也如波涛翻滚，一时说不出话来。我们围坐在不太亮的电灯光下，杜甫的名句一下子涌上我的心头：

重返哥廷根

> 人生不相见，
> 动如参与商。
> 今夕复何夕？
> 共此灯烛光。

四十五年前我初到哥廷根我们初次见面，以及以后长达十年相处的情景，历历展现在眼前。那十年是剧烈动荡的十年，中间插上了一个第二次世界大战，我们没有能过上几天好日子。最初几年，我每次到他们家去吃晚饭时，他那个十几岁的独生儿子都在座。有一次教授同儿子开玩笑："家里有一个中国客人，你明天到学校去又可以张扬吹嘘一番了。"哪里知道，大战一爆发，儿子就被征从军，一年冬天，战死在北欧战场上。这对他们夫妇俩的打击，是无法形容的。不久教授也被征从军。他心里怎样想，我不好问，他也不好说，看来是默默地忍受痛苦。他预定了剧院的票，到了冬天，剧院开演，他不在家，每周一次陪他夫人看戏的任务，就落到我肩上。深夜，演出结束后，我要走很长的道路，把师母送到他们山下林边的家中，然后再摸黑走回自己的住处。在很长的时间内，他们那一座漂亮的三层楼房里，只住着师母一个人。

他们的处境如此，我的处境更要糟糕。烽火连年，家书亿金。我的祖国在受难，我的全家老老小小在受难，我自己也在受难。中夜枕上，思绪翻腾，往往彻夜不眠。而且头上有飞机轰炸，肚子里没有食品充饥。做梦就梦到祖国的花生米。有一次我下乡去帮助农民摘苹果，报酬是几个苹果和五斤土豆。回家后一顿就把五斤土豆吃了个精光，还并无饱意。

大概有六七年的时间，情况就是这个样子。我的学习、写论文、参加口试、获得学位，就是在这种情况下进行的。教授每次回家度假，都听我的汇报，看我的论文，提出他的意见。今天我会的这一点点东西，哪一点不包含着教授的心血呢？不管我今天的成就还是多么微小，如果不是他怀着毫不利己的心情对我这一个素昧平生的异邦的青年加以诱掖教导的话，我能够有什么成就呢？所有这一切能够忘记得了吗？

现在我们又会面了。会面的地方不是在我所熟悉的那一所房子里，而是在一所豪华的养老院里。别人告诉我，他已经把房子赠给哥廷根大学印度学和佛教研究所，把汽车卖掉，搬到这一所养老院里来了。院里富丽堂皇，应有尽有，健身

我的自述

房、游泳池，无不齐备。据说，饭食也很好。但是，说句不好听的话，到这里来的人都是七老八十的人，多半行动不便。对他们来说，健身房和游泳池实际上等于聋子的耳朵。他们不是来健身，而是来等死的。头一天晚上还在一起吃饭、聊天，第二天早晨说不定就有人见了上帝。一个人生活在这样的环境中，心情如何，概可想见。话又说了回来，教授夫妇孤苦伶仃，不到这里来，又到哪里去呢？

就是在这样一个地方，教授又见到了自己几十年没有见面的弟子。他的心情是多么激动，又是多么高兴，我无法加以描绘。我一下汽车就看到在高大明亮的玻璃门里面，教授端端正正地坐在圈椅上。他可能已经等了很久，正望眼欲穿哩。他瞪着慈祥昏花的双目瞧着我，仿佛想用目光把我吞了下去。握手时，他的手有点颤抖。他的夫人更是老态龙钟，耳朵聋，头摇摆不停，同三十多年前完全判若两人了。师母还专为我烹制了当年我在她家常吃的食品。两位老人齐声说："让我们好好地聊一聊老哥廷根的老生活吧！"他们现在大概只能用回忆来填充日常生活了。我问老教授还要不要中国关于佛教的书，他反问我："那些东西对我还有什么用呢？"我又问他正在写什么东西。他说："我想整理一下以前的旧稿；我想，不久就要打住了！"从一些细小的事情上来看，老两口的意见还是有一些矛盾的。看来这相依为命的一双老人的生活是阴沉的、郁闷的。在他们前面，正如鲁迅在《过客》中所写的那样："前面？前面，是坟。"

我心里陡然凄凉起来，老教授毕生勤奋，著作等身，名扬四海，受人尊敬，老年就这样度过吗？我今天来到这里，显然给他们带来了极大的快乐。一旦我离开这里，他们又将怎样呢?可是，我能永远在这里待下去吗?我真有点依依难舍，尽量想多待些时候。但是，千里凉棚，没有不散的筵席。我站起来，想告辞离开。老教授带着乞求的目光说："才10点多钟，时间还早嘛!"我只好重又坐下。最后到了深夜，我狠了狠心，向他们说了声："夜安!"站起来，告辞出门。老教授一直把我送下楼，送到汽车旁边，样子是难舍难分。此时我心潮翻滚，我明确地意识到，这是我们最后一面了。但是，为了安慰他，或者欺骗他，也为了安慰我自己，或者欺骗我自己，我脱口说了一句话："过一两年，我再回来看你!"声音从自己嘴里传到自己耳朵，显得空荡、虚伪，然而却又真诚。这真诚感动了老教授，他脸上现出了笑容："你可是答应了我了，过一两年再回来!"我还有什么话好说呢?我噙着眼泪，钻进了汽车。汽车开走时，回头看到老教授还站在那里，一动也不动，活像是一座塑像。

我的自述

过了两天，我就离开了哥廷根。我乘上了一辆开到另一个城市去的火车。坐在车上，同来时一样，我眼前又是面影迷离，错综纷杂。我这两天见到的一切人和物，一一奔凑到我的眼前来，只是比来时在火车上看到的影子清晰多了，具体多了。在这些迷离错乱的面影中，有一个特别清晰、特别具体、特别突出，他就是我在前天夜里看到的那一座"塑像"。愿这一座"塑像"永远停留在我的眼前，永远停留在我的心中。

1980 年 11 月在西德开始
1987 年 10 月在北京写完